뉴욕의 속살

■ 이 도서의 국립중앙도서관 출판예정도서목록(CIP)은
서지정보유통지원시스템 홈페이지(http://seoji.nl.go.kr)와
국가자료공동목록시스템(http://www.nl.go.kr/kolisnet)에서 이용하실 수 있습니다.
(CIP제어번호: CIP2015016645)

뉴욕의 속살

한국화 그리는 뉴요커가 음미한 뉴욕

안성민

마음산책

뉴욕의 속살

1판 1쇄 인쇄 2015년 6월 25일
1판 1쇄 발행 2015년 6월 30일

지은이 | 안성민
펴낸이 | 정은숙
펴낸곳 | 마음산책

편집 | 이승학·최해경·김예지·박선우   디자인 | 이혜진·이수연
마케팅 | 권혁준·곽민혜   경영지원 | 이현경

등록 | 2000년 7월 28일(제13-653호)
주소 | (우 121-840) 서울시 마포구 잔다리로 3안길 20(서교동 395-114)
전화 | 대표 362-1452 편집 362-1451   팩스 | 362-1455
홈페이지 | http://www.maumsan.com
블로그 | maumsanchaek.blog.me
트위터 | http://twitter.com/maumsanchaek
페이스북 | http://www.facebook.com/maumsanchaek
전자우편 | maum@maumsan.com

ISBN 978-89-6090-228-2 03810

뉴욕은 화려하고 거창하지만
딱 그만큼의 눈물이 만들어낸 도시다

나를 만든 뉴욕, 내가 만든 뉴욕

뉴욕 아티스트 안성민! 얼마나 그럴싸한 수식어인가.

하지만 뉴욕 아티스트로서 살아가는 일상은 그리 화려하지도 흥분되지도 않는다.

수많은 책들이 뉴욕의 화려함과 다양함, 창조의 에너지에 대해 이야기한다. 젊고 싱싱하고 지칠 줄 모르는 이 도시에 경탄한다. 도시 구석구석 가득한 예술의 흔적과 그것을 만들어온 이들의 열정을 이야기한다. 하지만 그 겉모습을 떠받치고 있는 밑바닥에 대해 정직한 이야기를 하는 사람은 적다. 뉴욕이 한없이 바쁘고 흥분되는 도시라지만 그 안에는 수많은 인내와 좌절과 고통들이 있다. 아티스트들에게 최고의 도시라고 여겨지지만 또한 동시에 가장 고된 도시이기도 하다. 반짝반짝 빛나는 스타 작가들 뒤에는 아무리 발버둥쳐도 결국 뉴욕의 거대함에 묻힐 수밖에 없는 무명작가들의 그늘이 깊이 자리

하고 있다. 그 거대한 뿌리가 스타 작가들을 떠받들고 있는 것이다. 내가 아는 많은 아티스트들은 가난하고 소외되어 있다. 어쩌면 그들만의 세상에서 그들만의 꿈을 꾸고 있는 듯하다. 사회의 일반적인 가치로 보면 또한 실패자일 수도 있다. 그들은 집 한 칸 없이 월세로 연명하고, 월세가 비싸지면 더 싼 곳으로 싼 곳으로 이사 다니기 일쑤다. 스튜디오 월세가 밀려서 작품도 도구들도 모두 압수당하기도 한다. 그래도 좋단다. 뉴욕이.

난 이 글들을 적으면서 나 자신을 가장 솔직하게 들여다보았다. 나는 누구인가? 나는 왜 여기 있는가? 나는 행복한가? 행복은 작은 데서 찾아야 한다는 것, 누구나 아는 진리이지만 너무나도 피상적이다. 매일매일 가슴속을 후려치는 사건과 감정의 소용돌이 속에서 그 작지만 큰 행복을 항상 간직한다는 것이 산에 들어가 세상을 등지고 수련하는 이가 아닌 이상 가능치 않다.

가끔은 행복하다. 순간순간 예쁜 딸아이의 행동이나 작은 말에 얼어붙은 가슴이 녹아내리는 경험도 하고 느리지만 하나씩 하나씩 작은 것들을 성취해가는 데서 즐겁기도 하다. 뉴욕의 매서운 비바람을 막아주는 집이 있고, 가족이 둘러앉아 따뜻한 식사를 함께할 수 있는 것 또한 감사하다. 하지만 때로는 좌절하고 불안하며 극심한 열등감에 사로잡힌다. 울어도 울어도 그 허망함을 떨쳐버릴 수 없는 날엔 어떤 비책도 없다. 그저 시간이 흘러 어리석게도, 기억도 감정도 마모되고 상실되면 그제야 또 새로 시작하는 거다. 그 열등감을 원동력 삼아 또 앞으로 한 발 걸어간다.

가슴속 깊이 자리 잡은 꿈. 15년 전 나를 뉴욕에 오게끔 한 그것. 나를 아직도 뉴욕에 붙들어 매고 있는 그것. 그것이 내 인생에서 약인지 독인지 모르겠다. 좋게 보면 한 가지 열정을 위해 고집스럽게 외길을 가는 아티스트이고, 나쁘게 보면 미련하고 융통성 없고 현실감 없는 한심스러운 환쟁이다. 무엇이 나로 하여금 이 뉴욕을 떠나지 못하게 하는지, 하루에도 수십 번을 되묻는다. 그래도 뉴욕에 있는 나를 의미 있게 하는 것이 무엇인지, 그것을 찾으려고 날마다 묻고 묻고 또 묻는다. 뉴욕은 화려하고 거창하지만 딱 그만큼의 눈물이 만들어낸 도시다. 그 화려함 뒤에 깊이 자리한 고독이 또한 나를 지탱하는 예술혼이다.

아이를 바라보면 그 아이가 꿈꾸고 있는 것이 보인다. 시시한 종이 쪼가리들을 늘어놓고, 형체도 알 수 없는 선들을 끼적이면서, 브루클린의 시멘트 바닥 틈 사이에서 들어올린 돌멩이들을 하나씩 하나씩 조심스럽게 완벽한 자리를 찾아 놓아가면서…… 자기만의 세계에 푹 빠져서 꿈을 꾼다. 불러도 불러도 대답도 없이 그 안에서 산다. 그러면 나는 가끔씩 그 세계를 간섭하고 파괴하는 폭군이 되어버리기도 한다. 그때는 그래야 했던 이유가 있다. 학교에 갈 시간이라든지 잠자리에 들 시간이라든지, 뭐 그런 일상적인 이유. 하지만 이렇게 돌이켜 보니 그 아이의 입장에서 나는 한없이 아름답고 창조적이고 독립적인 세상에 획일과 율법을 강요하는 패악을 저지른 악덕 군주다. 스스로에게 묻는다. 이 아이는 과연 세상에서 가장 창조적이고 자율적인 아티스트인가? 나는 그를 억누르고 획일화하는 현실인가? 그리고 나 자신을 바라본다. 나는 어떤 아티스트인가?

순수와 창의성이란 면에서 아이들이 최고의 아티스트라고 흔히들 말한다. 절대 동감이다. 하지만 아이가 결정적으로 진짜 아티스트가 될 수 없는 이유가 있다. 그들의 창의력은 단편적이다. 그들의 진주 구슬을 꿰어줄 단단한 끈이 없는 것이다. 그것은 세상을 바라보는 통찰력과 소통에 대한 적극적 의지, 자율적 표현의 선택, 작품이 진화해가는 과정의 방향성 등의 부재를 의미한다.

꿈을 꾼다는 것은 진주 구슬을 빚는 것이다. 감성이 풍부하다는 것 또한 그림 그릴 물감을 준비하는 것이다. 때로는 밝고 화사하게 때로는 어둡고 깊게. 화려하기도 하고 단순하기도 한……. 이따금 마주치는 광기에 사로잡힌 작가, 그의 실제 나이가 얼마건 간에 눈에선 번득번득한 광채가 나온다. 어릴 때 '신들렸다'는 무당과 눈이 마주쳤을 때의 오싹한 느낌과 흡사하다. 비범한 기운을 내뿜는 그들은 최고의 아티스트인가? 감성의 늪에서 음울과 비현실을 읊조리는 자들은 가장 화려한 물감을 준비하는 천재적 감성의 소유자들인가? 감성이 풍부하다는 것과 미쳤다는 것의 차이는 그것을 얼마만큼 내가 조절할 수 있느냐는 것이다. 나에게 있어 건강한 아티스트는 감성이 풍부할 뿐만 아니라 그것을 잘 조율하며 가시적인 무엇으로 재생산할 수 있는 이성과 중용의 능력을 갖춘 사람이다.

현실과 꿈 사이를 오가는 나의 하루. 때로는 그 괴리감에 버겁기도 하고 우울하기도 하다. 내가 꾸는 꿈의 넓이와 그것을 감당할 수 있는 이성만큼, 딱 그만큼이 내 작품의 깊이다. 누구보다도 건강한 작가가 되기 위해 오늘도 끊임없이 사람을 만나고 대화하고 가슴을 연다. 뉴욕에서!

뉴욕에서의 하루하루가 모두 모여서 5,500일이 되었고 그 뉴욕에서의 5,500일이 나를 더 멋진 사람으로 만든 듯하다. 5번가의 뉴요커들처럼 시크하고 세련되어져서가 아니다. 내가 정말 많이 아파했기 때문이다. 그리고 아파한 만큼 나는 다른 사람이 되었기 때문이다.

대학원을 졸업하고 뉴욕으로 건너오고 작업실을 얻고 전시를 하고 실망하고 좌절하고 다시 일어나고 아이를 낳고 엄마가 되고 다시 작가가 되고 하는 과정에서 '서울에 있었다면, 서울에 있었다면, 서울에 있었다면……' 얼마나 생각했는지 모른다. 그리고 아직도 '서울로 가야 하나, 서울로 가야 하나, 서울로 가야 하나……' 고민하기도 한다. 나뿐만이 아니라 내가 아는 많은 작가가 그렇다. 그런 시기를 누구나 겪는다는 말이 옳다. 그러다 체념하기도 하고, 정말 짐 싸서 서울로 들어가기도 하고 혹은 뉴욕에서 돌파구를 찾기도 한다. 서울에 있는 사람들은 "서울 오면 쉬운 줄 알아!" 하고 으름장을 놓기도 하지만 뉴욕에서 겪는 여러 어려움들은 다른 차원이다. 어눌한 영어, 경제적 부담, 이민자로서의 어려움과 가족, 친구로부터 멀어진 외로움, 한국에 사연을 두고 온 사람들은 왜 그리 많은지……. 그리고 모든 작가들의 꿈인 첼시의 갤러리와 뉴욕의 뮤지엄들은 난공불락의 거대한 성이다. 그것이 뉴욕이다.

서울에서 나는 나름 최고였다. 하지만 뉴욕에서는 아무것도 아니었다. 그냥 작고 마르고 어눌한 영어를 구사하는 동양 여자, 게다가 건강하지도 않고 비실거린다. 목소리는 귀를 쫑긋해도 잘 안 들리고 종종 구석에서 홀짝홀짝 뭔가를 마시며 그림 감상하는 척을 했다. 고정 수입도 없다. 혼자 살아갈 능력도 없었다. 바닥에 떨어진 나의 자존감! 그것을 회복한 방법은 유명한 작가가 되는 것 이른바 성공을 통해서가 아니었다. 내가 그 어느 누구보다도 우월하지 않다는 현실 인식, 적어도 제 밥을 벌어먹고 사는 그들이 나보다 낫다는 깨달음, 그곳이 시작점이었다. 식당의 웨이터도 거리의 청소부도 물건을 나르는 짐꾼들도 모두 존경하게 되는 경이로운 깨달음, 그 후에 나 자신을 평가하는 다른 기준을 가지게 된 것이다. 나는 서울대를 나와서, 유복하게 자라서 혹은 뉴욕에서 작업하니까 등의 이유로 의미 있는 것이 아니다. 나는 나이기 때문에 그냥 존중받아야 하는 것이고 내 작업도 그것 자체로 존중받아야 하는 것이다. 일은 다만 계속해야 하는 것이고 무언가를 이루면 기쁜 것이다. 그것이 나를 귀하게 만드는 근본적 이유가 될 수는 없다.

뉴욕은 나를 정으로 두들겨 깎아내어 둥글둥글한 돌로 만들었다. 개성 없는 둥근 돌이 아니라 모든 것을 안으로 함축한 단단한 돌이다. 그 돌로 뉴욕의 거리거리에 나를 새긴다. 크건 작건 나는 뉴요커로서 뉴욕의 얼굴을 만들어가는 한 획이다.

2015년 6월
안성민

뉴욕이 말했다

나는 뉴욕의 아티스트다

모든 날의 뉴욕

뉴욕이 말했다

그렇게 뉴요커가 되었다. 뉴욕의 아름답고 화려한 인생이 시작된 것이다.

윌리엄스버그 내 사랑

　낡은 것이 아름답다고 눈물 나게 느낀 것은 서울 생활을 마치고 뉴욕으로 되돌아온 어느 여름이다.

　서울의 친정집은 잠원동. 편리함 때문에 웬만한 일과 미팅, 사교 생활은 강남에서 처리하곤 했다. 아이가 아직 어려 다른 엄마들처럼 하루가 항상 반 토막 나기 때문에 대부분의 일들은 시간의 효율성에 따라 결정된다. 가로수길, 압구정동, 청담동 등이 자연스럽게 나의 생활권이 된 것이다. 그 동네들은 늘 새롭다. 그리고 맨질맨질하게 빛이 난다. 1년 후 돌아가 보면 새로운 가게가 나를 맞는다. 최신식 인테리어와 조명, 세계 각국에서 들여온 상품들, 혹은 최신 국내 제품들로 눈을 어디에 두어야 할지 모를 정도로 휘황찬란하다. 정말 최첨단이다. 그리고 자랑스럽기도 하다. 근데 참 아이러니하게도 서울 여행 후 집에 돌아온 나는 윌리엄스버그의 오래된 집과 허름한 거리들에 마음이 푸근해졌다. 100년도 넘은 낡디낡은 집들인데 이상하리만치 눈이 간다. 너무 정겨워서 눈이 찡하다. 그리고 마음이 참 편안해진다. 늙었나? 진짜 윌리엄스버기가 되었나? 물론 낡은 것이 마냥 좋지만은 않다. 오래된 창틀과 몰딩에 겹겹이 쌓인 페인트들은 청소하기도 힘들고 닦아도 닦아도 티도 안 난다. 오래된 나무 바닥은 사이가 0.5센티미터는 벌어져 있고 먼지가 100년의 세월 동안 쌓이고 쌓여서 아예 화석화된 느낌이다. 아이가 그 사이에 우유라도 흘리면 짜증이 솟곤 한다. 치울 재간이 없기 때문이다. 그러면 서울의 싹 뜯어고친 엄마의 아파트가 아쉬워진다. 혹은 뉴욕에서도 새로 지은 고층 아파트로 이사 가고 싶어지기도 한다. 하지만 이 집, 묵직한 무게가 느껴진다. 그것은 신흥 건물은 절대 날조할 수 없는 세월의 무게다. 그래서 나도 덩달아 중후한 사람이 된 듯한 착각이 들기도 한다.

오래됨과 새로움의 조화, 우리 동네 윌리엄스버그

내가 사는 윌리엄스버그, 참 재미있는 동네다. 뉴욕의 젊은이들이 가장 선호하는 동네로서, 큰 번화가인 베드포드 역 주변은 새로 들어찬 콘도 건물과 각종 트렌드의 레스토랑, 근사한 수제 커피 전문점 그리고 정말 하나하나 개성 있는 편집 매장 등 맨해튼의 트렌드를 넘어서는 윌리엄스버그만의 모습을 하루가 다르게 만들어간다. 지하철에서 나오자마자 마주치는 젊은이들이 연출하는 풍경은 분명 맨해튼의 어퍼이스트나 월스트리트와는 사뭇 다르게 자유롭고 거침없다. 그들은 보기만 해도 아름답다. 브런치 전문 레스토랑 에그**Egg**에 가서 아침을 먹고 토비스**Toby's Estate**에서 커피를 마시며 오전 햇살 아래 잠시 가벼운 독서를 하다가 맞은편 일본 라면으로 점심을 해결하고 이 주변의 매장들을 둘러보며 오후를 보내면 어떨까! 아니면 데파누어**Depaneur**에서 샌드위치를 사서 강가 공원으로 가면 맨해튼을 바라보며 피크닉을 즐길 수도 있다. 강을 따라 켄트 애비뉴에 늘어선 초호화판 고층 아파트들을 중심으로 또 하나의 상권이 형성되고 있으니 피크닉 후 그 주변을 아이쇼핑 하는 것도 즐거울 것이

100년 된 우리 집이 있는 윌리엄스버그 골목길 풍경. 오래된 집과 허름한 거리가 푸근하다.

다. 주말에는 강가에 서는 벼룩시장에 가서 오래된 미국을 들여다보는 것도 재미있다. 저녁나절의 윌리엄스버그는 잠에서 깨어난 듯 에너지가 더욱 넘쳐난다. 특히 매달 둘째 주 금요일에는 윌리엄스버그 내 갤러리가 함께 오프닝 나이트를 갖는다. 이날 밤은 삼삼오오 모여서 갤러리를 순방하는 사람들로 거리가 더욱 붐비고, 레스토랑과 카페, 술집들 매상도 함께 오르는 날이다. 거리는 자유분방하고 창의적인 아티스트의 에너지로 활기차다.

이렇게 역동적인 윌리엄스버그의 새로운 모습 이면에는 윌리엄스버그의 진짜 모습이 있다. 베드포드 주변과는 달리 우리 동네, 지하철 L라인 두 번째 정류장인 로리머 역 주변은 아직 옛 모습을 많이 담고 있다. 그 오래된 타운하우스들과 새로 지은 크고 작은 콘도 건물들이 어색한 조화를 이루며 윌리엄스버그의 새 모습을 만들어가고 있지만, 이곳은 실은 오랫동안 저소득층의 이탈리아와 폴란드 이민자 동네였다. 윌리엄스버그에는 뉴욕 골목골목 어렵지 않게 눈에 띄는 고풍스러운 브라운스톤 집도 없고 심지어는 벽돌집도 흔치 않다. 건축 자재로는 가장 저렴한 인조 나무판자가 대부분이고 집 밖에는 쓰레기통이 즐비하다. 100년 가까이 되는 오래된 집들은 바닥이 기울고 층계가 유난히 삐걱거린다. 이도 잘 맞지 않는 벽장 문, 오래된 창문 사이로 매섭게 스며드는 뉴욕의 바람, 도대체 이런 허름한 동네가 뭐 그리 좋다 하는지 처음엔 몰랐었다.

강남의 멋진 아파트보다 나를 더 매료하는 것은 뉴욕의 이 100년도 훨씬 넘은 집이다. 안에는 말끔하게 고쳐놓았어도 뼈대는 그대로인 건물들이다. 그 오래됨과 새로움이 어찌나 멋들어지게 조화로운

지. 뉴욕에도 물론 새 건물이 계속 들어찬다. 하지만 동시에 '리노베이션' 건축 문화가 널리 존중받는다. 옛날 건물을 낡았다고 싹 허물고 새로 짓는 것이 아니라 그 안에서 아름다움을 찾고 보존하며 현대적인 기능과 미감에 맞게 수선하는 것이다. 오래전 윌리엄스버그로 아티스트가 하나둘씩 모여들었던 이유 가운데 하나는 천장이 높은 공장 건물과 웨어하우스 덕분이었다. 이른바 미국적이라 할 대규모의 작품을 하려면 높은 천장과 넓은 공간은 필수조건이다. 작품 하기 좋은 공간과 저렴한 가격 그러면서도 교통이 편한 윌리엄스버그는 아티스트에게는 최선의 선택일 수밖에 없었다. 최근에는 이런 빌딩을 재개발해서 아파트를 만드는데 이전 공장의 부분 부분을 그대로 남겨놓는다. 오래된 나무 바닥, 굵직한 나무 구조물, 예쁘게 색이 든 나무 장식들, 공장의 철문이 안방으로 들어가는 문이 되기도 하는데 그들은 이런 게 '쿨하다'고 생각한다. 내 친구 타티아나의 아파트가 바로 이렇게 고친 콘도 가운데 하나고 '스케치 프로젝트Sketch Project' 공간도 그 가운데 하나다. 거기에 실내를 장식하는 가구들까지 1970~80년대의 빈티지 가구 몇 개 장만하면 손색이 없다.

비단 큰 빌딩뿐만 아니라 작은 타운하우스들도 나름 100년의 매력을 지닌다. 오랫동안 임대만 주었던 집들은 망가질 대로 망가져 있기도 하지만, 주인이 손보며 산 곳은 관리가 잘되어 있다. 우리 집도 전 주인이 그의 숙모에게서 구입하여 30년을 살며 두 아들을 키운 집으로, 노출된 벽돌 벽을 인테리어의 일부로 살리고 패턴이 살아 있는 1960년대 천장을 그대로 남겨두었다. 100년 전의 나무 바닥들이 세월의 흔적을 말해주면서도 주인의 정성스러운 손길이 구석구석 느

공장을 개조한 공간 스케치 프로젝트 실내 전경.

껴져서 집을 보자마자 두 번 생각하지 않고 바로 구입 의사를 전했었다. 전 주인인 빅토르는 뉴욕의 쓰레기 수거를 하던 환경미화원이었다. 일이 없는 주말은 집 손질을 하는 것이 그의 일과였다고 하는데, 실제로 그는 30년을 내내 무언가를 고치며 살았다고 했었다. 낡은 창문을 갈아주기도 하고 기계들을 바꾸기도 하고 배관공사를 하는 등 관리를 잘해서 집 상태가 좋다고 했었다. 이 말을 그때는 흘려들었는데 우리도 그들처럼 계속 뭔가를 고치면서 산다. 1년에 큰 공사가 한두 번은 꼭 있다. 마당에 데크를 새로 놓기도 하고, 없던 문을 새로 내기도 한다. 지난겨울에는 지붕에서 물이 새더니 올가을에는 보일러가 고장 났다. 이렇게 하나씩 일이 터질 때마다 불편하기도 하고 돈도 많이 들어가기도 하면 '새 아파트'가 참 아쉽지만 그렇게 오랜 시간을 사는 동안 그것 또한 내 일과가 되어버렸다. 언젠가 집을 싹 허물고 아파트 8개쯤 들어가는 건물을 지으면 어떨까 하는 상상을 하면서도 막상 그날이 오면 가슴이 많이 아플 것 같다는 생각을 하기도 한다. 그렇게 어느샌가 윌리엄스버그의 일부가 되어가고 있다.

일상을 예술화하는 사람이 사는 곳

나에게 윌리엄스버그의 또 다른 매력은 사람이다. 아침마다 삐걱거리는 문을 밀고 하루를 시작하는 윌리엄스버그인들의 발걸음은 참으로 가볍다. 비싼 옷을 입지 않아도, 쇼윈도에서 갓 나온 듯한 최신 유행의 옷을 입지 않아도, 그들의 패션감각은 누가 뭐래도 뉴욕 최고다. 그렇게 스타일리시한 그들의 옷장을 살짝 들여다보면 아이러니하게도 엄마의 웨딩드레스, 할머니가 쓰시던 챙 넓은 모자, 얼마 전 빈티지 가게에서 싸게 구입한 1970년대 가죽장화…… 이런 물건들이 종종 눈에 띈다. 그냥 얼핏 보기엔 버리려고 한켠에 모아둔 옷들 같은데 알고 보면 수십 년을 고이고이 간직한 추억의 물건이고, 그들의 감각은 2000년대에 새로운 패션으로 매일매일 다시 태어난다. 실제로 윌리엄스버그에는 빈티지 가게들이 많다. 비컨 클로젯 **Beacon's Closet**, 버팔로**Buffalo Exchange** 등이 제법 큰 것들이고 그 외에도 중고 옷가게들이 골목마다 자리 잡고 있다. 누가 쓰던 것에 대한 거부감이 없는 미국인의 마음도 서울에서와는 다르게 새롭다. 주말이나 저녁나절에 비컨과 버팔로를 가면 검정 쓰레기봉투에 옷장을 들어낸 듯 가득 뭔가를 담아와 줄을 늘어선 사람들을 보게 된다. 그렇게 오래된 옷을 팔러 오는 사람들은 이 동네 사람만은 아니다. 내가 아는 다른 지역의 뉴요커들도 "비컨에 한번 가야 하는데"라고 얘기한다. 옷장이 꽉 찼다는 뜻이다. 옷이 반반하다고 다 팔 수는 없다. 나름 까다로워서 퇴짜맞기 일쑤다. "걔네들은 내가 팔까 말까 망설이는 것만 꼭 받더라!"라고 누군가가 말했는데, 그만큼 그곳에는 좋은 물건들이 엄선되어 있다는 의미도 된다. 게다가 가격도 싸다.

윌리엄스버그로 이사 온 후 가장 좋은 점은 나의 아티스트 동료를 쉽게 만날 수 있다는 것이었다. 6년 가까이 살던 퀸스에서 가장 아쉬웠던 점이 브루클린의 아티스트 커뮤니티였던 만큼, 길거리에서 심심치 않게 마주치는 아티스트들은 내가 여기 그들과 함께 있다는 것만으로도 충분한 소속감을 준다. 지하철을 기다리며 무심코, "그 모자 참 예쁘네요!"라고 말했더니, "엄마가 30년 전 쓰던 거예요"라고

데파누어 외경과 실내. 베드포드 치즈 가게와 빈티지 옷가게 모습.

대답하고는, 모자에 얽힌 엄마 얘기를 잠시 하다가 비디오 아티스트라고 자기 소개를 한다. "어머! 나도 아티스트예요, 전 드로잉이랑 설치미술을 주로 해요." 이렇게 대답하면 우리의 대화는 어느덧 미술계 얘기로 접어든다. "며칠 있다 그룹전 하는데 오프닝 때 오세요" 하길래 엽서를 받아들었더니 우리 집에서 몇 블록 떨어진 곳에 있는 '피어로기pierogi'라는 유명한 갤러리다.

아이를 낳은 뒤론 스튜디오도 세를 놓고 전시 일정도 잡지 않았다. 물론 육아를 위해 미리 계획한 것이었지만 막상 집에서 아이랑만 있으니 답답하고 도태되는 느낌도 들었다. 그래서 '뮤즈 퓨즈'라는 아티스트 모임에 오래간만에 나가보았다. 뮤즈 퓨즈는 '너처아트NURTUREart'라는 비영리 단체에서 운영하는 살롱 스타일의 모임으로 한 달에 한 번씩 미술계 인사를 초대하여 강연과 대화를 함께한다. 처음 뉴욕에 왔을 때 뉴욕의 아티스트들을 만나고 인맥을 쌓기 위해 멀리 퀸스에서부터 여러 번 참가해왔었다. 이제 윌리엄스버그로 이사 온 후론 이 모임을 관리하는 캐런의 작업실이 불과 몇 블록 떨어져 있을 뿐이다. 오랜만에 만난 캐런은 날 반갑게 맞아주었다. "오랫동안 못 봤어요! 어떻게 지냈어요?"라고 물어보는 캐런에게 난 참으로 할 말이 많았다. 그동안 건강이 안 좋아 서울을 오가며 치료를 받은 얘기며, 작품 얘기, 윌리엄스버그로 이사 온 것 그리고 예쁜 아기의 엄마가 된 얘기까지 숨 쉴 틈도 없이 그간의 이야기를 하고 있는데, 캐런이 갑자기 "이 동네에 아이 키우면서 작품 활동하는 아티스트 꽤 있어요, 소개해드릴게요. 한번 만나보세요"라고 말해서 처음엔 의아해했다. 나에게 윌리엄스버그는 서울의 홍대 앞처럼 개성 있고 앞서가는 동네였지 젊은 가족이 많을 거라곤 생각하지 못했기 때문이다.

　그렇게 만나게 된 친구가 데보라다. 데보라는 브라질에서 태어나고 이스라엘에서 자란 유대인이다. 영어, 히브리어, 포르투갈어를 능숙하게 하고 간단한 프랑스어와 스페인어를 한다. 두 딸, 나이아와 엘리아나의 엄마인데 둘째 딸이 우리 하늘이 또래다. 내가 아이를 낳은 후 어쩔 줄을 몰라 절절매고 있을 때 이 친구는 나에게 용기와 가능성을 심어주었다. 데보라의 부엌 싱크대 밑엔 항상 조그만 드로잉 보드와 캔버스가 있다고 했다. 아이가 혼자 노는 동안 10분이라도 짬이 나면 얼른 미술 재료를 꺼내 그림을 그리고, 스파게티를 요리하기 위해 올려놓은 물이 끓는 15분 동안 또 작업을 한다. 그러면서도 쉴 틈 없이 옆에서 노는 아가에게 이야기를 해준다. 국수를 삶는 법이며, 토마토를 자르는 방법, 엄마가 어떤 그림을 그리는지…… 데보라가 하는 모든 행동은 아이들을 위해 곧장 말로 번역되는 것이다. 처음엔 건강하고 지칠 줄 모르는 데보라의 에너지가 마냥 부러웠지만, 데보라와 점점 가까워지면서 느낀 것은 그녀의 열정이 아이와 일에 대한 깊은 사랑에서 우러나온다는 것이었다.

　우리 동네엔 '마마루'라는 아이들 카페가 있었다. 유달리 좁은 아파트에서 자라는 뉴욕의 아이들에게 공원과 놀이터 그리고 마마루 같은 공간은 엄마와 아이 모두에게 마음을 열고 사람들을 만나며 자연을 즐기는 소통의 공간이었다. 아이를 낳고 산후 조리를 얼마간 한 후 아이가 8주쯤 되었을 때 나도 새로 산 초록색 유모차에 아기를 태우고 마마루에 갔었다. 우리 동네 매캐런 공원 옆에 널찍하게 자리 잡은 이곳은 천장이 높고 전체가 탁 트여 있어 입구에서부터 시원하다. 아이들을 위한 유기농 상품과 간단한 샌드위치, 샐러드, 빵 그리고 음료수 등을 파는데 음식이 달지도 짜지도 않고 나의 입맛에 딱 맞았다. 물론 내가 무얼 시켜 먹든 아이와 함께 먹을 수 있도록 주인이 특별히 배려한 때문이다. 이곳에선 매주 한 번씩 신생아에서 8개월가량의 아기를 키우는 동네 엄마들의 모임이 있었다. 나도 처음엔 6개월 된 딸아이 하늘이를 데리고 이 모임에 참가하기 위해 온 것이 인연이 되어 돌 무렵부턴 하늘이를 위한 음악교실과 여기서 기획하는 이벤트에도 종종 참여하였다. 갓난아기를 가진 엄마들은 갈 곳이 많지 않다. 특히 모유 수유를 한다면 기껏해야 두어 시간 정도의 외출이 고작이다. 아기를 데리고 나간다 해도 공공장소에서 맘 편히 젖을 물릴 수 있는 곳은 흔치 않다. 마마루의 엄마들은 대부분 모유 수유를 하지만 우리는 여기서 자유롭게 젖을 물릴 수 있었다. 편안하게 기댈 수 있는 소파와 그 위에 가득한 크고 작은 쿠션들은 젖을 물리기에 좋을 뿐 아니라, 이 모든 행동들이 이곳에선 아주 자연스러웠다. 옆에 마련된 놀이방에서 아가에게 뒤집기 연습을 시키다가도, 이제 막 앉을 수 있게 된 아가와 공놀이를 하다가도, 식사 시간이 되면 소파로 와서 젖을 물린다. 내가 이곳을 좋아하는 가장 큰 이유는 역시 사람 때문이었다. 이곳에서 만난 엄마들의 반 이상은 아티스트였다. 화가도 물론 많지만 뮤지션과 댄서, 뮤지컬 배우 등등 그 직업도 다양하다. 우리의 대화는 아이를 키우고 살림을 하는 얘기에서 그치지 않는다. 장르를 가리지 않는 음악 이야기, 영화와 연극, 공연과 전시 이야기로 시간 가는 줄 몰랐다. 7년이 지난 지금 마마루는 문을 닫았지만 이것과 비슷한 콘셉트의 놀이방 카페가 새내기 엄마들을 맞이하고 있다.

아이가 자라 학교를 다니면서 만나게 된 학부형들도 아티스트가 유난히 많다. 순수예술을 하는 사람이 아니더라도 예술과 문화 관련 일을 하는 가족이 어림잡아 반은 족히 되는 듯하다. 하늘이의 단짝 친구 릴리의 엄마 안젤라는 에스터 로더 향수 라인의 패키지 디자인을 담당하던 디렉터였다. 명문 시카고 미대를 졸업한 릴리의 아빠 존은 브루클린뮤지엄 전시 설치 일을 하고 있다. 두 살 무렵부터 5년째 같은 반인 오지로의 일본인 엄마 도모코는 보석 디자이너이고 그의 중국인 2세 아빠 로버트는 풍선 아티스트다. 유아원을 함께 다닌 노아의 아빠 마커스는 래그앤본 패션 브랜드를 일구어낸 창업자이고 그의 엄마 글래나는 패션모델이다. 이탈리아인 에어클레의 엄마 파올라는 화가이고 아빠는 이탈리안 레스토랑을 운영한다. 크리스토퍼의 엄마 케이트는 예술 케이크를 굽는 파티셰이고, 딸 부잣집 샬롯의 아빠 에드워드는 사진작가다. 일일이 열거할 수 없을 정도로 우리는 아티스트에 둘러싸여 있다. 사랑이 넘치는 아티스트 학부형들은 아이들의 흑백사진을 멋지게 찍어준다든지, 쿠키 장식 워크숍이나 풍선 만들기 워크숍을 해준다. 나도 문화원의 도움을 받아 한국 부채 그리기 워크숍을 해준 적이 있다. 다양한 직업의 부모들이 적극적으로 학교 일에 참여하는 덕에 하늘이네 반 아이들은 생활 속에서 여러 경험을 하면서 감성이 풍부한 아이들로 자랄 수 있다.

윌리엄스버그와 사랑에 빠지다

겉보기엔 낡고 허름해서 '게토(미국의 빈민가)' 같다고 남편과 얘기하며 이사 오길 꺼려 했었는데 시간이 지날수록 난 이 윌리엄스버그와 깊은 사랑에 빠진다. 화창한 날이면 문밖에 나와 햇살을 쬐며 행인을 맞는 나이 든 이탈리아인들은 알고 보면 다 사돈에 팔촌들이다. 1880년대 이탈리아 남부에서 미국으로 이주해온 수많은 사람들 중에 놀라**Nola** 마을 사람들**Nolani**은 가장 큰 그룹 가운데 하나로서 브루클린의 윌리엄스버그에 정착하게 되었다. 이민과 함께 가져온 마을의 전통이 지질리오 페스티벌**Gigilio Feast**이다. 지질리오 페스티벌의 기원은 410년으로 거슬러 올라간다. 북아프리카의 해적들이 놀라 마을을 장악하면서 남자아이들을 노예로 잡아갔는데 대주교였던 성 폴리너스**St. Paulinus**가 자신의 목숨을 대가로 아이들의 귀환을 요구하였다. 이 용기와 희생에 감동을 받은 터키의 왕이 중재를 통해 아이들과 성 폴리너스를 모두 구했다고 하는데 이들이 귀환할 때 마을 사람들은 성 폴리너스에게 백합꽃을 뿌리고 축제를 벌였다. 그것이 지질리오 페스티벌의 시작이었다. 지질리**gigili**는 이탈리아어로 백합을 뜻하고 사랑과 순결을 상징한다고 한다. 남부 이탈리아인들은 특히 마돈나에 대한 깊은 경외심을 가지고 있었다고 하는데 그러한 전통을 브루클린으로 가져와 세운 교회가 윌리엄스버그의 'Shrine Church of Our Lady Of Mount Carmel'이다. 실제로 이 교회의 마돈나상은 수십 년 전 놀라에서 직접 가져온 것이라고 한다. 윌리엄스버그의 거리 축제는 1903년 지질리오 페스티벌로 시작한 것이 1950년대부터 이 교회에서 행사를 주관하면서 성 폴리너스와 마돈나 두 성

인을 모두 기리는 행사로 확대되었지만, 종교적인 목적의 행사라기
보다는 그들 고향과 전통에 대한 향수와 결속의 뜻이 깊다. 열흘 남
짓 벌어지는 페스티벌 기간 동안은 거리를 막고 축제를 벌인다. 아이
들을 위한 작은 놀이기구들과 게임이 설치되고, 윌리엄스버그 일대
의 이탈리아 음식점과 베이커리들이 먹거리를 판매한다. 페스티벌의
하이라이트는 뭐니 뭐니 해도 거리 행진이다. 폴리너스 주교의 상이
새겨진 약 24미터 높이와 4톤 무게의 오벨리스크를 150여 명의 성인
남자들이 들고 윌리엄스버그 거리를 행진한다. 관악대가 함께하며
이탈리아 전통음악을 연주하는 이 행진은 축제 기간 동안 세 번, 각
네 시간 정도 이루어진다. 이 오벨리스크를 어깨에 짊어지고 네 시간
을 행진하는 것은 육체적으로 일종의 도전이지만, 참여할 수 있다는
것 자체가 이들에겐 명예다. 100년이 넘도록 이탈리아 놀라니들이

오벨리스크를 들고 윌리엄스버그를 행진하는 지질리오 페스티벌 모습. © Tatiana Serafin

향유해온 지질리오 페스티벌이 이제는 윌리엄스버그의 다양한 사람들이 함께 즐기는 거리의 축제가 되었다. 빠르게 변화하는 윌리엄스버그 안에서 이러한 오래된 이탈리아 마을의 전통을 함께 즐길 수 있다는 것은 행운이다. 그리고 거리에 나앉아 있는 노인들은 이 놀라니의 후예들인 것이다.

이러한 역사와 전통을 함께하고 있으니 이들의 유대관계는 끈끈할 수밖에 없다. 블록마다 다들 친인척들이거나 아니면 옛 동네 사람들이다. 그들의 2세대 3세대도 하늘이가 다니는 공립학교를 다니며 함께 성장하였다. 100년이 넘도록 세계대전, 경제대공황, 마피아 역사 등 미국의 근대사를 함께 겪으며 미국인이 되어가는 과정에는 희로애락을 함께 겪은 애증관계가 뿌리 깊기도 하다. 이웃 간의 자잘한 다툼에서부터, 손님은 없는데 수십 년을 운영하는 어떤 레스토랑이 마피아가 돈세탁하던 곳이었다든지, 마피아가 운영하는 모 베이커리 주인이 아버지를 납치해간 후 돌아오지 않았다는 이야기까지 집 앞에 나와 앉은 할머니들은, 우스꽝스럽게도 가십의 주인공이기도 하다. 우리가 이사 오기 전에도 이 동네의 할머니들 사이에서는 빅터(우리 집의 전 주인)가 집을 판 중국인(미국인에게 중국인은 동양인의 대명사이기도 하다)이 글을 쓰는 작가라는 둥, 재산을 상속받은 젊은 총각이라는 둥 여러 가지 소문이 일었다고 한다. 이 얘기를 옆집의 마가렛이 전해주는데 이탈리아 할머니들이 옹기종기 모여 수다 떠는 모습을 상상하니 웃음이 절로 나왔다.

유명세와 함께 날로 늘어가는 호화판 아파트가 동네의 풍경을 하루가 다르게 바꾼다. 집세가 무섭게 올라가면서 오랫동안 이 터를 지키던 나이 먹은 이탈리아인과 가난한 아티스트는 하나씩 둘씩 윌리엄스버그 안쪽 집세가 더 저렴한 동네 부쉬위크**bushwick**로 이사를 간다. 수십 년 동안 소유하던 집을 좋은 값에 팔고 뉴욕을 뜨는 사람들도 있다. 자그맣고 아담한 구멍가게들은 큰 쇼윈도에 환하게 조명을 단 현대판 가게로 바뀌고 70세 이탈리아인 할아버지의 40년 된 피자집은 임대기간 만료 날이 다가온다고 한다. 만료가 되면 임대료가 훌쩍 오를 것이다. 깔끔하고 세련되게 장식된 상점들을 보면 반갑고 좋다. 하지만 다른 한편으론 점점 잃어갈 윌리엄스버그의 오랜 모습들이 아쉽고 이들에게 왠지 미안하다.

힙스터의 도시, 브루클린 르네상스, 아티스트의 도시, 뉴욕에서 가장 '핫'한 곳 등등 화려한 수식어가 붙으며 전 세계의 주목을 받고 있는 윌리엄스버그. 전 세계의 젊은이들이 몰려들어 새로운 주민이 되고, 새로운 윌리엄스버그를 만들어가고 있는 오늘, 윌리엄스버그의 진짜 주인에 대해 생각해보았다. 나 자신도 여기서 집을 소유하고 8년을 넘게 살아왔지만 누군가에겐 아직도 이방인이다. 10년 후 혹은 30년 후 나는 여기서 어떤 모습을 하고 있을까?

힙스터의 도시, 브루클린 르네상스, 아티스트의 도시, 뉴욕에서 가장 '핫'한 곳······
윌리엄스버그, 이곳으로부터 나의 뉴욕은 비로소 다시 시작된다.

노아네 집

난 예쁜 사람을 참 좋아한다. 6개월이 좀 넘은 딸아이 하늘이를 처음 마마루의 음악교실에 데리고 갔을 때 열댓 명쯤 되었던 엄마와 아기들은 둥글게 둘러앉아 선생님의 장단에 맞추어 노래와 율동을 같이 하였다. 근데 맞은편에 앉은 백인 엄마와 아들이 인형처럼 예뻐서 눈을 뗄 수가 없었다. 자꾸 눈이 마주치는 게 하도 민망하여 쳐다보지 않으려고 은근 애를 썼지만 자꾸자꾸 눈길이 갔다. 그리고 2년이 지나 노아와 하늘인 유아원 친구가 되었다. 그렇게 노아네 가족을 알게 되었다. 그들에게는 세 명의 아이가 있다. 노아, 헨리 그리고 막내딸 케이트. 불과 한 블록 떨어진 곳에 살았을 땐 오다가다라도 자주 마주쳤는데, 브루클린의 서쪽 코블 힐로 그들이 이사 간 후로는 거의 보지 못한다. 하지만 노아 아빠 마커스의 회사가 날로 커지면서 대중매체에서도 소식을 접하게 되니 그것 또한 반갑다.

가장 뉴욕적인 태도를 말하다

노아 엄마 글래나는 미시건 출신으로 큰 키에 늘씬하고 건강한 몸매가 빼어나다. 알고 보니 모델과 여배우로 일했었다고 한다. 어쩐지, 빛이 나더라! 수년 전 처음 그 얘기를 들었을 때 그녀의 이름을 구글 창에 검색해보기도 했다. 너무 예뻐서 그녀의 과거가 궁금했었다. 유명한 패션 매거진과 광고 등에서 보이는 그녀는 지금보다 젊고 마른 모습으로 인상이 달랐다. 둘 다 빼어나게 아름답지만 지금의 모습에서는 엄마가 지니는 원숙함과 따뜻함이 느껴져서 좋다. 결혼 전, 아니 아이를 낳기 전에는 전혀 다른 생활을 했다고 하는 그녀의 목소리에는 실망이나 아쉬움보다는 놀라움이 더 많았던 것 같다. '아! 내가 한때는 그랬었는데!'라는 느낌보다는 '나 지금 정말 다른 생활을 하고 있어. 너무 놀랍지 않아!' 하는 새로운 생활에 대한 경이로움 같은 것, 그리고 지금 그대로 아이와 행복한 그녀의 탄성이었다. 그리고 그녀는 두 명의 아이를 더 낳았다.

노아 아빠 마커스는 '래그앤본**Rag and Bone**'이라는 의류회사의 공동 창업자다. 래그앤본은 미국적인 빈티지 스타일을 도시적이고 현대적인 감성으로 풀어내는 브랜드로서 한마디로 뉴욕스러운 옷이다. 그의 옷을 처음 입은 미국의 연예인은 내가 좋아하는 앤젤리나 졸리였다. 2007년 트라이베카 필름 페스티벌에 참석한 그녀의 도시 패션이 〈보그〉에 실리며 항간의 관심을 모았다. 그날 그녀는 래그앤본의 진한 회색 매킨토시 트렌치코트를 멋들어지게 입어 화제가 되었으며, 이 트렌치코트는 대기자 명단이 생길 정도로 인기가 치솟았고 물론 바로 완전 매진되는 기록을 세웠다. 그 외에도 다양한 연예인들이 래그앤본을 즐겨 입는데 대표적으로는 기네스 펠트로, 케이트 블란쳇, 저스틴 팀버레이크 등 다수다. 캐머런 디아즈나 주드 로 등이 이 회사 상품으로 멋들어진 패션을 연출하는 장면이 보도되기도 했으며, 브랜드의 인기는 날로 높아가고 있다. 한국에서는 제일모직이 2011년부터 수입하면서 인기몰이를 해가고 있으며, 래그앤본은 이제 세계적으로 웬만한 패셔니스타는 다 아는 패션계의 샛별이 되었다. 그는 나날이 성장하는 뉴욕의 젊은 패션 그룹 창업자인 것이다.

하지만 아이러니하게도 그는 패션과도 뉴욕과도 거리가 먼 사람이었다. 영국의 보딩스쿨을 졸업하고 런던에서 자신의 텔레콤 회사를 창업했다가 런던의 우중충한 날씨를 견디다 못해 피난 가듯 떠난 멕시코, 거기서 다이빙 선생님이 되려고 했다는데 그의 계획과는 전혀 다른 인생을 만들어나갈 인연이 기다리고 있었던 것을 누가 알았을까. 그 인연은 글래나, 지금의 아내다. 때마침 멕시코에서 휴가를 보내던 글래나를 만난 후 사랑에 빠져버린 그는 그녀를 위해 뉴욕으로 왔다. 그녀에게 자석같이 끌려 영국에서 뉴욕으로 이주하게 된 그는 여기서 사랑을 하고, 래그앤본을 일구고, 아이를 낳으며 그렇게 뉴요커가 되었다. 뉴욕의 아름답고 화려한 인생이 시작된 것이다.

그저 자신을 위해서 진한 색 청바지 하나 만들어보고 싶은 마음이 완벽한 남성 브랜드를 만들고 싶은 생각으로 발전되고, 이 생각을 구체화하는 과정에서 어느샌가 그는 미국에서 가장 오래된 의류 공장을 찾아다니게 되었다. 거기서 만난 놀라운 사람들, 수십 년 동안 자신의 예술을 완벽하게 구현하는 그들의 모습에서 강한 영감을 받게 되었다고 한다. 켄터키의 여관을 전전하며 밤에는 문샤인 맥주를 마시고 청바지 얘기로 밤을 지새웠다고 회상하는데, 그해가 2002년이다. 그 과정에는 공동 창업자 데이비드가 빠질 수 없다. 영국의 보딩스쿨을 함께 다녔던 그는 런던의 투자은행에서 일하던 중 마커스의 러브콜을 받고 흔쾌히 동업을 시작했다. 그는 보딩스쿨에서의 경험을 특별히 여긴다. 사춘기 시절 많은 것을 함께 겪은 그들은 우정 이

래그앤본 패션쇼 현장에서 편안한 차림의 마커스.

상의 특별한 유대감을 형성했다고 전한다. 마커스가 창의적인 일을 담당한다면 데이비드는 비즈니스 분야를 담당하는데, 다른 성격의 그들은 서로를 보완하면서 20년이 넘은 우정과 10년 넘은 파트너십을 자랑한다. 보딩스쿨에서 함께 쌓은 유대감은 그들 관계의 초석이기도 하다. 그들은 동성애자가 유독 많은 패션계의 흔치 않은 '이단아'들이기도 하다. 둘 다 훤칠한 키에 출중한 외모를 지녀 게이 커플이 창업한 회사라는 선입견을 흔히들 가진다. 하지만 그들은 모두 아내와 아이들이 있는 평범한 가장이다. 결혼을 한 시기도 아이를 낳은 시기도 주말에 가족과 하는 일들도 모두 비슷한 너무나도 '평범한' 그들의 일상이 패션계에서는 특이사항으로 기록되는 것도 아이러니하다. 그들 스스로에게는 유대감을 더더욱 돈독히 하고 대화의 폭을 넓히는 공통점이고 인생의 동반자로 서로의 자리를 굳히게 하는 일이기도 하다.

그는 패션 교육을 받지 않은 이방인이다. 학위는커녕 수업 하나 들어본 적이 없다. 완벽하게 스스로 터득하고 깨달은 사람이다. 이것이 그에게는 오히려 강점이다. 디자인에 아무 제한이 없기 때문이다. 어느 분야든, 아무리 창작과 자유로운 발상이 중요한 예술 분야라 해도 아카데미아는 '만드는 법'은 물론 '창작하는 법' '생각하는 법'까지도 가르친다. 현학적인 강당의 교수 대신 그는 현장의 가장 숙련된 전문가에게서 옷을 배웠기 때문에 래그앤본의 형태와 기능성을 중시하는 브랜드 철학이 탄생할 수 있었던 것이다.

뉴욕의 패션위크는 2월과 9월. 매년 두 번 열리는 패션쇼는 패션 회사의 최대 이벤트다. 디자인팀은 패션쇼를 1년 내내 준비한다 해도 과언이 아니겠지만 쇼가 오르기 한 달쯤 전이 되면 숨도 쉴 틈이 없이 바쁜 긴장의 연속이다. 그가 하는 일은 이 모든 것을 진두지휘하는 것이다. 시즌마다 다른 디자인 콘셉트와 각 상품의 세밀한 디자인, 상품을 만드는 과정, 패션쇼 진행에 관련된 모든 자잘한 일 등 브랜드에 관계된 것이라면 그의 손길이 닿지 않는 것이 없다. 짧은 기간에 이미 너무나도 크게 성장한 미국의 대표 브랜드로서 그의 목표는 계속 진화하고 확장하는 것이라는데, 그렇게 새로운 것에 도전하면서 행복을 찾는다. 그 열정으로 일과 삶을 모두 재밌게 만들고자 하는 것이 그의 인생 철학이다.

　그들의 패션쇼 또한 나의 고정관념을 깨뜨렸다. 잔뜩 기대했던 런웨이쇼의 현란한 몸매의 모델이나 잘 차려입은 하이힐의 관객은 잘 보이지 않았다. 뻥 뚫린 첼시의 웨어하우스 공간, 전체적으로 어두운 공간의 한가운데 설치된 바에서는 제공되는 술과 음료를 마음껏 마실 수 있다. 핑거푸드를 쟁반에 담은 웨이터들은 미소를 지으며 음식을 권한다. 방대한 공간의 가장 안쪽에 스틱피겨 같은 마네킹이 새로운 컬렉션을 입고 두 줄로 늘어서 있다. 오늘 행사의 주인공들이다. 벽에서 끊임없이 바뀌는 새 컬렉션을 입은 모델의 커다란 흑백 영상이 마음을 묘하게 자극한다. 이것은 파티다. 경직되고 긴장되는 패션쇼가 아니라 함께 축하하고 즐기고자 하는 신나는 파티다. 런웨이 패션쇼를 하는 여성복과 달리 남성복은 이렇게 사진과 필름을 이용하여 '프레젠테이션' 형식으로 진행해왔다고 한다. 보다 창의적으로 상품을 소개하고자 하는 의도다. 2010년 CFDA**Council of Fashion Designers of America**가 수여하는 올해의 디자이너상으로 그들은 패션계에 확실

래그앤본 2015년 패션쇼 현장 전경과 글래나, 알렉스의 아내 페니와 함께 있는 필자 모습.

히 자리매김할 수 있게 되었는데 그 날개를 달아주는 역할을 한 것은 남성복이었다. 그에게 남성복은 시작점이면서도 지금의 영광을 현실로 가져다준 중요한 의미를 지닌다.

글래나와 마커스의 편안한 옷차림도 다분히 미국적이면서 '래그앤본'적이다. 이브닝드레스에 하이힐 대신 청바지에 단화를 신은 글래나, 근사한 수트에 넥타이 대신 검정 바지에 검정 티셔츠를 입은 마커스, 허리에는 스웨터를 둘렀다. 마치 래그앤본의 카탈로그에서 걸어나온 듯 자연스럽다. 회사의 연중 최대 행사를 치르는데 과시적이지도 형식적이지도 않은 그들의 태도에서 '래그앤본'의 디자인 철학을 다시 읽는다.

뉴요커의 열정

윌리엄스버그를 떠나 새로 이사 간 브루클린의 작은 동네 코블 힐에 위치한 그들의 단독주택을 보면 생활철학을 짐작할 수 있다. 코블 힐은 겨우 22블록의 작은 동네로 북쪽으로는 브루클린 하이츠, 남쪽으로는 캐롤가든과 인접해 있다. 1969년 역사보존구역으로 지정된 이후로 부동산 개발 붐에 휩쓸리지 않으면서, 매력적인 옛길이라든지 옛날 건축양식 등 찾아보기 힘든 안정된 19세기 주거지의 모습을 간직하고 있는 곳이다. 그의 집은 이 동네에서도 몇 채 안 되는 맨션이다. 원래 단독주택으로 지은 것을 세월이 흐르면서 두 가구가 살 수 있는 타운하우스로 개조되었다가 그들이 이 집을 구입하면서 다시 단독주택으로 바꾸었다. 유명한 코블 힐의 새 보금자리는 한국 돈으로 약 70억 원에 달한다. 그 돈이면 맨해튼의 근사한 새 아파트를 사고도 남는 돈이다. 그런데 굳이 브루클린에 남은 이유는 무엇일까. 글래나를 찾아 처음 뉴욕으로 이사 왔을 때부터 10년이 넘는 세월을 줄곧 브루클린에 살아왔다고 하는데, 그는 브루클린이 '쿨'하다고 생각한다. 그리고 진심으로 사랑한다. 그는 무엇이든 역사가 깃든 것이 좋다고 한다. 고급스럽게 최신식으로 장식해놓은 아파트에는 별로 들어가서 살고 싶지 않았다고 얘기하는 그에게서 래그앤본의 이미지도 보인다. 코블 힐은 아이들을 키우기에도 좋은 곳이라고 말하는 것은 평범한 아빠의 모습이다. 수년 전 어느 생일파티에서 노아와 동생 헨리를 데리고 느지막이 혼자 나타난 마커스에게 "글래나는 어디 갔어요?" 하고 묻자, "주말 요가 리트리트에 갔어요. 아이들을 여기 생일파티에 데려오는 게 내 주말 숙제예요" 하며 멋쩍게 웃다가 둘째 아이가 선반 위로 기어오르려 하자 그리로 달려가버렸다. 약 500명의 직원을 거느린 사장님이지만 회사를 나오면 그냥 이렇게 '아빠'다. 가족들이 모인 자리에서는 더더욱 그렇다.

주중에는 눈코 뜰 새 없이 바쁘지만 주말에는 또한 늘 가족과 함께다. 두 아들이 커가면서 농구나 야구 경기를 보러 갈 뿐만 아니라 아이와 함께 스케치도 하는데 작년에는 아이들이 디자인한 티셔츠를 실제 상품으로 만들기도 하였다. 노아가 어렸을 때 가끔씩 아빠가 만들어주었다는 옷을 멋지게 입고 있었던 기억이 난다. 여름이면 햄튼의 별장에서 주말을 보낸다. 도시를 벗어나 파란 수영장이 있는 햄튼의 뜰에서 자유로이 놀고 있는 아이들을 바라보며 바비큐를 하고 시원한 맥주를 마시는 것이 더 바랄 것 없는 1년 중 가장 행복한 순간이라고 말하는 그, 전형적인 아빠다.

"패션쇼가 끝나면 좀 한가해요?"라고 물으니 "바로 다음 패션쇼 준비해야죠" 하고 대답하는 모습에서 매 순간 몰두할 수 있는 그의 열정을 본다. 래그앤본의 성공 비결이 무엇인지에 대해 그는 내가 하는 것에 대한 열정, 사람들을 이해하고 그들에게 끊임없이 영감을 주고자 하는 열정이라고 말한다. 처음 시작했을 때의 순수한 마음과 철학이 변치 않고, 사람들이 늘 입고 싶어 하는 아름답고 멋진 옷을 만들고자 하는 것, 그것이 그가 진정 하고 싶은 것이고 그 열정 안에 그의 순수한 행복이 있다.

네잎클로버 요정

나에겐 참 특이한 친구가 있다. 그녀는 일주일에 네다섯 번, 11킬로미터씩을 뛰고 가끔씩 마라톤 대회를 나간다. 열여덟 살부터 채식주의자이며 생명이라든지 존재에 대한 깊은 경외심을 가지고 있다. 오십 대를 훌쩍 넘은 아티스트로서 이혼을 하였지만 전 남편과도 그의 새 부인과도 그들 사이의 아이들과도 둘도 없는 친구다. 하지만이 어떤 것보다도 그녀를 특별하게 만드는 것은 네잎클로버를 찾는 그녀의 아주 특별한 마음이다.

오래된 양말공장 건물을 개조해 만들었다는 대학원 시절 스튜디오는 11평 정도의 방이었다. 믹스드 미디어mixed media, 즉 모든 장르를 다 흡수하며 자유롭게 표현하는 것이 특징인 우리 '마운트 로얄' 프로그램의 스튜디오는 문이 없는 열린 공간이었다. 그 이유는 동료들 사이에 자유롭게 서로의 작품을 보고 소통하는 것을 중요하게 여겼기 때문이다. 전통적인 사실주의 회화를 위주로 하는 또 다른 프로그램인 '호프 버거'와는 정반대였다. 그들의 스튜디오는 문에 자물쇠가 단단히 채워져 있다. 작가의 허락 없이는 슬쩍 들여다볼 수도 없었다.

레슬리의 특별한 마음
어느 한가한 토요일 오전 스튜디오를 한 바퀴 돌며 다른 학생들이 작품을 어떻게 진행시켜 나가는지 보고 있었는데 내 시선을 확 잡아 끈 작품이 하나 있었다. 가로세로 1.2미터 정도의 정사각형 화면에 원형으로 가득 놓인 크고 작은 네잎클로버들이었다. 멀리서 보았을 때 난 그것이 그림인 줄 알았다. 하지만 가까이 다가갈수록 진짜 네 잎클로버를 콜라주 해서 만든 작품임을 알았다. 몇 개나 있을까? 가 운데부터 하나씩 세어보았다. 셀 수조차 없었다. 나중에 물어보니 무 려 1,024개나 된다고 했다. 도대체 이것들이 어디서 났을까. 월요일 오후 스튜디오에 그녀가 나타나자 다짜고짜 그 네잎클로버들을 어 디서 구했느냐고 물었다.

"조깅하거나 걷다 보면 눈에 보여. 엎드려서 애써 찾지 않아도 그 냥 눈에 들어와. 어쩌다간 네잎클로버 줍느라고 조깅하러 나온 걸 잊 기도 해. 한번 나갔다 오면 몇십 개씩 찾아오곤 하는데, 333개를 하 루에 주운 적도 있어, 와이오밍**Wyoming**에서였는데 참 우습지? 와이 오밍은 사막 같잖아! 거긴 풀도 별로 없는데."

네잎클로버를 줍는다고? 찾는 것도 아니고? 난 할 말을 잃었다. 그녀는 이렇게 '주운' 수천 개의 네잎클로버를 책갈피에 말린 후 작 품에 사용한다. 내가 특히 좋아하는 〈Four Circle 2001-2008〉은 연 한 연두색과 황금빛 바탕에 납작하게 말린 네잎클로버를 네 개의 원 형으로 놓은 후 수십 겹의 얇은 레즌층으로 덮어 코팅을 한 것이다. 자연으로서의 네잎클로버는 사람이 만든 인공 화학물질인 레즌층 사이에 박제되어 있는 듯하다.

조깅을 하면서 자연스럽게 접하는 환경으로서의 자연, 거기에서 하나하나 집어든 자연의 조각들, 그것을 고이 집으로 가져와 하나씩

레슬리의 특별한 네잎클로버 작품.

펴서 책갈피에 말리고, 그 시간을 기다리고, 화면에 색을 칠하고, 다루기 까다로운 레즌을 입히고, 금방이라도 바스러질 듯한 바짝 마른 네잎클로버를 조심스럽게 하나씩 올려놓고, 레즌을 또 입히고, 마르길 기다리고, 레즌을 또 입히고, 마르길 또 기다리고……. 인기 있는 작가들은 늘어나는 수요를 맞추기 위해 작품도 '빨리빨리'인데, 그녀의 작품은 느려도 너무 느리다. 오히려 이 '슬로 프로세스slow process'를 즐긴다. 이 과정을 통해 작가가 성취하고자 하는 것은 무엇일까? 작품에 부여하는 의미는 과연 무엇일까?

"그냥 그게 나한테는 너무 자연스러운 과정이야. 그렇게 하지 않으려고 해도 어느 순간 나는 조그만 쪽집게와 실낱 같은 붓을 들고 세부를 다듬고 있거든. 당연히 작업은 느릴 수밖에 없는데 이건 내가 작품이랑 서로 교감하는 방법인 것 같아. 난 주로 불가능할 정도로 난해하고 다루기 어려운 재료와 테크닉을 사용하는데 우리, 즉 재료랑 나는 항상 서로 대립되고 부딪히면서 함께 작품을 완성시키게 되지. 내가 뭔가를 만드는 게 아니라 재료가 나를 위해 스스로 문제를 해결하기도 해."

그녀의 작품에는 세 가지 중요한 요소가 있다. 화가와 자연, 그리고 인공물이다. 그녀는 클로버를 발견한 지역별로 작업을 한다. 뉴욕에서 발견한 클로버는 뉴욕 그림에만 사용한다. 와이오밍의 클로버와 뉴욕의 클로버를 섞지 않는다. 그만큼 작가와 그가 마주하는 특정한 환경, 그 관계, 그 상황에서만 느낄 수 있는 순간의 교감이 중요한 것이다. 어느 날 어느 도시에서 조깅을 하면서 느끼는 모든 것들, 다른 종류의 풀, 나무, 흙이 만드는 독특한 향기들, 도시의 냄새, 공기의 순환, 기후의 변화, 그 안에서의 그녀의 감정과 영혼, 이 모든 것들을 인지하는 작가의 감각 체계들이 기록하는 특정 장소에 관한 환상적이고 몽환적인 그림지도가 그녀의 네잎클로버 작품인 셈이다.

각 도시에서 그 순간의 느낌에 따라 배경이 노랗기도 하고 파랗기도 하고 빨갛기도 하다. 클로버의 배열 형태도 달라진다. 둥글기도 하고 네모지기도 하다.

"클로버는 그림과 레즌층 사이에 놓여 있어. 이것은 우리 환경 속에서 내재하는 자연과 인공물 사이의 대화 같은 것을 의미해."

그녀가 물감으로 그린 배경, 그 위에 놓인 자연, 그것을 둘러싼 인공물 레즌, 그 셋의 관계는 마치 우리가 늘 접하는 자연적 환경과 인공적 환경 그리고 나, 그들 사이의 관계와 대화를 상징하는 것이다.

네잎클로버들은 레즌층들 사이에 있기 때문에 배경의 색으로부터 물리적으로도 떨어져 있다. 그래서 조명을 비추면 뒷면에 그림자가 생기고 물에 떠 있는 느낌, 혹은 공중에 부유하는 느낌이 든다. 그리고 그 때문에 이것이 그린 것이 아닌 오브제라는 느낌을 섬세하지만 확실하게 전달한다. 인공물 속의 자연물, 그 고립되고 이질적인 느낌, 그러면서도 미묘하게 조화되는 것이 이 작품의 매력이다.

행운은 눈이 아니라 마음으로 찾는 것

그녀의 최근 작품은 레이스와 종이를 서로 붙이고 엮어서 만든 콜라주 작품이다. '그라피티graffiti'라고 제목을 붙인 이 작품들은 1970년대 유행했던 낙서예술에 관한 작가의 관심과 이해를 바탕으로 한

다. 겉으로 보기엔 클로버 작품과 전혀 별개의 작품 같아 보이지만 재료만 다를 뿐 서로 일맥상통한다. 클로버를 화면에 배치하며 줄기가 향하는 방향이 전체 구성에서 큰 역할을 하는 것을 발견한 그녀는 그것이 태피스트리tapestry와 비슷하다는 생각을 했었다고 한다. 생긴 모양과 크기는 조금씩 다르지만 네잎클로버의 네모진 기본형과 거기서 삐죽이 나온 줄기의 구조, 그것들을 반복적으로 배치했을

오래된 레이스와 종이를 이용한 작업을 하고 있는 언제까지나 네잎클로버 요정 레슬리.

때 서로 연결되는 구조가 레이스의 기본 패턴이 실로 연결되는 구조와 동일하다는 생각을 한 것이다. 그리고 그들의 유기적 구조에 매료되었다. 작업 과정에서 인체에 유해한 물질을 발화하는 레즌을 그녀의 몸이 거부하며 더 이상 사용할 수 없게 되었을 때, 그녀는 클로버 작품을 접고 자연스럽게 레이스 작업을 시작하게 되었다.

클로버를 수집하듯 그녀는 오래된 레이스들을 수집한다. 레이스와 클로버는 모두 그들의 물질성과 상관없는 함축적 의미들이 있다. 그녀는 또한 손으로 적은 편지와 문서들도 수집하는데, 그 수집품들은 7개 다양한 언어들로 구성되어 있고 오래된 것은 1792년까지도 올라간다.

이 편지들에 있는 글자들을 자르고, 따라 그리고, 바늘로 꿰매고, 꿰맨 듯한 바늘땀을 그리기도 하면서 작품을 만드는데 그 과정을 통해 그 글을 적었던 사람과 레이스를 짰던 사람들과 무언의 대화를 나눈다. 작품은 그녀와 그들, 그들의 시간과 역사와의 소통과 관계를 암시한다. 재료가 무엇이건 간에 그녀는 마음을 열고 관계를 맺고 소통하고자 하는 것이다. 그 열린 마음이 클로버를 찾아내는 그녀의 재주다. 애써 네잎클로버를 찾으려 하지 않아도 그냥 열린 마음으로 자연을 바라보면 네잎클로버가 스스로 그녀를 찾아오는 것이다. 그녀의 마음이 진정 클로버를 만난다. 마치 행운이라는 것이 눈으로 찾을 수 있는 것이 아니라 마음으로 받아들이는 것처럼 말이다.

행운의 상징인 네잎클로버는 실제로는 돌연변이다. 손가락이 하나 더 달려 태어난 사람을 보는 눈과 달리 잎이 하나 더 달린 네잎클로버는 아이러니하게도 행운의 상징이다. 확률적으로 1만 개 가운데 하나가 네잎클로버라고 한다. 난 평생 내 눈으로 네잎클로버를 찾은 적이 없다. 세잎클로버의 쌍잎을 반으로 갈라 얼추 네잎클로버처럼 만들어본 적은 있지만 누가 보아도 그건 '짝퉁'이다. 네잎클로버를 이용해 작업을 하는 그녀의 졸업전을 앞두고 '네잎클로버 찾으면 너 줄게!'라고 선심 쓰듯 말했지만 난 그녀를 위해 단 한 개의 네잎클로버도 찾을 수 없었다. 오히려 며칠간 땅바닥을 헤집고 다니다 의기소침해진 나에게 그녀는 자신의 소중한 네잎클로버를 하나 주었다.

그때 어느 책갈피 사이에 고이 넣어두었던 조그만 잎사귀. 여기저기 이사 다니느라 지금은 어디 있는지도 모르겠다. 내가 마음을 활짝 열면 산만큼 쌓아놓은 오래된 책들 사이에서 그 조그만 행운을 발견할 날이 올까?

타티아나의 행복

한 달간의 서울 나들이를 마치고 뉴욕으로 돌아온 지 일주일, 시차로 오는 몸의 피곤함과 메스꺼움, 밀린 일 처리로 힘든 일주일을 보냈다. 그리고 지금 뉴욕 북부의 라인벡Rhinebeck으로 주말여행을 왔다. 오랜만에 갖는 한가함이다. 뉴욕에서 한 시간 반 정도 운전하면 올 수 있는 이곳은 뉴요커들의 주말 별장으로 인기 있는 뉴욕 주변 여러 도시 가운데 하나다. 빌 클린턴 전 대통령의 딸 첼시가 라인벡의 외곽 지역에서 결혼식을 할 때 하객들이 라인벡의 비크맨 암스Beekman Arms 호텔에서 머물면서 항간의 화제가 된 곳이기도 하다. 70여 개의 객실을 갖춘 이 호텔은 현존하는 미국의 가장 오래된 호텔로서 이 동네의 가치를 높여주는 역사적 장소다. 호텔 주변으로는 오래된 동네의 정서를 간직한 라인벡타운에 크고 작은 음식점과 앤티크숍, 캔디숍 등이 인상적이다.

이곳에는 내 친구 타티아나의 주말 집이 있어서 1년에 두세 번씩 놀러 온다. 부자들의 해변 별장지로 유명한 롱아일랜드의 햄튼이 아닌 라인벡의 1820년대 유서 깊은 집을 선택한 데서 타티아나의 삶 가운데 무엇이 중요한지도 함께 가늠해볼 수 있다. 타티아나의 딸 아나가 하늘이와 유치원을 같이 다니며 알게 된 우리는 아이를 함께 키우며 둘도 없는 친구가 되었다. 그녀는 〈포브스〉와 〈바론〉 등에 글을 쓰는 경제 전문 저널리스트다. 남편인 믹은 금융업에 종사해 경제적으로도 여유가 있지만 그녀의 일과 양육에 대한 열정은 특별하다. 그 흔한 고정 베이비시터 없이 주변 가족의 도움을 조금씩 받으며 그녀는 아이를 제 손으로 키운다. 일은 아이가 학교 간 사이 혹은 밤잠을 줄여가며 한다. 돈이 없어서가 아니라 그녀의 뜻이 그러한 것이다. 아침저녁으로 출퇴근해야 하는 직업이 아니니까 가능하기도 하다. 베이비시터들이 키우는 아이들은 버릇없기 쉽다. 아나는 몸집이 제법 큰 아이로 유난히 칭얼거리고 개구진 아이였지만 엄마의 사랑과 엄격한 훈육으로 지금은 누구보다도 예의바른 어린이가 되었다. 예술과 문학을 사랑하는 자유로운 사고의 그녀이지만 예절 교육은 철저하다. 같이 있으면 나도 그녀에게서 하늘이에게 가르쳐야 하는 미국식 예절을 배우게 된다.

"아나가 행복했으면 좋겠어."

미국인에게서 자연스럽게 나오는 행복이라는 단어를 그녀에게서도 듣는다. 어린 시절 그녀의 부모는 그녀가 의사나 변호사가 되길 원했다고 한다. 책을 좋아하고 공부를 잘했던 데다 이민자들에게 자식의 성공이 주류 사회의 진출, 사회적 지위 확보와 금전적 풍유에 근거하는 것은 한국인이 아니어도 인지상정인 듯하다. 그녀도 한때 노력한 적이 있었지만 그것은 그녀가 진정 원하는 것이 아니었고 결국 그녀는 저널리스트가 되었다. 그리고 그 일을 하면서 행복하다. 그러한 사적인 경험을 통해서도 그녀는 누군가 원해서 하는 일이 아닌, 내가 선택하고 행복한 것에 더 무게를 둔다.

그녀 기억 속의 윌리엄스버그

그녀는 폴란드인 아빠와 우크라이나인 엄마 사이에서 미국인으로 태어나 윌리엄스버그에서 자랐다. 젊은이들에게 특히 '핫'한 동네인 윌리엄스버그는 지금은 잘나가는 동네이지만 그녀가 자라던 1970~80년대에는 마약과 좀도둑이 성행하는 블루칼라의 동네였다. 이 지역 사람들의 직업은 도시 청소부, 배관공, 소방관 등 기초 서비스업계와 단순 기술직 종사자가 다수였다. 그녀 역시 그리 부유하지 않은 이민자 가정에서 자랐는데 지금 그녀의 엄마는 윌리엄스버그에서 가장 비싼 베드포드 거리에 타운하우스를 소유한 랜드로드다. 세월이 흘러 터를 잡고 자연스럽게 이 동네의 진짜 주인이 된 것이다. 그것이 또한 미국 이민의 역사이기도 하다. 오래전 가난한 아일랜드인이 열악한 환경에서 정착을 하고 그리고 이탈리아인이, 그 뒤를 이어 우크라이나인이 폴란드인이 터를 닦고 이 땅의 새 주인이 되었다. 우리가 흔히 얘기하는 윌리엄스버그는 원래 우크라이나 동네와 이탈리아인 동네, 폴란드인 동네, 유대인 동네가 만나는 접경지기도 하다. 베드포드 지하철역 주변의 가장 번화가는 우크라이나, 그 북쪽 그린포인트 지역은 폴란드인 동네다. 하지만 바로 아래 사우스 윌리엄스버그는 유대인 동네, 그중에서도 정통주의적이고 극단적으로 보수적인 하시딕 유대인**Hasidic Jewish** 동네다. 브루클린과 퀸스를 연결하는 고속도로를 사이에 두고 그 동쪽의 로리머 지하철역 근처는 이탈리아인 동네다. 그녀는 다문화 가정에서 태어나고 다문화 동네에서 자란 전형적인 뉴요커인 셈이다. 대학교와 직장 생활을 하던 워싱턴 D.C.에서의 7년과 영국에서의 3년, 그렇게 10년을 윌리엄스버그를 떠나 있었지만 그녀는 결국 연어처럼 집으로 되돌아왔다.

그녀 기억 속의 윌리엄스버그는 우리가, 혹은 한국 사람들이 생각하는 윌리엄스버그와 사뭇 다르다. 그녀가 다니던 베드포드 역 근처의 학교는 우크라이나 성당에서 운영하는 학교였고 이 학교의 학생들은 모두 우크라이나 이민 가정의 아이들이었다. 학교에서는 항상 우크라이나 음악이 흐르고 아이들은 거기에 맞춰 춤을 추고 노래를 흥얼거렸다. 지금은 그 학교 건물이 어린이를 위한 데이케어**daycare** 건물로 바뀌었다. 윌리엄스버그 개발과 함께 우크라이나 인구가 줄어들자 학교 유지가 불가능해진 성당은 건물을 팔게 된 것이다. 아이러니하게도 그곳이 바로 하늘이와 아나가 처음 만난 곳이기도 하다.

그녀는 동네 사람들이 커다란 부족이라도 되는 듯이 서로 친밀했던 관계를 회상하기도 한다.

"파티에 가면 어린 아기부터 할아버지, 할머니까지 모든 연령대의 사람들이 다 있었어. 어른들만의 파티가 아니라 온 동네의 가족들이 다 함께 어울리고 즐기는 파티였지. 요즘처럼 아이들 파티 따로, 어른 파티 따로, 끼리끼리 어울리는 그런 파티가 아니고 말이야."

남녀노소가 다 함께 어울려 춤도 추고 노래도 하며 흥에 젖는 동네잔치를 회상하면 그립기만 할 뿐이다.

또한 문화적 특성과 정체성이 어우러진 공동체로서의 윌리엄스버그가 그녀의 기억 속에 강하게 남아 있다. 이탈리아어, 우크라이나어, 폴란드어 등 각기 다른 언어를 사용하며, 조금씩 다른 문화를 가지고 어디선가 이주해 와서 터를 잡고 살아가는 이민자들로서 그들은 강한 유대감과 동네에 대한 애착, 연대의식으로 똘똘 뭉친 공동체

였는데, 이제는 그런 걸 기대할 수 없는 것이 그녀가 직면하는 현실이다.

"우리 동네에는 십 대 아이들도 없잖아. 이삼십 대의 싱글들이거나, 어린아이들을 가진 젊은 가족 아니면 나이 많은 사람들이야. 사람들은 잠시 머물다 떠나면 그만인 거지. 커뮤니티에 대한 유대감이 없으니까 그런 거야. 좋은 학교가 없는 것도 이유지만 공동체 의식이 있다면 우리가 바꿀 수도 있어. 그 마음이 없으니까 필요에 따라 이사 왔다 이사 나가는 떠돌이로 윌리엄스버그가 채워지고 있어. 우리 아이들 유아원 때 함께했던 친구들도 다 떠나고 몇 안 남았잖아. 난 그게 안타까워."

그러고 보니 롱아일랜드로 뉴저지로 코네티컷으로 이미 많이들 이사 나갔다.

"내가 어렸을 때는 길에서 무슨 못된 행동이라도 하면 동네 사람들이 내 부모에게 알려주었어. 동네 사람들이 모두 가족같이 다 잘 알고 있었고, 서로 돌봐주는 거지. 다들 일하느라 바빴거든."

범죄율이 높았던 30년 전의 윌리엄스버그지만, 그때는 오히려 서로서로의 눈과 귀가 되었다고 한다. 집 근처의 길바닥에서 혼자 놀아도 온 동네의 눈이 보고 있으니 안심이었다는 것이다. 옆집 아이를 내 아이처럼 여기는 가족의식, 그 마음으로 커다란 우크라이나 공동체, 혹은 폴란드인 공동체, 이탈리아인 공동체를 형성하고 있었고 그것은 오래전 뉴욕 이민사회의 한 단면인 것이다.

윌리엄스버그의 새 사람들은 공동체 의식도 없고 커뮤니티에 관한 관심도 없다는 것이 그녀의 생각이다. 문화와 사회에 뿌리가 없는

The Best Fresh Pressed Juice

라인벡에서의 한가로운 한때 모습과 타티아나의 취향이 드러나는 집 내부 풍경.

이들은 장소에도 뿌리가 없게 되고 목적에 따라 다 흩어져버리고야
만다. 이 공동체 의식을 형성하는 가장 기본적인 단위는 가족이다.
하지만 윌리엄스버그를 빠르게 변화시키는 개발업자들이 중시하는
것은 가족이 아니다. 그들이 좇는 것은 '돈'과 '트렌드'다. 그러다 보
니 그들이 개발하는 동네도 가족을 위한 사회가 될 수 없다고 열변
하는 그녀에게 공감이 간다.

단지 기억하고 싶은 우리의 이야기들

아나가 지금 다니는 학교를 선택한 특별한 이유도 그녀의 정체성
과 연결된다. 그린포인트 깊숙이 위치해 있는 아나의 학교는 폴란드
성당에서 오랫동안 운영해온 가톨릭 스쿨이다. 가족과 폴란드 공동
체에 대한 강한 유대감이 아직도 학교 중심으로 유지되고 있다. 폴란
드 이민 역사와 그린포인트의 유산이 그대로 남아 있기도 하다. 급변
하는 윌리엄스버그에서 자라는 아나가 자신의 뿌리를 생활 속에서
자연스럽게 찾고 경험할 수 있는 마지막 기회일지도 모른다.

아나의 학교는 그녀가 새로이 시작한 프로젝트 '윌리엄스버그 메
모리Williamsburg Memories' '그린포인트 메모리Greenpoint Memories'의
그라운드제로라고 할 수도 있다. '윌리엄스버그 메모리' '그린포인트
메모리' 프로젝트는 이 동네에 이야기와 추억을 간직한 사람들 누구
나 참여하여 글을 남길 수 있는 웹사이트다. 빠른 속도로 무섭게 세
대교체가 이루어지는 이 동네 삶의 역사를 조금이라도 더 기록으로
남기고자 하는 그녀의 뜻이 담겨 있다. 이것은 그녀가 자신의 경험담

이나 인터뷰 내용을 적어놓는 사이트가 아니다. 사람들은 스스로의 이야기를 풀어낸다. 그녀도 자신의 기억 속 이야기를 적어놓았다. 물론 참여자의 한 사람으로서다.

아이 학교에서 특별 이벤트를 마련하기도 했다. 할아버지 할머니를 인터뷰하여 글을 쓰는 대회를 개최하고 자비로 상금도 마련하였다. 아직 남아 있는 그린포인트의 오래된 주인들, 그들의 후예들이 아직도 학교 공동체를 중심으로 강한 결속력을 가지고 있기 때문에 가능한 일이다. 이 학교를 다니는 아나의 친구들은 주로 이곳에 오래 산 폴란드인의 아이들로서 부모와 할아버지, 할머니는 그린포인트의 산 증인인 것이다. 이 작은 역사와 문화에 그녀 존재의 의미와 가치가 담겨 있다. 혹 보잘것없어 보일지라도 보존하고 기억해야 하는 것이다. 그녀가 남기고자 하는 것은 윌리엄스버그와 그린포인트의 유산이고 그것은 곧 그녀 자신의 유산이며, 그녀 자신의 역사이기도 한다.

윌리엄스버그 메모리는 늦은 감이 있다고 털어놓는다. 윌리엄스버그는 너무나도 빠르게 세대교체가 되어버렸다. 좋은 값에 집을 팔고 이사 가버린 이들은 뿔뿔이 흩어져서 남아 있는 사람들이 별반 없다. 윌리엄스버그는 이미 세계 각지에서 몰려든 젊은이들로 들어차 있고, 이 외지의 사람들은 동네에 대한 애착도 관심도 뿌리도 없다. 공동체 의식도 당연히 없다. 그들은 그저 윌리엄스버그의 새로운 문화에 매료되어 있고 거기에 살고 있는 자신이 쿨하다고 여길 뿐이다. 모두 떠나고 낯선 이방인들로 가득 찬 윌리엄스버그, 적어도 10년 전에는 이 일을 시작했어야 했다. 그린포인트는 안쪽이라 개발이 덜 된 것이 그녀에게는 그나마 다행스러운 일이다.

타티아나는 말했다. "아냐가 행복했으면 좋겠어."
타티아나에게 행복은 자신이 자란 뿌리를 잊지 않은 인간이
스스로 선택하고 실행할 수 있는 삶의 재능이다.

인디언이 삶을 꾸리던 허허벌판의 자연에 이주해온 유럽인들은 농장을 꾸리고 나무를 심고 마을을 만들었다. 그리고 산업화와 함께 공장지대가 되고, 강가의 항구를 따라 무역의 중심지가 되기도 했다. 변모에 변모를 거듭하여 오늘의 서비스와 환락 지역으로 혹은 고급 아파트 단지로 변화해가는데 우리는 여기에 무엇이 있었는지 기억하지 않는다. 강가와 베드포드 애비뉴 주위로 무섭게 들어서는 고층 아파트들, 빠르게 움직이는 새 음식점과 가게들, 오래된 상점들은 임대계약이 만료되는 대로 족족 사라지고 대기업의 체인점이 들어차고 있다. 오래된 브루클린 베이글 가게가 문 닫은 지 수년 전이고, 베드포드의 킹스 약국도 이제 막 문을 닫았다. 그리고 그 바로 앞에는 큰 기업형 약국 듀엔드리가 자리 잡았다. 커뮤니티의 역사가 담긴 빈센트 폴 성당마저도 개발업자의 손에 팔려 고급 아파트로 개조될 것이다. 그렇게 개발과 함께 윌리엄스버그는 빠르게 변해간다. 그와 함께 누군가에겐 빠르게 잃어가는 소중한 것들이 있다. 그녀가 자라온 환경, 애정과 추억이 가득한 윌리엄스버그의 모습은 찾아보기 힘들다. 하지만 이 변화를 슬퍼하고 막고 싶은 것은 아니다. 누군가가 막을 수 있는 성질의 것도 아니다. 그녀는 단지 기억하고 싶을 뿐이다. 먼 훗날, 아니 내일 당장이라도 누군가가 윌리엄스버그를 둘러보며 호기심을 가질 때 찾아볼 수 있는 이야기를 엮고자 한다. 그것은 역사다. 거창하지 않아도 그녀의, 우리의 역사이기 때문에 소중하고 의미가 있는 것이다.

토머스의 뉴욕

"성민 씨, 톰 알아? 소개해줄게. 밥 먹자. 남편도 나오라고 해. 밥을 같이 먹어야 친해지지."

그렇게 나를 정말 아껴주시는 황란 작가님의 소개로 수년 전 토머스를 만나게 되었다. 맨해튼 한인타운의 크리스털 벨리에서 지글지글 고기를 굽는 불판을 사이에 두고 만난 그는 당시 메리분 갤러리의 디렉터였으니 아티스트에게는 높디높은 첼시의 장벽 너머 다른 세계의 거만한 사람일 수도 있고, 잭팟일 수도 있고, 그냥 스쳐 지나가는 사람일 수도 있다. 하지만 그가 유난히 편하게 느껴졌던 이유를 좀 더 깊은 대화를 하며 그제야 알게 되었다.

뉴욕 아트 비즈니스의 매력

1977년 소호에서 시작한 메리분 갤러리는 가고시안Gagocian, 바바라 글래드스톤Barbara Gladstone 등 손가락에 꼽히는 뉴욕의 거물 갤러리 가운데 하나로, 장 바스키아, 바바라 크루거, 리처드 터틀, 애그니스 마틴, 로이 리히텐슈타인 등으로부터 최근에는 아이웨이웨이에 이르기까지 시대를 대표하는 작가들과 긴밀히 일해왔으니 명실공히 뉴욕 최고의 갤러리다. 디렉터만도 세 명이나 된다. 다들 하는 역할은 조금씩 다르다. 한 명은 비즈니스 담당, 다른 한 명은 전시 담당

등 각기 좀 더 전문화된 분야가 있다. 그는 메리분에서 1998년 비즈니스 디렉터로 일을 시작한 후 작가들과 갤러리와의 유기적 관계를 발전시키며 작가 콜라보레이션, 스페셜 프로젝트 등 150건의 다양한 전시와 프로젝트를 기획, 관리해왔다. 메리분과 일한 것이 근 15년이니 뉴욕 생활의 대부분을 메리분과 함께해온 셈이다.

그는 뉴욕 외에도 세계의 여러 도시들에 관심이 많다. 하지만 오래전 뉴욕행을 결정한 것은 당시 그가 선택할 수 있는 폭 안에서 내린 최선이었다. 그에게 뉴욕은 여전히 세계 아트의 중심으로서 최근 60년의 현대미술사에서 중요한 역할을 해왔으며, 개성 있는 갤러리들과 아트페어, 옥션 등 수많은 흥행 포인트를 지닌, 전 세계 사람들이 열광하는 매력의 도시다. 특히 다른 도시와 다르게 뉴욕이 열려 있고 가능성이 많다는 데 주목한다. 새로운 아이디어를 실질적인 프로젝트로 실행하는 것이 현실적으로 더 용이하다는 것인데, 관료주의나 권위주의가 적은 것도 뉴욕의 장점이라고 꼬집어서 말한다. 이 모든 것들이 뉴욕을 뉴욕답게 만드는 종합적인 요소인 것이다.

메리분과 함께한 시간 동안 그는 정말 많은 사람들을 만나고 많은 것을 배웠다고 한다. 15년 전 메리분과 새로 일을 시작한 아티스트들과는 함께 성장하였다. 그들은 또한 오랜 시간에 걸쳐 좋은 벗이 되기도 하였다. 그런 메리분 갤러리를 떠난 것은 2012년이다. 그리고 이제는 자신의 일을 찾고 싶어했고 'Acquisit Consulting'이라는 회사를 설립하여 컨설턴트와 개인 딜러로 독립하였다. 이 시기에는 누군가의 소장품을 새로운 컬렉터에게 파는 세컨더리 마켓**secondary market** 딜러로 주로 일했다. 그는 컬렉터와 대화를 하고 필요한 조언

또 한 명의 행복한 뉴요커 아트 딜러 토머스

을 해주고 그들이 수집하고자 하는 작품을 찾아 중개를 하면서 유수의 컬렉터들의 눈과 귀가 되어온 뉴욕의 대표 딜러다. 그는 샌루이스에서 학교를 다니며 학부 1학년 때는 조각을 공부하다 미술사를 공부하고 그리고 비즈니스를 공부하며 천천히 딜러로 선회한 케이스다. 그 자신이 아티스트로 출발했지만 아트 비즈니스에 더 큰 매력을 느끼며 이제는 뉴욕의 간판급 딜러가 되었다. 아티스트로서의 배경이 있기 때문에 아티스트의 입장을 더 이해하고 사려 깊을 수 있다고 하는데 그는 딜러와 갤러리스트의 애매한 경계에서 자신을 '딜러'라고 정의한다. 갤러리스트는 갤러리라는 공간과 기능 안에서 그 정의가 한정되지만, 딜러는 좀 더 통합적이고 포괄적인 의미가 있다. 딜러로서 그에게는 컬렉터도 아티스트도 다 클라이언트다. 늘 균형을 맞추어 둘의 관계와 요구를 충족하며 중재를 하는 것이 그의 일이다. 아티스트에게 수없이 '갑질'을 하는 일부 갤러리스트 얘기를 전해 듣고 나면 당연해야 하는 이런 마음이 고맙게 느껴진다. 그리고 그의 아티스트적 기질은 아티스트와 직접 소통하며 일하는 역동성을 즐기게 한다. 개인 딜러로 일하는 동안 세컨더리 마켓에서 작품만 다루며 일하던 것이 다소 지루했다고 털어놓기도 했다. 살아 있는 작가와 교감하며 작업을 하고자 했던 것은 그가 다시 릴라헬러 갤러리Leilla Heller Gallery 디렉터로서, 뉴욕의 갤러리스트로 돌아온 이유이기도 했다.

　뉴욕에서 그가 참여한 또 하나의 굵직한 일이 2007년 아시안 아트 페어Asian Contemporary Art Fair다. 당시 첼시에 '2×13'이라는 갤러리를 운영하던 아시안 아트웍스Asian Art Works의 크리스털 킴 대표가 아이디어를 내고 기획한 일인데 그는 전체 디렉터로서 이 일을 처음부터 끝까지 성공적으로 수행한 사람이다. 글로벌 아트마켓의 중심 뉴욕에서 기획한 야심찬 아시아 프로젝트였다. 동아시아와 미국 등 81개 갤러리가 참가하고 2만 5,000명의 관객이 다녀갔으며 약 134억 달러의 판매액을 기록했다. 전시 이외에도 관객과의 대화나 교육 프로그램들도 마련되었으며, 뉴욕에서 아시아의 미술을 좀 더 다양하게 소개하는 데 좋은 역할을 하였으니, 뉴욕에 알려지지 않은 갤러리와 작가들에게는 더없이 좋은 기회였다. 아직 아시안 마켓이 뉴욕에 단단히 구축되지 않은 시기여서 〈뉴욕타임스〉에 소개되는 등 미술계의 관심을 끄는 기념할 만한 이벤트였다고 평가된다. 아시아인으로서 이런 행사가 계속되면 어떨까 아쉬워하는 나와는 조금 다르게 그는 앞으로 나아갈 방향에 대해서는 글로벌하고 국제적인 방향으로 서로 상호작용하며 발전하는 것이 바람직하다고 말하는데 충분히 공감이 가는 내용이다. 인터넷과 교통수단의 발달로 세계가 하나가 되고 있는 시점에서 아시아만 따로 뚝 떼어내어 정의하기보다는 세계 안에서 우리의 자리를 확고히 하는 것이 더 의미가 있을 듯싶다.

행복한 아트 딜러의 철학

그는 그림을 중개하여 이익을 남기는 아트 딜러다. 딜러로서 그는 작품을 어떤 관점에서 바라볼까? 그림을 보는 관점은 자신의 위치에 따라 저마다 다르다. 큐레이터가 보는 관점, 미술사가가 보는 관점, 딜러나 컬렉터가 보는 관점. 나는 200프로 작가라 작가의 입장에서만 나를 바라본다. 이른바 '성공'을 하려면 내가 거주하는 상자를 나와서 나를 객관적으로 바라보기도 하고, 다른 사람의 관점으로도 바라보는 것이 중요하다. 그가 바라보는 세상이 궁금해졌다. 역시나 그의 생각의 중심은 '그림을 파는 것'에 있었다. 작가로서 나는 온전히 어떤 것을 어떻게 표현할지, 특정 주제나 의도를 강조하기 위해 무엇을 선택하고 무엇을 버려야 할지, 그리고 그것을 어떻게 관객들에게 제시할 것인지에 대해서만 고민한다. 솔직히 어떤 컬렉터가 어떤 작품에 관심이 있고, 첼시의 트렌드가 어떤지 하는 것에 별반 관심이 없다. 그래서 현실성이 없기도 하다. 하지만 그, 딜러로서의 그는 생산 이후의 과정과 문제, 해결책 등에 관심의 초점이 맞추어 있다. 이 당연한 일이 왜 이렇게 새롭게 느껴지는지, 나는 그동안 얼마나 작가의 틀에서만 살아왔는지도 깨닫게 되는 순간이었다.

딜러로서 가장 어려운 점은 역시 컬렉터와의 관계, 그들의 관심을 묶어두는 일이다. 그것을 위해서는 컬렉터가 어떤 취향을 가지고 있는지, 그들의 성격이 어떤지, 무엇을 원하는지를 파악하고 끊임없이 연구하는 것이 중요하다. 그리고 답장은 바로바로 보내는 것이 대화의 흐름을 끊지 않으면서도 성공적 결과를 가져오기 쉽다. 딜러로서 즐거운 것은 물론 작품을 팔았을 때지만 그중에서도 컬렉터가 딱히 내켜하지 않지만 그를 믿고 구입했다가 볼수록 좋아하게 되면 정말 기쁘다고 한다. 게다가 작품의 금전적 가치가 올라 투자로서의 자산 가치도 높아지면 딜러로서 최상의 보람을 느끼게 된다.

갤러리스트와 딜러들은 다양한 배경을 가지고 있다. 미술사를 공부하고 큐레이터나 갤러리스트가 되는 것이 일반적이지만, 톰처럼 아티스트에서 시작하여 딜러가 되기도 하고 작품 컬렉팅을 하다가 딜러로 선회하기도 한다. 어디에서 시작했든지 그들의 공통점은 아트를 사랑하며, 수많은 작품을 보고 견문을 넓힌 사람이라는 것이다. 미술학도들이 끊임없이 뉴욕으로 건너와 나름의 꿈을 키운다. 작가가 되고 싶어 하기도 하고, 큐레이터나 톰처럼 딜러가 되고 싶어 하기도 한다. 그는 이제 딜러나 갤러리스트를 꿈꾸는 사람들에게 처음에는 자리가 잡히고 규모가 있는 갤러리에서 일을 하며 다양한 경험을 쌓고 배울 것을 적극 권한다. 성공적인 갤러리스트가 되기 위해, 처음부터 갤러리를 열고 시장에 뛰어들기보다는 다양한 사람들을 만나 다양한 경험을 쌓으며 오래 지속되는 친분을 쌓고, 전문적인 수준의 경험을 먼저 충분히 할 것을 권한다. 컬렉터를 관리하는 것은 특별한 차원의 일이다. 딜러로서 컬렉터를 진정 이해해야 하고, 때로는 교육해야 하며, 때로는 공감하도록 설득해야 한다. 아티스트와의 건강한 관계를 유지하는 것도 중요하다. 미술계 전반의 판도를 섭렵하고 있어야 한다. 이 까다로운 모든 필요충분조건을 갖추기 위해서 가장 효과적인 방법은 전문가들과 함께 일하며 배워나가는 것이다.

그는 뉴욕의 한국 작가들과도 교우가 깊으며 한국도 자주 방문한다. 2010년 한국 현대미술의 위상과 가능성을 국내외에 알리기 위한 전시였던 〈코리아 투모로우〉를 이대형 큐레이터와 공동 기획하고, 강연을 하기도 했다. 뉴욕 다음으로 가장 친근한 도시가 서울이라고 주저 없이 말하는 그는 한국의 문화와 음식을 사랑하고, 서울 갈 때마다 느끼는 변화를 지켜보는 것이 즐겁다고 말하는데, 실은 그의 아내가 한국인이다. "한국 작가와 아트는 뉴욕에서 어떤 거 같아요?"라고 묻는 말에 대답을 조심스럽게 한다. 미술시장도 국제화되고 있는 이 시점에서 한국에 있건 미국에 있건 가능성은 얼마든지 많다고 돌려 말하는데, 그 말은 한국 미술이 아직도 나아가야 할 길이 멀다는 말처럼 들린다.

갤러리스트란 단순히 그림을 벽에 걸고 판매를 하는 것이 다가 아니다. 잘 팔릴 만한 물건을 가져다가 많이 팔면 이윤이 생기는 일반 상점과는 다른 깊이와 철학이 있다. 아트가 돈을 벌기 위해 사고파는 수단으로만 전락한다면 딜러로서의 인생도 참 따분할 것 같다. 창작을 위해 온 마음을 쏟는 아티스트의 열정과, 아름답고 의미 있는 것을 소유하고자 하는 컬렉터, 이 둘을 연결해 시장을 형성하고 미술 세계가 유연하게 회전할 수 있도록 중개인 역할을 하는 딜러는 자본주의 사회 아트 월드를 지탱하는 축 가운데 하나인 셈이다. 딜러로서 그는 평온하고 자신감이 있고 행복하다. 단순히 업무 실적이 좋고 시장 돌아가는 것을 잘 파악하는 정도가 아니라 본능적으로 작은 흐름까지도 느낄 수 있으며 미술세계와 적극적으로 교감하고 교류하고 있다는 데 의심이 없다. 오랜 시간 수많은 경험을 쌓았기에 가능한 일이다. 딜러 이외의 일에 대해 깊이 생각해본 적이 없다는 그는, 그만큼 자신의 일에 몰입하고 사랑한다. 그에게서 또 하나의 행복한 뉴요커 전문가를 발견한다.

애그니스 마틴의 순수와 감성

메릴랜드 미술대학원 시절 선생님이었던 스티브가 내게 '애그니스 마틴'의 작품을 찾아보라는 한마디를 남기고 스튜디오를 떠나려 했다. 정말 '무식'했던 나는 생소한 그 이름을 여러 번 되물었고 결국 그는 펜과 종이를 들더니 또박또박 대문자로 그녀의 이름을 적어주었다. 참 바보스럽게도 난 한동안 그녀의 작품을 찾을 수 없었다. 대신 반 친구였던 토빈으로부터 그녀의 책 『라이팅Writing』을 빌릴 수 있었고 그녀의 글을 먼저 읽었다. 벌써 10년 전 일이라 그 책에 정확히 어떤 말들이 있었는지, 끝까지 읽었는지조차 기억나지 않지만, 그 책의 한 구절 한 구절을 되풀이 읽으며 그녀와 함께 마음 산책을 떠났던 오랜 기억이 있다. 그녀는 내적 사색이 일상인 철학자이고, 그림은 평면에 가식 없이 표현된 그녀의 깊은 마음이었다.

수평선, 그리드, 파스텔 톤의 색면 등이 중요한 요소인 그녀의 그림은 현대미술사에서는 1960~70년대 유행했던 미니멀리즘으로 분류된다. 미니멀리즘은 선이나 점, 단순한 면 등의 반복적 사용, 깔끔한 표면처리 등을 통해 이성적이고 세련된 현대적 감각을 표출한다. 그런 면에서 격하거나 섬세한 감정, 자유분방한 붓 터치 등이 일반적 특징인 1950년대 추상표현주의와 구분된다. 그녀의 그림이 보여주는 조형적 특징으로 보면 그녀는 분명 미니멀리스트에 가깝다. 그리고 미술사적으로도 그렇게 구분된다. 하지만 그녀는 스스로를 추상

표현주의자라고 불렀다. 마치 그런 걸 증명이라도 하듯 그녀의 그림은 가까이 다가가 볼수록 인간적이고 따뜻하다. 연필로 그은 선들은 칸이 일정하지 않고 미세한 붓자국들은 있는 그대로 보인다. 사람의 손이 범할 수 있는 오류와 자취들을 애써 감추려 하지 않았고 그저 자연스럽게 보일 뿐이다. 프랭크 스텔라 혹은 도널드 저드같이 한 치의 오차도 없는 날렵한 직선이 돋보이는 다른 미니멀리스트들과 전혀 다르다. 초기 미니멀리즘 작품에 남아 있는 추상표현주의의 흔적으로 보는 견해도 있다.

그녀가 동양 철학에 깊은 관심을 갖게 된 것은 컬럼비아 대학에서 우연히 선불교에 관한 강의를 들은 이후다. 종교로서의 불교보다 동양철학의 실직적인 면, 삶을 직관하는 방법이 그녀의 마음을 사로잡았다고 하는데, 그렇게 도가사상과 명상에 심취했던 그녀는 정신적인 것을 추구하며 혼자 있는 것을 즐겼다. 사회적인 교류나 지성주의를 중요시하지 않았고 이성적 판단을 경계하였다. 컬럼비아 대학원을 졸업하고 몇 년 후 뉴욕을 떠나게 된 결정적 계기는 스튜디오 사건이었다. 그녀의 스튜디오가 있던 빌딩이 재건축으로 허물어지게 되자 그녀는 뉴욕의 다른 어떤 공간에서도 작품을 할 수 없다고 느끼게 되었고, 결국은 1967년 뉴욕을 떠나 뉴멕시코의 타오로 되돌아 갔다. 작가와 작업 공간은 그렇게 긴밀한 관계를 갖는다. 공간을 비롯한 환경과 재료와 작가가 모두 함께 녹아들어 작품이 탄생한다. 자기에게 맞는 환경과 재료를 찾아가는 과정이기도 하다. 작가마다 편차가 있지만 유난히 작은 변화에도 심하게 동요되는 작가들이 있다. 그들의 작품은 그러한 성격을 그대로 말해준다. 애그니스 마틴의 작

애그니스 마틴의 작품들. 그녀의 철학과 사색은 평면에 가득하다.

품을 보면 그녀의 섬세한 감수성을 느낄 수 있다. 스튜디오를 잃게 될 상황에서의 심적 동요, 뉴욕을 떠나게끔 이끈 상실의 과정을 상상하면 내 가슴 한켠도 함께 함몰되는 기분이다. 집이면서 작업실이자 영혼의 안식처였던 공간의 부재는 그녀에게 어쩌면 존재의 열악한 상황으로 다가왔을지도 모른다. 하지만 더 근본적으로는 그녀가 마음속에 품어왔던 뉴욕과의 관계로도 확장된다. 그녀에게 뉴욕이 너무 무거웠던 것이 아닐까. 그녀는 뉴욕이 편치 않았던 것이다. 바쁘고, 흥분되고, 사람과 일과 사건들로 둘러싸인 거대한 도시, 이 뉴욕에서 나를 지탱하는 작지만 의미 있는 것, 그것을 잃는다면 이 도시에 있을 이유가 없다. 그녀의 은둔자적 기질로 볼 때 이 스튜디오 사건이 아니더라도 그녀는 언젠가는 이곳을 떠났을 것이라는 생각이 든다. 나 자신, 하루가 어떻게 시작되고 끝나는지, 나는 어디에 있는지 모르게 휩쓸려 살다 보면 애그니스 마틴처럼 그렇게 훌쩍 떠나고 싶다는 생각을 하기도 한다.

그녀는 뉴욕에 없었지만 아이러니하게도 뉴욕은 그녀의 작품을 더 원했다. 1967년 뉴욕을 떠난 이후로 2004년 타계할 때까지 휘트니 뮤지엄의 회고전을 비롯해 약 80회의 개인전을 했고 베니스 비엔날레와 휘트니 비엔날레, 도큐멘타 등 국제적인 행사에도 초대되는 등 그녀의 작품은 널리 사랑받았다. 하지만 명성이 그녀에게 그리 중요하지 않았던 듯, 결혼도 하지 않은 채 뉴멕시코의 조용한 마을에 칩거하며 세상으로 나오지 않은 것이 40년. 세상을 떠나기 전 50년 동안 신문조차 읽지 않았다는 후문이 있을 정도로 그녀는 세상을 떠난 진정한 은둔자였지만 그녀의 작품은 우리를 감동시킨다.

그녀, 어떤 면에서는 극단적일 수 있는 고독함 속에서 자신을 하나하나 느꼈으리라. 이러한 그녀를 그대로 투영하듯이 그녀의 작품은 너무나도 섬세하고, 속삭이듯이 감성을 자극한다. 작은 손놀림, 붓으로 물감을 으깨어 섞고 캔버스에 조금씩 조금씩 칠해나가는 모습이 슬로모션으로 관찰되는 듯하다. 연필을 들어 조심스럽게 선을 긋는 그녀의 손이 떨고 있었을지 단호했을지도 궁금하다. 타오의 둥지에서 차를 마시며 창밖의 붉은 풍경을 응시하고, 갓난아이를 쓰다듬듯이 캔버스 위를 부드럽게 움직이는 그녀의 붓놀림을 상상하는 것만으로도 평화스럽다. 그녀의 철학과 사색의 깊이가 그대로 작품에 담겨 나에게도 전해진다. 지극히 단순한 형태 안에 놀라운 경험의 깊이가 느껴진다. 단순하기 때문에 깊이에 집중할 수가 있기도 하다. 그녀와 함께 그 깊이로 마음이 움직인다.

타오의 붉은 풍경과 푸른 하늘을 바라보며 그녀의 작품도 변하였다. 뉴욕 시절의 그림은 주로 검정 회색 갈색 같은 무채색이다. 하지만 마지막 생애를 보낸 뉴멕시코 시절의 그림에선 붉은 벽돌색과 하늘색 그리고 밝은 파스텔색의 사용이 눈에 띄게 다르다. 그녀의 그림과 인생은 나로 하여금 뉴멕시코의 붉은 절벽과 푸른 하늘, 뜨거운 햇살을 상상해보게 하였다. 그리고 가본 적도 없는 타오라는 도시를 그리워하게 되었으니 위대한 예술가의 힘이란 얼마나 큰가!

욕심 많고 오만한 사람의 작품은 시끄럽고 방자하다. 그녀의 그림은 겸손하고 고요할 뿐이다. 자신의 그림을 보는 법을 '그냥 바다를 보듯 하라'고 했던 그녀는 분석적인 그림 감상보다 마음으로 그림을 대할 것을 권하였다. 우리가 바다로 갈 때 아무런 지식도 이성적 판

애그니스 마틴의 작품 세계를 떠올리며 작업한 그림.

단도 필요 없듯이 그냥 그렇게 마음을 비우고 마주 보아주길 바랐다. 마치 연화미소를 나누던 부처와 가섭처럼 말없이 눈빛을 나누며 교감하길 원한 것이 아닐까.

어느 인터뷰에서, '나의 내면에서 말하는 일' '내가 그것을 하기 위해 태어난 일'에 열정을 바쳐야 한다고 말한 그녀는 진실로 그림을 위해 온 생애를 살았다. 나는 과연 무엇을 하기 위해 살고 있을까? 나는 정녕 그것을 위해 온 열정을 바치고 있는가. 주말엔 하늘이와 유니언 스퀘어의 헌책방 스트랜드에 가서 애그니스 마틴의 책 『라이팅』을 찾아보아야겠다. 그 책을 다시 읽고 싶다.

솔 르윗의 연필

　솔 르윗의 작품을 처음으로 본 것은 2000년 아직 볼티모어에서 대학원을 다닐 때였다. 그 학기에 나는 캐서린 캐비너의 컬러 이론 수업에 조교로 들어갔는데, 뉴욕 현장 학습을 앞둔 학생들에게 캐서린은 휘트니 뮤지엄에서 하는 솔 르윗의 회고전을 추천하였다. 그 당시 뉴욕을 격주로 방문하던 나로서 반나절을 할애하여 휘트니의 전시회를 보는 것이 그다지 어려운 일이 아니었다. 솔 르윗이 어떤 화가인지, 심지어는 화가인지 조각가인지조차도 알지 못한 채 나의 발길은 의무적으로 휘트니로 향했다. 서울에서 동양화를 전공한 나는 현대미술 작가들을 잘 몰랐다. 교수님들은 전통을 중시했고 우리는 현대미술 서적보다는 오래된 서적들을 들춰보며 한자와 씨름하고 옛 그림과 정신을 연구하는 데 더 치중했었다. 이러한 것들에 대한 나의 자부심은 미국에 오면서 크게 도전받았다. 미국의 미술학도라면 누구나 아는 작가들이 나에겐 너무나도 생소했기 때문이었다. 그래서 누군가 새로운 작가 얘길 하면 이름을 받아 적고 전시를 찾아가 보는 것을 항상 숙제처럼 여겼다. 하지만 가슴 깊이 큰 울림을 주는 전시는 그리 많지 않았는데 기대 없이 찾아간 이 전시에서 난 뜻밖의 월척을 낚은 셈이었다.

　솔 르윗은 조각가이면서도 화가다. 러시아 이민자 가정에서 태어난 유대인으로 뉴욕의 명문 사립대 시러큐스 대학을 졸업했다. 졸업

후 유럽으로 건너가 여행을 하면서 역사적 거장들의 작품을 직접 보고 깊은 감동을 받았다고 한다. 그는 또한 한국전쟁에 미군으로 참전하기도 했다. 한국전쟁 직후 뉴욕으로 이주하여 로어 맨해튼에 작업실을 마련하고 그의 트레이드 마크와도 같은 개방된 정육면체를 반복적으로 사용한 입체작품과 월 드로잉wall drawing 작품들을 창작하기 시작했다. 그는 또한 디자인 회사에서도 일한 경력이 있어서 작품에서의 디자인적인 요소가 자연스럽게 형성되지 않았을까 한다. 젊은 작가들은 생계와 작업을 유지하기 위해서 다양한 직업들을 소화해 내는데, 이런 직업적 경험들이 작품에 영향을 주는 경우가 많다.

1960년대 초반 그는 큐브, 즉 정육면체에서 자신의 대표적 입체작품을 시작하였는데, 나무로 견고하게 만들고 라커를 두껍게 칠한 큐브형의 초기 입체작품으로부터 표면의 요소를 다 없애고 골격만 남기게 되었다. 이 골격만 남은 오픈큐브open cube가 그의 작품의 모듈module이 되어 1960년대 이후에 선적이면서도 입체적인 반복적 정육면체의 작품이 탄생되었다.

그는 자신의 작품을 일반적인 조소 작품을 일컫는 말인 '스컬처sculpture'라기보다 '스트럭처structure'라고 불렀다. 스트럭처라는 것은 말 그대로 구조를 말한다. 스컬처를 만들기 위한 가장 기본적인 작업이 그 기본 스트럭처를 잘 만드는 일이다. 그래야 작품이 무너지지 않고 견고함을 가진다. 흙으로 인체를 만들고자 하면 철사나 나무 젓가락 등으로 뼈대를 만든 뒤 그 위에 흙으로 살과 근육을 붙여 나가는데, 이 뼈대를 구축하는 일은 가장 기본이 되는 일이다. 그는 자신의 작품을 스트럭처라고 부르면서 아마도 입체의 기본이 되는 구조를 미니멀적이고 철학적으로 고찰하고자 한 듯하다. 현실세계의 기본형인 정육면체라는 가장 기본적인 구조를 반복적으로 사용함으로써 단순하지만 그 단순함의 반복이 만들어내는 기묘한 아름다움, 단순하기 때문에 미학적으로 더 깊이, 다른 방향으로부터 사색해볼 수 있는 가능성을 제시하였고 그것은 1960~70년대 크게 일어난 미니멀리즘의 화두기도 했다.

나무로 시작한 그의 작품은 철근이나 콘크리트, 시멘트 등으로 확대되어 나갔다. 그럼으로써 스케일도 점점 커지고 공공장소에서의 지속성과 영구성도 함께 지니게 되는데, 이것은 미국의 막대한 땅을 이용한 대지예술과 맞물려 '자연과 절묘한 조화를 이루는 거대한 인공 예술작품'의 대열에 합류하였다.

그는 선 드로잉의 개념에서 시작한 거대한 월 드로잉 작품으로도 유명하다. 개인적으로는 이 평면 작품들을 더 좋아한다. 그중에서도 초기 연필과 색연필 드로잉이 가장 좋다. 후반에는 인디아 잉크, 아크릴 등의 다양한 재료를 쓰면서 원색적이고 화려해졌으며 드로잉이라기보다는 페인팅으로서의 큰 벽화라는 느낌을 더 많이 받는다. 초기에는 월 드로잉이라고 이름 붙인 것처럼 선적인 요소가 많으며, 연필에서 시작하여 크레용, 색연필 등 초등학교 미술시간에 사용하는 일상의 재료들이 이 위대한 작품의 전부였다. 그리고 한 작품을 하기 위해 수백에서 수천 자루의 연필이 필요하다. 세 살 꼬마아이부터 백 살의 노인까지 누구나 사용하는 연필이라는 단일 재료로 이 무한한 가능성을 끄집어낸 그의 작품 앞에 서면 아득하게 일상의 저편으로 묻어두었던 상상력이 스스로 기지개를 켜고 일어난다. 선이 특별히 복잡하거나 기교적이지도 않다. 연필이 만드는 결을 따라 가다 보면 강도 건너고 산도 넘고 골짜기도 지나게 되는 거대한 추상 풍경화 같기도 하다. 직선적으로 표현한 작품에서는 잘 정돈된 도시의 골목 구석구석을 훤히 들여다보는 듯하다. 선과 면을 따라 시선을 움직이다 보면 심오한 초현실적 심상세계를 기하학적으로 표현한 것 같기도 하다. 보이는 거리와 각도에 따라 다른 착시를 일으키기도 한다. 예를 들어 연필이나 색연필로 흰 벽에 그은 반복적인 선의 무리들은 멀리서 바라보면 옅은 색 벽지 같다. 하지만 가까이 다가가 보면 가녀린 선들이 물결치기도 하고, 그 중간쯤에서 바라보면 선의 연속들이 굽이치는 강줄기 같기도 하고 골짜기 같기도 하다. 정면에서 보면 하얀 바탕이 돋보이고 비스듬히 보면 색선들이 부각된다. 1968년부터 그가 사망한 2007년까지 40여 년 동안 그는 1,270개의 월 드로잉 작품을 만들었다. 그 현장에서 그려지고 보여지고 지워지고 다른 장소에 얼마든지 다시 그려질 수 있다. 비례가 같다면 작품이 커질 수도 작아질 수도 있다. 그가 작고한 지금도 그의 작업을 도왔던 제자들에 의해서 그의 월 드로잉이 어딘가에서 그려지기도 한다.

단순하고 쉬워 보이지만 그의 심오한 철학이 담긴 이 용감한 시도들은 당시로서는 획기적인 모험이었을 것이다. 그는 페인팅을 위한 연습 과정 정도로만 여겨졌던 드로잉에 새로운 가능성을 불어넣었다. 캔버스의 한계를 벗어나 무한의 공간으로 확장되는 드로잉을 통해 결과물로서의 예술품보다 작품을 만드는 과정이 중시되는 새로운 가치를 부여하였다.

솔 르윗의 월 드로잉 작품들. 연필로 흰 벽에 그은 선들은 강줄기나 골짜기 같다.

내가 알고 있던 벽화들은 동굴 벽에 자연안료를 사용한 고분벽화, 회벽에 템페라로 그린 중세의 종교화나 대중을 선동하기 위한 정치적 목적의 기록화들 등등 무언가 난해하거나 숭고하거나 자극적인 것들이었다. 하지만 솔 르윗의 초기 벽화는 참 순박하다. 그 누가 연필 한 자루로 벽면에 무수한 작은 선들을 그음으로써 감동을 줄 수 있을지 알았을까. 그의 연필 작품은 커다란 호수에 담긴 물결 같다. 마주하고 있으면 한없이 한없이 빨려 들어가고 마음이 편안해진다. 아무 욕심 없이 반복적으로 그려진 행위들은 동양의 '무위'를 연상시키기까지 한다. 후기 작품으로 오면 강렬한 색채와 과감한 면의 분할, 역동적 움직임으로 화려해졌는데 이 또한 심장을 벌떡벌떡 뛰게 하는 작품이다. 그 앞에 서면 발걸음을 도저히 뗄 수가 없는 마법 같은 힘이 있다. 기존 벽화의 개념을 홀라당 뒤집어놓은 그의 작품엔 때로는 잔잔하고 때로는 격한 감동이 있는 것이다.

　현재 뉴욕 인근에서 그의 벽화 드로잉 작품을 볼 수 있는 곳은 맨해튼에서 한 시간 거리의 '디아 비컨 뮤지엄'이다. 디아 비컨에선 내가 좋아하는 1960년대 이후의 미니멀리즘 작품들을 덤으로 즐길 수 있어서 좋다. 매사추세츠 컨템포러리 뮤지엄에선 큰 규모의 회고전이 기획되어 2008년 문을 연 이래로 2033년까지 전시될 예정이라고 한다.

가고시안과 리처드 세라

리처드 세라의 작품을 처음 본 것은 그가 전속으로 있는 '가고시안'이라는 첼시의 유명한 갤러리에서다.

가고시안 갤러리는 상업화랑이긴 하지만 웬만한 뮤지엄을 능가하는 전시공간과 자금력을 가진 '기업'이다. 뉴욕 첼시, 어퍼이스트 등에 세 곳, 런던에 두 곳, 로마, LA, 제네바, 아테네, 파리 그리고 홍콩에 각 한 곳씩, 전 세계적으로 지점을 가지고 있다. 가장 큰 갤러리는 첼시 갤러리로 703평에 달하는 크기다. 2011년 〈월스트리트저널〉에 의하면 가고시안의 1년 매출액이 10억 달러에 달하는 것으로 예상되고, 그해 뉴욕의 주요 경매에서 판매된 절반의 작품이 가고시안 작가라니 그 영향력은 가히 신화적이다.

주인은 래리 가고시안, UCLA대학 근처에서 포스터를 파는 것으로 미술 사업을 시작했다고 하는데 본격적으로 갤러리를 연 것은 1979년 LA에서다. 1980년대 초 동시대 미술가의 작품을 재판매함으로써 이윤을 남겨 자본을 마련하였고, 1985년 비즈니스의 무대를 뉴욕으로 옮기면서 찰스 사치, 데이비드 게펜, 새뮤얼 뉴하우스 주니어 등의 세계적인 슈퍼 컬렉터들과 일하면서 그의 사업은 날로 번창했다. 1980년대 뉴욕에서 현대미술 시장이 커지면서 딜러들의 역할이 중요해진 것도 한몫을 한다. 그때부터 함께 활동해온 딜러로는 메리분Mary Boone, 메리언 굿맨Marian Goodman, 바바라 글래드스톤, 제프리 다이치**Jeffrey Deitch** 등이 있는데 대부분 첼시 갤러리가의 중심에서 자신의 이름으로 갤러리를 운영하고 있다. 이들은 모두 뉴욕의 상업 미술계를 쥐락펴락하는 딜러들이다. 이들 중 가고시안은 특히 미술계의 미다스 손이라고 불리는데 '가고시안 효과**Gagosian effect**'란 말이 생겨날 정도로 엄청난 영향력을 가지고 있다. 그가 손대는 작가들은 작품 가격이 10배 이상 오르기도 하는 등 스타 작가로서의 미래를 보장받기도 한다. 아주 젊은 신진 작가도 운 좋게 가고시안의 눈에 띄면 하루아침에 첼시의 슈퍼스타가 되어버린다. 이렇게 한없이 쭉쭉 가치가 올라가는 현상 때문에 그에게는 '고고**Go-Go**'라는 별명이 붙어 있기도 하다.

그냥 가격만 띄워 그림만 팔아먹는 장사꾼이라고 생각하면 오산이다. 가고시안은 박물관 수준의 전시를 기획하는 것으로도 명성이 자자하다. 미술계에서의 엄청난 파워를 바탕으로 뮤지엄에서도 하기 힘든 전시를 기획하기도 한다. 2000년 기획했던 세계적 팝 아티스트 앤디 워홀의 '다이아몬드 더스트 섀도 페인팅'이 그 일례다. 1979년에 완성한 이 일련의 연작은 실제로 다이아몬드 가루를 캔버스에 붙여서 작업한 것이다. 캔버스에 검은 실크스크린용 잉크와 폴리머 페인트로 밑작업을 하였고 물감 대신 사용한 다이아몬드 가루들이 조명을 받아 반짝이면서 추상적인 그림자 효과를 연출한다. 진한 검정색의 깊이감이라든지 다이아몬드 가루가 발산하는 고급스러움, 그두 가지 요소가 빛과 함께 연출하는 신비로움은 매혹 그 이상의 의미로 나를 사로잡았다. 우주의 깊은 어둠과 태초의 오묘한 빛 같은. 이미 10년도 훨씬 전에 보았던 전시가 가슴속에 꼭 박혀 아직도 잊

히지 않는다. 세상에 잘 알려지지 않은 워홀의 작품인데 작가 사후에 이런 상업 갤러리에서 한꺼번에 모아놓고 전시를 하고 판매한다는 것은 가고시안이기 때문에 가능한 것이라고밖에는 달리 설명할 길이 없다. 가고시안에서 기획했던 리처드 세라의 전시 '스위치Switch'도 마찬가지다. 집채만 한 그의 입체작품들을 제대로 감상할 수 있는 여건을 제시한다는 것 자체가 갤러리의 역량을 과시하는 것이다. 가고시안 갤러리는 작품의 스케일에 따라 갤러리 안의 구조도 마음대로 변경한다. 작품에 꼭 맞는 공간을 맞춤해주기 위해 벽 몇 개 더 세우고 허무는 것 정도는 아무것도 아니다.

리처드 세라와의 만남

메릴랜드 대학원을 다니던 시절 갤러리를 둘러보기 위해 첼시를 배회하던 1999년의 어느 가을, 너무 무거워서 잘 열리지도 않던 문을 온몸으로 힘겹게 열고 들어간 가고시안 갤러리에서 리처드 세라의 작품을 처음 만났다. 가고시안의 주 전시장에 들어선 순간 그 자리에서 한동안 한 발자국도 뗄 수 없었던 기억이 생생하다. 단순히 아름답다는 시각적 충만감이 아니었다. 이것은 경외심이다. 전율을 느끼게 하는, 엎드려 절이라도 해야 할 것 같은, 한 편의 대하소설 같은 장면이 내 앞에 펼쳐져 있었다. 끝이 보이지 않는 공간, 하늘에 닿을 듯한 천장, 그 방대한 공간을 굽이치는 거대한 수십 미터의 철덩어리. '뉴욕의 갤러리는 이런 것이구나!'라는 다른 차원의 경험을 했던 것이다. 그리고 바로 리처드 세라의 작품이 그 중심에 있었다. 비단 가고시안 갤러리뿐만 아니라 옛 공장터를 개조해서 만든 많은 첼시의 갤러리들은 황량할 정도로 큰 스케일의 공간을 자랑한다. 그 지천에 널린 방대한 공간이 유별나게 큰 스케일의 미국 미술을 가능하게 하는 것이다.

세라는 미국 현대미술의 아버지 격이 될 정도로 살아 있는 거장이다. 예일대학원에서 뒤늦게 미술 공부를 시작하였던 그는 어느 인터뷰에서 예일대를 다니면서 비로소 예술가가 된다는 것이 어떤 것인지 겸손하게 배워갔다고 회상하였다. 졸업 후 뉴욕 주변의 대학교에서 학생들을 가르쳤지만 곧 그만두었다. 작가로서 작품에 전념할 시간이 턱없이 부족했기 때문이었다. 그래서 시작한 일이 '로 레이트 무버스Low Rate Movers'라는 이삿짐센터였다. 동료들과 함께 일주일에 이삼일씩만 이삿짐을 나르고 나머지는 스튜디오에서 작업을 함으로써 비로소 작품에만 몰두할 수 있었다. 그때의 동료들이 마이클 스노우, 척 클로스 등 지금은 유명해진 영화감독, 음악가, 조각가, 화가, 행위예술가 등등 다방면의 예술가들이었다. 그들은 뉴욕에서의 새로운 삶을 공유하며 생계를 유지하는 방법을 함께 찾았을 뿐만 아니라 예술적으로도 서로 영감을 주며 성장했다.

어렸을 적 여름마다 철공소에서 일한 경험이 오늘날 거대한 철제 작품을 만드는 중요한 계기가 되었다는 점도 참 흥미롭다. 작가의 작품이 그의 생활과 떨어질 수 없는 긴밀한 관계를 갖기 때문이다. 기존의 철제 작품처럼 용접 기법을 이용하지 않고 집채만 한 철판을 굽히고 비틀어 작품을 만듦으로써 창작 재료로서의 철의 가능성을 확대하였다. 물자국처럼 녹이 슨 듯한 인상적인 작품 표면은 산화처

리처드 세라의 작품이 놓인 풍경. 수십 미터의 철덩어리가 방대하게 자리한다.

리처드 세라의 거대한 작품을 따라 걷는 관람객.

리의 결과인데 마치 망망한 추상표현주의나 색면주의 회화를 연상시킨다. '웨더프루프 스틸weatherproof steel'이라고 불리는 그의 재료는 흔히 말하는 코텐스틸이다. 코텐스틸은 유에스스틸US Steel에서 처음 개발한 것으로 일반 철판과 외관은 같지만 조직이 매우 치밀하여 건축용과 특수 산업용으로 많이 사용된다. 철교, 상징탑, 미술관 등 노출된 건축물에 무도장 상태로 사용하면 나름의 독특한 멋을 연출하면서도 유지, 보수 비용을 절감할 수도 있다. 일반적인 철의 녹은 부식이라 하는데 코텐스틸의 녹은 안정녹이라 한다. 붉은색의 녹으로 시작하여 1~2년 동안은 진한 와인색으로 변하고 1년 정도 지속되다가 완전한 안정녹이 형성되면 더 이상 녹물이 흐르지 않는다. 이후로는 진한 밤색 혹은 진한 녹색으로 색 변화만 진행되는데 기후에 따라 8~9년이 걸린다. 코텐스틸은 공기와 접촉하고 시간이 흐르면서 자신의 아름다운 색을 찾아내는 생명이 있는 철 재료로서 세라의 작품에서 이 코텐스틸의 물성은 중요한 의미를 지닌다. 그가 어떤 인터뷰에서 얘기했던 것처럼 재료의 색은 그의 작품 색이 된다. 표면을 닦거나 색을 칠함으로써 조각의 표면을 미화시키는 것은 재료의 내면적 성질을 부정하게 된다고 믿었다. 철은 부식하는 것이 그 속성이다. 1970년대부터 시작한 철을 재료로 한 작업들은 다른 작가들의 기존 작품처럼 용접을 하거나 쇳물을 틀에 부어 만들거나 하지 않았다. 그에게 중요한 것은 아름다운 조소 작품을 만드는 것이 아니다. 건축에서처럼 균형, 중력, 무엇이 무엇을 지탱하는가 하는 텍토닉techtonics이 무엇보다도 중요하다. 대부분의 작품은 '셀프 스탠딩self standing' 즉 지지대와 접착제를 사용하지 않고 스스로 균형을 유지하며 서 있다. 중력과 평형, 균형의 속성 안에서 스스로 서 있는 굽이치는 철판들, 무겁고 강하며 거칠다. 하지만 동시에 유연함과 섬세함도 느낄 수 있다. 커다란 철판을 태양의 불로 달구어 녹이고 비틀어 곡률을 잡는 과정을 마치 현대판 신전을 짓는 것에 비유하면 너무 큰 비약일까? 나를 향해 쏟아지는 듯한 3.6미터 높이의 강철 벽을 따라 걸으며 두려움과 경외감이 동시에 느껴진다. 리처드 세라판 만리장성을 보는 듯한 대지적 무게감에 압도되면서, 그것이 뉴욕 현대미술에 대한 장벽같이도 다가왔다. 이것이 뉴욕 미술이라면 나는 그냥 조그만 달걀일 뿐인데! 흥분과 두려움이 묘하게 교차했던 순간이었다.

또 하나의 생각 드로잉

작품이 놓일 공간, 특정 장소의 구조와 성격은 작업을 하는 데 아주 중요한 요소다. 그리고 관객의 동선과 움직임의 형태 등도 작품에 반영된다. 작업을 하기 위해 작품이 놓일 공간을 방문하고 분석하고 그리고 여러 방법적 도구들을 사용하여 모형을 만든다. 그리고 현장을 다시 방문하여 사람들을 중요한 자리에 배치해 가며 동선을 연구한다. 그제야 그 공간 안에 그의 어떤 작품이 어떻게 놓일지가 결정된다. 미리 정해지는 것은 없고 철저히 특정 공간에 따라 모든 것이 정해진다. 어떤 경우는 처음부터 끝까지 그 장소에서 작업을 하기도 한다. 그의 작업은 공간이 작품을 통해 어떻게 인지되는지 그 공간을 통해 관객이 작품과 공간을 어떻게 경험하는지에 대한 고민과 제안이 있다.

입체작품뿐만이 아니라 드로잉에서도 공간에 관한 그의 인지와 철학은 그대로 투영된다. 그는 검은색 페인트 스틱을 사용한다. 검정 오일 스틱이나 검정 크레용 등 두껍고 투박한 재료들이다. 검다는 것은 그에게 색이 아니라 재료다. 그래서 그것은 무게가 있고 중력에 반응한다. 드로잉 전시를 보더라도 철로 된 입체작품에서 느껴지는 것과 같은 종류의 무게감과 대지감이 있다. 그리고 그것은 기존의 공간을 전혀 새로운 공간으로 바꾸어 놓는다. 2011년 메트로폴리탄 뮤지엄에서 열린 드로잉 회고전은 1970년대 초반부터 근 40년 동안의 그의 드로잉 철학과 작업을 보여주었는데 그중에서 내가 좋아하는 작품은 갤러리의 한쪽 코너를 두 개의 커다란 검은 사각형으로 감싸 만든 것이다. 스스로 드로잉이라고 부르는 이 설치 작품은 관객의 위치에 따라 공간 인지의 변화를 가져온다. 예를 들어 멀리서 바라볼 때는 두 개의 검은 사각형으로 보이지만 가까이 다가가면 검은 면으로 둘러싸여 검은 방에 갇힌 느낌이다. 바라보는 각도에 따라 두 개의 사각형이 만드는 다른 조합의 형태를 인지하게 된다.

학부에서 미술을 전공하지 않은 그가 예일대학원을 지원할 때 제출한 포트폴리오 12점은 모두 드로잉이었다. 당시 일반적인 아트스쿨에서는 드로잉을 강조하지 않았지만 그의 미술계 입문은 드로잉인 셈이었다. 네 살 때부터 늘 밤마다 드로잉을 했는데 부모는 그것을 적극 권장했다고 한다. 초등학교 2학년 때 선생님이 그의 모든 그림을 벽에 걸어놓고 엄마를 초대했는데 그때부터 엄마가 늘 '우리 아티스트 아들 리처드my Richard the artist'로 소개한 것이 그를 아티스트로 각인시켰다는 일화가 있을 정도로 그의 드로잉에 대한 애착은 남다르다.

"눈은 기본적으로 근육이기 때문에 자꾸 훈련해야 하고, 훈련하기 위해서는 드로잉을 꾸준히 해야 합니다. 드로잉은 내게 있어서 세상을 이해하는 언어이자 분석하는 연장입니다. 관망한 것을 기억하게 하는 실질적인 방법이지요. 드로잉을 통해서 복잡한 것들을 이해하게 되며 드로잉이 나로 하여금 그것들을 분명하게 합니다."

그는 드로잉을 통해 생각하고 세상을 이해하는 것이다. 메트로폴리탄 뮤지엄의 어린이 관객을 만나는 자리에서는 이렇게 얘기했다.

"좋은 드로잉을 그리는 옳고 그른 방법이 따로 있는 것은 아니에요. 될 수 있는 한 많은 드로잉을 하세요. 매일매일 책을 읽고 무언가 재미있는 다른 일들을 하듯이, 그렇게 매일매일 드로잉을 하세요. 드로잉은 생각하는 하나의 방법이거든요. 생활의 일부로 만드는 게 중요해요."

그는 조각을 위해 드로잉이나 스케치를 하지 않는다고 한다. 그러한 스케치는 이미 상상력과 작업 과정의 가능성을 제한하는 도구이기 때문이다. 그에게는 작업의 과정이 중요하다. 프로세스 아트 **process art** 작업 전에 미리 계획하는 것보다 만드는 과정을 통해 발전하고 변화하는 것으로 린다 벤글리스, 이바 헤세, 리처드 세라, 브루스 노먼 등이 대표적 작가다를 강조한 그의 이력답게 결과물로서의 예술품보다 과정이 중시되는 것이 현대미술의 한 특성이기도 하다. 그에게 '작업실은 드로잉의 표면' 같은 장소다. 그 작업실을 수없이 오가며 재료를 구성하고 부지에 적합한 부피와 무게를 정하는 그의 작업 과정 자체도 그에게는 드로잉이다. 그런 의미에서는 그의 작품을 걸어 다니며 관망하는 관객도 간접적으로

그와 함께 드로잉을 하는 것이 아닐까? 작품 주변을 거닐면서, 드로잉의 과정, 즉 생각의 과정을 그와 함께 상상하는 것, 누군가의 머릿속을 들여다보고 그의 경험을 공감할 수 있다는 것은 무척 흥미로운 과정이 아닐 수 없다. 특정 장소에서의 실제 경험이 말이나 글로 접하는 것과 다른 깊이의 공감을 주는, 차원이 다른 경험임을 말한다.

내가 그의 작품을 좋아하는 또 하나의 이유는 미국 현대미술의 살아 있는 전설인 그의 작품에서 보이는 아름다운 동양적 심미안 때문이다. 내가 좋아하는 〈톨크드 이클립스torqued eclips〉는 커다란 철판을 여러 개 연결하여 만든 작품이다. 커다란 철판을 둥글게 굴리고 비틀어 휘게 함으로써 철판의 아래쪽 모서리와 위의 모서리가 서로 다른 곡률의 타원형을 그리고 있다. 그 사이의 공간은 여백을 연상시키듯 비어 있다. 실제로 1970년 교토의 일본 정원들을 방문함으로써, 일본 정원을 감상하는 특별한 방법들, 시간과 공간의 관계, 원형으로 걸으며 관조하는 명상법들이 자신이 가져왔던 영감들과 일치하는 부분을 발견했다고 한다.

"저게 무슨 예술이야!"라며 마감 전의 철덩어리를 그냥 가져다 놓은 것 같다고 이야기하는 사람들도 보았다. 반면에 내가 아는 대부분의 아티스트들은 그의 작품을 거의 우상숭배 한다. 그 작품이 그곳에 있기까지 작업을 발전시켜온 역사와 창작의 과정, 그리고 상상하기조차 힘든 작업을 추진하는 힘은 어느 누구도 감히 흉내 낼 수 없다. 예술에서 무엇보다 중요한 것은 내 눈에 예뻐 보이는 작품이 아니라, 틀에 박힌 관념을 깨고 사고의 방향을 전환하는 창의력이다. 그는 미니멀리즘 조각을 대표하며 철에 대한 새로운 개념을 우리에게 심어준 작가다. 작품은 곧 작가다. 작가가 어떤 사람인지를 솔직하게 알려준다. 그의 강철 작품을 바라보고 있으면 움직이지도, 소리 내지도, 태풍이 와도 끄덕하지 않는 강철산 같은 그의 모습을 상상해볼 수 있다. 그 강철산 마음 안에 거대하게 몰아치는 소용돌이를 함께 느껴보는 건 어떨까.

나는 뉴욕의 아티스트다

나의 내면에서 말하는 일. 내가 그것을 하기 위해 태어난 일.

나의 그림 이야기

초등학교 4학년 때 강남으로 전학 온 후 받아온 성적표에 엄마는 행복해하지 않았다. 예전 학교에서와는 달리 성적이 곤두박질했기 때문이다. 성적이 쭉 떨어졌다기보다는 나는 그대로인데 이 동네에는 극성스러운 엄마 덕에 잘하는 아이들이 많아 등수가 떨어졌던 것이었다. 오빠와 나를 불러 앉히고는 엄마가 물었다.

"이대로는 안 되겠다. 너희 뭐를 더 하고 싶은지 한번 얘기해봐."

공부가 아니면 다른 특기를 살려야 한다고 생각하신 걸까? 그때 내 입에서 나온 것이 무용과 미술이다. 엄마는 무용을 시키는 것은 싫으셨는지 "그러면 미술학원 다녀"라고 하셨다. 일 년이 지난 후 미술학원 선생님이 예술중학교를 권하시길래 입시 준비를 했다. 열심히 했던 기억은 난다. 목표가 생기니 열심히 했고 덕분에 학교 성적도 부쩍 올랐다. 그게 시작이었다. 그 이후로 화가가 되는 것에 대해 한 번도 의심한 적이 없다. 30여 년 동안 나는 그렇게 아티스트였다.

동양화를 전공하게 된 것은 고등학교 때다. 일학년 첫 학기에 조소, 수채화, 동양화, 디자인 등 다양한 수업을 듣고 2학기가 되면서 무엇을 전공할지 정하는데, 성적표를 받은 나는 아찔했다. 다른 것들은 다 98점인데 동양화만 86점이었다. 순수미술을 하고 싶어서 디자인은 일찌감치 제쳐놓았다. 두껍게 얹히는 유화가 투박하고 답답하다고 느껴져서 서양화과도 가기 싫었다. 최종적으로 동양화와 조소중에 갈등하던 나는 조소를 택했다. 종이를 제출하려고 소강당으로 들어가려던 참에, 복도에 잠시 휴식하러 나오신 이종목 선생님과 마주쳤다.

"무슨 전공 선택했니?"

"조소요."

"왜 동양화 안 하고?"

"점수가 86점밖에 안 나왔어요."

"점수는 중요하지 않으니 동양화 하거라. 대학 가는 것은 내가 도와줄게."

지금은 이화여대 동양화과 교수님이신 이종목 선생님은 당시 동양화 입시계를 주름잡고 계시던 명강사였다. 그래서 '나쁜 점수에도 불구하고' 용기를 가지고 선택하게 된 것이 동양화였다. 그때 그 순간 이종목 선생님을 문 앞에서 만나지 않았더라면 난 전혀 다른 일을 하고 있을까? 혹은 초등학교 때 그렇게 성적이 떨어지지 않았더라면 나는 미술을 시작하지 않았을까? 우연은 운명의 아주 작은 속삭임이다.

유학을 가야겠다고 생각한 것은 오래전부터다. 선화예술 중·고등학교를 다니는 동안 우리는 공연 볼 기회가 많았다. 학교의 대강당으로 사용하던 리틀엔젤스 예술회관은 당시 서울에선 유일하게 유럽풍 인테리어를 갖춘 공연장이었다. 붉은 벨벳의 실내에 장식된 화려한 금박의 문양들이 동화 속에 나오는 궁전 같았다. 문화재단도 같이 운영하던 학교 재단은 이곳에서 세계적으로 저명한 아티스트들을 초청하여 음악회며 발레 공연 등을 늘상 마련했기 때문에 우린 풍요로운 문화환경 속에서 학창 시절을 보낼 수 있었다. 당시 우리 학교 출신의 세계적 아티스트들은 아주 큰 자극제였다. 발레리나 문훈숙은 유럽에서 활동을 하다 한국으로 돌아와 유니버설 발레단을 창설하고, 일 년에 서너 번씩 아름다운 발레 공연을 보여주었다. 발레리나 강수진도 우리 학교 출신이다. 소프라노 조수미가 모교를 방문하여 바로 그 대강당에서 전교생을 모아놓고 대화의 시간을 가진 것도 기억에 생생하다. 난 그녀가 누군지도 몰랐을뿐더러 무대 위의 그녀가 생소해 보였다. 하지만 식의 마지막 순서로 그녀의 노래가 시작되었을 땐 그 누구도 숨조차 쉬지 않는 듯했다. '아! 사람에게서 저렇게 아름다운 소리가 나올 수 있다니! 우리의 몸은 무엇보다도 아름다운 악기가 될 수 있구나!' 어린 나에게 그것은 난생처음 느껴보는 소리에 대한 감동이었다. 그들은 포스터 속의 예술가가 아니라 손을 뻗으면 잡힐 듯한 현실 속의 사람이었던 것이다. 내가 앉아 있는 이 책상을 거쳐간 누군가가 지금은 세계적인 아티스트가 되어 있다는 사실은 십 대의 소녀에게 무한한 가능성을 심어주었다. '나도 저들처럼 세계적으로 유명한 아티스트가 되겠어!'라고, 그때부터 말없이 꿈꾸어왔다. 그리고 그 꿈이 오늘 나를 뉴욕의 브루클린으로 옮겨놓은 셈이다.

다시, 새로운 출발

유학을 준비하는 것도 유학 생활도 결코 쉽지는 않았다. 유학을 준비하던 1997년은 IMF로 모두가 힘들 때였다. 작은 제조업체를 운영하시던 아버지는 금융실명제로 시장에 돈의 흐름이 마비되어 어려움을 겪으시다가 IMF로 큰 타격을 입으셨다. 리스로 사용하시던 기계 대금이 곱절로 늘어난 것이다. 그 와중에 미국으로 유학 가겠다고 막무가내로 고집을 부리는 막내딸이 반가웠을 리 없다. 그래도 우여곡절 끝에 유학을 최종 결정한 것은 엄마의 도움이 컸다. 어느 날 엄마는 쌈짓돈 500만 원을 주시며 말씀하셨다.

"네가 유학 가려고 모았다고 하면서, 아빠를 다시 설득해봐. 네가 노력했다고 생각하시면 어떻게든 마련해주시지 않겠니?"

장학금을 주지 않는 것으로 악명이 높은 미국 미술학교에서 받은 장학금 통지서도 아버지의 마음을 돌리는 결정적인 계기가 되었다.

그렇게 볼티모어의 메릴랜드 미술학교Maryland Institute College of Art를 다니게 되었다. 볼티모어는 뉴욕에서 남쪽으로 3시간, 워싱턴 D.C.에서는 북쪽으로 1시간 정도 떨어진 곳이다. 역사가 오래된 도시이지만 흑인 인구가 많아서 초콜릿 시티라고도 불리는데, 내 기억에 남아 있는 볼티모어는 우중충하고 음울하다. 도시 자체도 상큼하게 발랄한 도시는 아니거니와, 볼티모어에 사는 동안 나의 삶은 통증과 절망, 우울 그것들을 이겨내고자 하는 필사적 노력으로 하루하루가 버거운 날들이었다. 어렵게 시작한 유학 생활과 함께 나의 긴 병치레도 시작되었고, 목과 등 통증이 심해서 정상 생활이 힘들어졌던 것이다. '이대로 한국으로 돌아갈 수는 없어, 어떻게 온 유학길인데……' 다짐하며 버틸 만큼 버텼지만 결국 나는 학교를 휴학하고 한국으로 돌아갔다. 병원에서는 의외로 가벼운 목디스크로 진단을 내렸다. 병원에 입원하여 집중 치료를 받았지만 증세는 그다지 나아지지 않았다. 가벼운 목디스크라기에는 내가 느끼는 통증이 너무 컸고, 기간도 오래 지속되었다. 학교로 돌아갈 날들은 다가오는데 희망은 보이지 않았다. 나만큼 답답하셨던 엄마는 용하다는 무당한테 굿도 받게 하셨다. 조상님들이 내 어깨에 매달려서 미국까지 따라갔다는데 그 혼을 떼어내야 한다고 했다. 이렇게 시작된 의문의 통증은 그 이후 10년을 나를 끈질기게 괴롭혔다. 손이 저리고, 등 통증이 허리로 내려오고, 좌골신경통이 생기고, 걸을 수가 없을 정도로 무릎이 아파 휠체어를 타고 다녀야 했던…… 지금 생각해도 가슴이 아프다. 그때 완치되지 않은 몸으로 다시 볼티모어로 돌아왔다. 그때 돌아오지 않으면 영원히 돌아올 수 없을 것이라는 생각이 들었기 때문이다.

나의 청색 시대

대학원을 다니던 내내 극심한 통증에 시달렸다. 아침에는 침대에서 일어나기 위해 긴 호흡과 함께 천천히 몸을 돌려 옆으로 일어날 정도였다. 고개를 1센티미터 돌리는 것도 고통스러울 만큼의 굳은 몸으로 일어나면 뜨거운 물 샤워와 긴 스트레칭으로 하루를 시작했다. 팔을 따라 내려오는 통증으로 붓을 들고 장시간 그림을 그리는 것은 점점 어려워졌는데 매주 돌아오는 크리틱 시간에는 무언가를 새로 보여주어야 했다. 그래서 시작한 것이 염색 작업이다. 한지를 접어서 푸른 물감에 담그면 접은 자리에는 더 많은 물감을 흡수하게 되어 선이 진하게 나온다. 접은 채로 말리면 밖이 진하고 안이 흐리다. 또한 접은 상태로 말리면 굵고 진한 선이 나오고 펴서 말리면 흐리고 섬세한 선이 나온다. 이 과정을 반복하면 종이의 구김과 결이 자연스럽게 드러나면서 색이 깊어진다. 종이를 접는 방향과 간격에 따라 다양한 구성을 연출할 수 있다. 한 작품을 하기 위해 종이를 접어 색물에 담그고 말리는 과정을 반복하니 오랜 시간과 인내심이 필요하지만 종이 위에서 장시간을 그려야 하는 육체노동의 시간은 적고 상대적으로 사색과 구상의 시간이 많아진다. 무거운 물통을 교체한다든지 종이를 반복적으로 접어야 하는 단순한 일들은 어시스턴트를 고용할 수도 있었다. 당시 조교를 하면서 번 돈으로 학부생을 어시스턴트로 고용하는 데 충당할 수 있었다. 조교를 하면서 배우는 것도 많고, 시간당 받는 액수가 지불해야 하는 액수보다 많으니 일석이조다. 그렇게 이루어진 작품이 〈명상meditation〉 연작이다. 2년 동안 푸른색만 사용했으니 나의 청색 시대Blue period기도 하다. 대학원 졸업전시를 준비하는 마지막 학기에 중국계 이론 선생님이었던 존 야우는 "이제 파란색 염색하는 거 그만하고 새로운 걸 해보지그래? 적어도 색깔이라도 바꾸어보는가?"라고 조언했다.

2년 내내 파란색에서 헤어나지 못하는 내가 얼마나 답답했을까! 하지만 나는 그 색을 버릴 수가 없었다. 극심한 신체의 통증과 언어적으로 소통하기 힘든 상황, 낯선 곳에서 가족과 떨어져 혼자 모든 것을 극복해야 하는 막막한 상황에서 푸른색은 나에게 명상의 색이었고 나를 정신적으로 자유롭고 평온하게 하였다. 그의 조언을 전혀 무시한 것은 아니었다. 그의 말에는 뼈가 있었다. 그렇게 탄생한 것이 푸른 종이를 이용해 큰 스케일의 설치작업을 한 대학원 졸업전의 〈Beyond〉와 〈Room for Meditation〉이다.

현실 너머의 정신적 세계에 대한 의문과 동경, 나 자신에게 마음

안성민, 〈Beyond〉, 2001

의 평화를 위한 명상의 공간을 주고 싶었던, 그럼으로써 현실을 초월하고 싶었던 염원이 담긴 작품이었다. 이 시기의 작품들은 시각적으로는 초기 미니멀리즘과 색면주의와 일맥상통한다. 실제로 〈볼티모어 시티〉 신문의 마이크 줄리아노는 "동양으로 간 도널드 저드"라는 표현으로 기사를 쓰기도 했다. 도널드 저드는 1970년대 미국 미니멀리즘을 대표하는 작가다.

원이면서 원이 아니다

졸업하고 이사 온 뉴욕은 만만치가 않았다. 임대료는 살인적으로 비쌌고 갤러리의 벽은 높고 견고했다. 몸의 통증은 좀 나아지는 듯하다가 다시 나빠지고 다른 부분으로 퍼져갔다. 그 와중에도 포기하지 않고 작품을 지속할 수 있었던 것은 남편의 도움이 컸다. 이 시기에 발전시킨 새로운 작업이 〈원이면서 원이 아니다 A Circle Is Not A Circle〉 연작이다. 단순히 명상과 동양철학만으로 작업을 풀지 않고 현대 물리학의 개념을 도용했다. 당시 현실 너머의 정신적 세계를 과학적으로도 고찰해보게 된 결과인데 수학으로 접근하는 4차원의 세계, 현대 물리학에서 발견한 초현실적 세계, 기존의 뉴턴 물리학과 시각적으로 보이는 현실에 대한 고정관념을 완전히 바꾸어주는 역설적 발견들 그리고 그 핵심에서 동양철학과 일맥상통하는 부분을 기술한 현대 물리학자 프리초프 카프라의 책 『현대물리학과 동양사상 The Tao of Physics』 등에서 영감을 받은 것이다. 나의 교과서처럼 읽고 읽고 또 읽었던 이 책은 작가 노트에도 인용하고 수업 때도 종종 소개했다. 1975년에 처음 출판된 오래된 책이고 그 이후로도 새로운 이론의 무수한 책들이 나왔지만 당시 나에게는 감동 이상의 전율을 주었던 의미 있는 책이다. 현대 물리학과 동양철학을 폭넓게 꿰뚫어보는 그의 혜안에 깊은 경외를 가졌었다. 작품의 제목인 'A Circle Is Not A Circle' 또한 '입자이면서 파동이다Particles are Also Waves'라는 이 책의 한 대목에서 영감을 받은 것이다. 이 역설적 가르침은 노장사상에서도 나타난다.

> 구부려라 그러면 곧게 될 것이고,
> 비워라 그러면 가득 차게 될 것이고,
> 다 닳게 되면 새로워질 것이다.

이런 노자의 가르침은 정반대 개념의 상관관계와 그것을 바라보는 현자의 관점을 설명함에 있어 역설적 표현을 사용하고 있다. 선과 악, 음과 양 등의 극개념들이 전혀 다른 개념이 아니라 서로 안에 내재되어 있으며 하나의 가치만을 추구하는 것 대신 둘의 균형을 유지하는 것이 중요함을 가르치고 있는 것이다. 동양의 철학자들이 자연의 성질을 큰 안목으로 꿰뚫어보았다면 현대 물리학자들은 그 진실을 물리학자가 얻을 수 있는 가장 작은 단위에서 찾은 것이 다를 뿐이다. 카프라는 또한 아원자의 세계에서 양성자(프로톤, 플러스)와 중성자 그리고 전자(일렉트론, 마이너스)라는 아원자 입자들이 끊임없이 에너지를 주고받으며 놀라운 속도로 움직이는 현상을 노장사상에서 말하는 '삼라만상은 음과 양의 끊임없는 상호작용의 결과'라는 점과 연결한다. 위대한 물리학자의 300여 쪽에 달하는 깊은 연구와 성찰의 내용을 나의 짧은 언어로 어찌 설명할 수 있을까. 하지만 이 책이 나에게 정신적인 충격으로 다가왔던 이유는 두 가지다. 서울에서 동양화과를 다니며 노장사상에 관한 수많은 책을 숙독하였지만 솔직히 나는 크게 공감하지 못했다. 추상적인 아이디어를 '뜬구름 잡는 듯한' 언어로 설명했으니, 개념 자체가 이해가 안 되었다. 나 스스로가 직관이 있지 않으면 공감할 수 없는 사상들이다. 하지만 물리학자가 영어로 설명한 노장사상은 생각을 전개하는 과정이 달랐다. 영어라는 언어의 특정상 좀 더 구체적이고 논리적인 접근과 설명의 방법이 오히려 형이상학적 철학을 이해하는 데 도움이 되었다. 서울에서 오래된 책들을 들고 씨름했을 때보다 훨씬 더 명확한 개념을 가져다주었다. 현대 물리학으로 공감된 사상이라는 점도 나에게 큰 감동이었다. '노친네들의 세월담' 정도로 여겼던 사상의 위대함을 조금이나마 깨달았다고나 할까. 현실 너머의 세계, 그것이 물리학을 통해 극한으로 작은 세계로 가든지, 노장사상을 통해 넓은 우주를 성찰하는 혜안으로 가든지, 그것은 기적적인 놀라움과 나의 현실을 다른 차원에서 바라보게 해주는 원동력이 되었다.

내 작업 〈원이면서도 원이 아니다〉는 수직으로 만나는 두세 개의 벽면에 설치된다. 서로 만나는 벽면을 함께 바라보며 그 중간의 공간에서 이미지를 상상으로 연결함으로써 평면 드로잉을 2차원을 넘어선 높은 차원의 세계로 승화하고자 하는 것이다. 관객들에게는 작품의 주위를 걸어 다니며 다양한 각도에서 작품을 감상하도록 권한다. 두세 개의 벽면에 동시에 설치된 드로잉들은 보는 시각에 따라 다양

안성민, 〈A Circle is Not A Circle〉, 2003

안성민, 〈White Square〉, 2008

한 조합의 모양을 만들어내는데, 오직 한 시점에서만 완벽한 원형을 발견할 수 있다. 끊임없이 움직이며 다양한 시각으로 바라보아야 하며 현실에서의 세 벽이라는 고정된 시각을 버려야 완벽한 원을 제대로 찾을 수 있다. 이 원은 우주를 상징함과 동시에 다른 차원의 세계를 연결시키는 가상의 블랙홀을 상징한다. 기하학에서 원은 하늘, 우주, 정신성을 상징하기도 한다.

이 작품에서는 작품과 관객과의 고정되지 않은 유기적 관계가 작품을 감상하는 중요한 포인트다. 또한 이 작품을 통해서 우리 자신, 우리의 일상을 바라보는 유기적 관점 또한 중요함을 일깨우고자 한다. 세상 어디에도 절대적 진리와 절대적 가치는 존재하지 않는다. 그것을 깨닫고 나의 고정된 시각을 벗어나는 것이 분쟁을 해결하는 근본적인 힘이기도 하다.

〈화이트 스퀘어White Square〉는 〈원이면서 원이 아니다〉의 연장선에 있다. 하지만 이 작품에서는 사각형을 사용하고 사각형 안의 여백에 더 의미를 두었다. 사각형은 기하학에서 땅, 지구, 물리성을 상징한다. 완벽한 원과 정사각형이 만났을 때, 즉 원과 정사각형이 네 점에서 일치했을 때, 그것을 정신성과 물리성의 결혼으로 부르는데 동양적으로 말하면 물아일체 정도로 해석하고 싶다. 이 작품에서는 원의 이미지를 구체적으로 제시하지는 않았지만, 물리적 공간을 상징하는 사각형의 모양을 밖으로부터 거칠고 불규칙한 붓 터치로 정의하고 안을 하얗게 비워놓음으로써 '비어 있음'에 대해서 숙고하도록 유도하고, 물질성을 정신성으로 승화하고자 했다.

새로운 시작, 다시 그림으로

작업을 한참 못했었다. 몸이 나빠질 대로 나빠져서 그 무엇도 할 수 없는 상태가 되었다. 이때는 극심한 무릎통증으로 걷는 것조차 힘들고 밤에는 통증으로 잠을 이루지 못했었다. 나를 일깨운 것은 현각 스님의 달마토크였다. 요양차 머물던 서울에서 우연히 참가하게 된 화계사에서의 법문, 그날의 주제가 '현재'에 관한 것이었다. 영겁의 과거와 미래 사이에 존재하는 찰나의 시간으로서의 현재(너무나 찰나라 우리가 인지하기조차 힘든). 그 찰나엔 '아무것도' 없다. 기쁨도 슬픔도 고통도 없다. 현재는 '아무것도 없는' 고요함의 시공간이고 마음의 평온을 유지시키는 '불성'이다. 나는 오랫동안 '아팠었다'라는 과거와 '아플 것이다'라는 미래를 살아온 것은 아닌가 하는 깨달음. 명상을 통해 찰나의 열린 마음으로 들여다본 나의 현재, 바로 '이 순간'은 비어 있으나 생명의 에너지로 충만한 '마음의 여백'이었다. 원자 내의 광대한 공간에서 놀라운 속도로 움직이는 생명의 에너지 전자처럼, 비어 있지만 에너지로 충만한 바로 '이 순간의 현재'를 느끼는 찰나에는 고통이 없다는 것을 깨달았다. 놀라운 행복과 기쁨을 느낀 것이 아니라 아무것도 없는 그 순간의 평화로움과 자유로움을 느낀 것이다. 그 이후로 나의 증세는 급속도로 회복되었다. 마음에 똬리를 틀고 신체적 증상을 일으키던 응어리가 없어진 것일까? 그리고 아이를 낳고 어느 순간 엄마이면서 작가인 생활이 시작되었다.

아이를 낳고 키우는 동안 작업이 확 바뀌었다. 다시 그림을 그리게 된 것이다. 아이를 낳고 키우면서 손목통증은 깊어졌지만 전반적으로 향상된 건강 상태는 나에게 더 많은 것을 가능하게 했다. 정기적 운동과 꾸준한 관리를 해야 하는 상황이긴 하지만 엄마가 됨과 동시에 나에게 초인적 힘이 생긴 듯했다. 우연한 기회에 민화에 관심을 가지기 시작한 것도 이 시기다. 어느 날 뉴욕 한국문화원 교육 담당 연지 씨에게서 연락이 왔다.

"민화 수업을 해주실 수 있으신가요?"

"네, 그럼요!"

바로 대답하고는 그날로 민화 연구에 들어갔다. 대학교 때 동양화의 모든 분야를 다 훑어 공부하긴 했지만, 수묵화 전통이 강한 우리 학교는 채색화를 집중적으로 연구하지는 않았다. 하지만 궁핍한 아티스트에게 들어온 프리랜서 일은 일단 하겠다고 대답하고 방법을 찾는 것이 상책이다. 인터넷과 도서관을 뒤지고 학교 다닐 적의 메모들을 찾았다. 무엇보다도 퀸스뮤지엄에서 진행했던 내 수업을 통해 알게 된 나영이의 도움이 컸다. 인테리어 디자이너였던 나영이는 민화가 그냥 좋아서 이화여대에서 고광준 작가님의 민화 수업을 수강했었다고 했다. 한 달에 120만 원의 고액 수강료를 지불하고 민화를 배웠다는 것도 놀라웠지만 그녀가 보여준 작품 수준에 더욱 놀랐다. 생초보자가 했다고 믿을 수 없을 만큼 색채도 아름답거니와 선도 수준급으로 잘 그렸다. 당시 임신 중이던 나영이는 말했다.

"저랑 같이 그려요. 저도 태교 삼아 다시 그리면 아기 정서에도 좋을 것 같아요. 혼자서 할 수 있는지도 다시 해보고 싶기도 해요."

그렇게 일주일에 한 번씩 그녀의 집에 모여, 그녀의 오래된 노트를 뒤척여가며 시간 가는 줄 모르고 민화를 함께 그렸다. 그때 그녀가 없었더라면 나는 어떤 그림을 그리고 있을지 상상할 수가 없다.

모란의 속삭임

모란이 유난히 매력적이었던 것은 단순하고 반복적인 패턴이 무한대로 확장될 수 있다는 것이었다. 민화를 보면 꽃 이파리가 비틀리기도 하고 뒤집히기도 하면서 뭔가 좀 더 다양한 모습을 연출하는 것들도 많지만 나는 오히려 정형화된 패턴이 심플하게 반복되는 디자인을 선호한다. 미니멀리즘적 성향을 여기서도 버리지 못하는 듯하다. 첫 작품 〈모란 부케Peony Bouquet〉는 우여곡절 끝에 1년이 걸려 완성되었다. 2011년 볼커 올쓰 뮤지엄의 개인전을 한 후 손목통증이 악화되어서 그림을 그리지 못하게 된 것이다. 그 덕에 충분한 시간을 가지고 작품을 더 견고하게 발전시킬 수 있었다. 2012년 3월 개인전 즈음에 첫 작품을 완성했으니 정확히 12개월 동안 구상하고 완성한 것이다. 이 모란 부케를 하나씩 하나씩 다른 색깔로 그려나가다가 8개의 시리즈로 발전시켜 마지막 그림을 완성한 것이 2012년 가을이다. 이 그림은 나에게 어떤 의미가 있을까! 고통을 이겨내고 불사른 그림에의 열정인가 혹은 현실과 타협하며 약게 살 줄 모르는 미련함일까. 아니면 창작열, 혹은 뭔가 달라야 한다는 강박관념의 산물일까?

"넌 이제 끝났어. 그만 포기해. 십 년을 넘게 했는데 아직도 그러고 있으면 끝난 거야."

당시 지인이 모질게 내뱉은 말이다. 그 말에 상처를 받았지만, 이 엄청난 말을 듣고도 난 변한 것이 없었다. 나는 왜 그리도 모란이 좋았을까? 뒷마당에 모란을 심고 모란 부케를 그리도 그리고 싶어했는데! 왜일까? 현실은 나에게 자꾸 생각하기를 요구하지만, 이때는 그저 그리는 것이 좋았을 뿐 아무 생각도 하고 싶지 않았다.

안성민, 〈Peony Bouquet〉, 2003

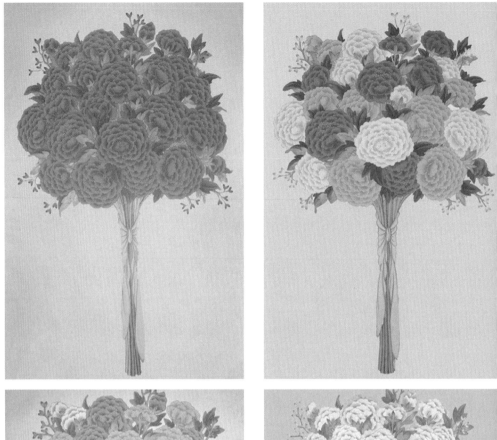

역원근법, 못 그린 그림이 아니라고요!

동양화엔 역원근법이라는것이 있다. 르네상스 시대의 원근법과는 정반대로 앞이 좁고 뒤가 넓어지는 '이상야릇'한 원근법이다. 대부분의 사람들이 '못 그렸어요' '기본이 안 되어 있군' '불안해서 못 보겠어요'라고들 얘기한다. 서구식 미술교육과 서양화들에 눈이 익숙해져 있기 때문이기도 하지만 물질적이고 현상적인 시각에 의존하는 지극히 현실적인 관점 때문이기도 하다. 실제로 내 앞에 놓인 테이블을 보면 그리 보인다. 앞이 넓고 뒤가 좁다. 그런데 우리 조상들은 역원근법을 통해 왜 반대로 그렸을까. 작고하신 오주석 선생님의 글에 친절하고도 명쾌한 설명이 있다. "바라보는 내가 중요한 것이 아니라 주제가 중요하다. 내가 바라본 관점이 관건이 아니라 주제의 본질을 표현하는 것"이 중요한 것이다.

옛 그림에서 중요한 것은 사실을 보이는 대로 과학적으로 그려내는 능력이 아니라 사물의 본질을 표현하는 것이다. 옛사람들의 관점대로라면 르네상스식 표현법은 어떤 사물을 한쪽에서만 바라본 객관적 현상을 그린 것이지 그 사물의 본질이 아니라는 얘기다. 그것은 또한 고정된 한 시점에서 바라본 광경을 사실적으로 그리고, 화가가 바라본 것과 똑같은 것을 보도록 관객들에게 요구한다.

하지만 동양적 관점에서라면 어떤 사물의 본질을 표현하기 위해 그것을 위에서도 바라보고 아래에서도 바라보고 양측면에서도 바라본 후 그 모든 이미지를 조합해놓는다. 그리고 또한 만져도 보고 먹어도 보고 감성적으로 사색도 해보고 나서야 비로소 그 사물의 본질을 알 수 있는 것이다. 입체파의 시각과 일맥상통하지만 그와 다른

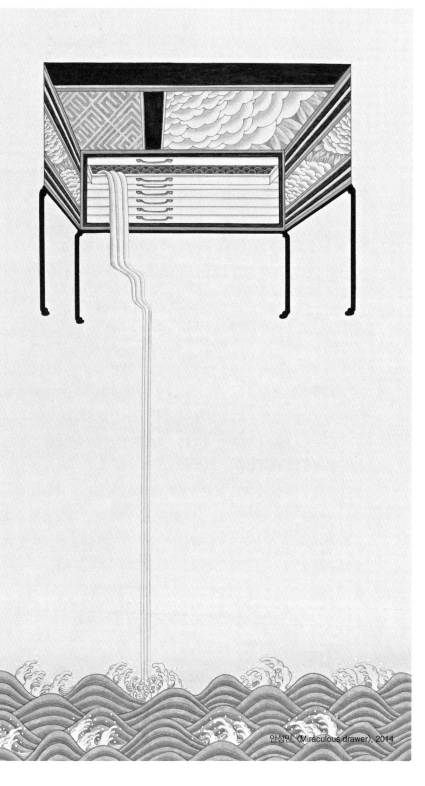

안성민, 〈Miraculous drawer〉, 2014

점은 공간의 연속성과 현실적 이미지와의 유사성이라 볼 수 있겠다. 그리고 이 관점들은 고구려벽화 이후로 1,500여 년간 지속되어온 표현 방법이다.

그런데 나를 더욱 매료했던 것은 현대 물리학에서의 발견이었다. 현대물리학자 카프라는 뉴턴 이후의 물리학자들이 현대 물리학에서 발견한 새로운 역설적인 현상을 이해하기 위해 기존의 고정되고 경직된 관점을 버리고 유동적인 시각Moving Perspective을 가졌어야 했으며 그 관점들은 동양의 철학들과 일맥상통한다고 지적했다. 그리고 이 유동적인 시각은 역원근법에 고스란히 드러나 있다. 수천 년의 시간과 공간을 꿰뚫어 현상 너머의 본질을 간파한 옛 선인들, 이 얼마나 현명하고 통쾌한 일인가!

이 역원근법을 좀 더 과장해서 사용한 〈플랫파일Flat File〉 연작에서는 유유자적 돌아다니면서 사물을 여러 가지 각도에서 바라보고 그 이미지들을 조합해놓는다. 그러면서 서양식 원근법에 대한 거꾸로 바라보기를 강조하기 위해 소실점의 위치를 정확히 제시한다. 하지만 역으로 화면의 앞쪽에 놓는다. 형식적으로는 원근법을 거꾸로 사용한 것이고 내용적으로는 우리 역원근법의 철학과 미학을 가져온 것이다. 뉴욕에서 우리 역원근법에 담긴 깊은 철학적 의미를 이해하는 사람은 거의 없다. 그건 그들에게 다른 차원의 두뇌회전을 필요로 한다. 열심히 듣기는 한다. 하지만 정작 뉴욕의 외국인들에게 가장 흥미로운 것은 그들의 원근법을 거꾸로 그림으로써 새로운 시각을 제시했다는 것이다. 그들이 잘 아는 내용이기 때문에 그들로서는 접근하기가 쉽다. 자신의 지식 안에서 거꾸로만 생각하면 된다. 말하기 좋아하는 사람들한테 쉽게 말을 시작할 거리를 만들어준다. 이들을 처음에 사로잡을 만큼의 흥미로운 점이 있으면서도 쉽다. 그렇게 대화를 시작하면서 슬쩍슬쩍 우리 이야기를 하는 게 순서다. 자기 말을 했으니 이제 내 말을 들을 차례다.

서랍을 열어 무언가 나오게 해보라는 것은 황란 작가님의 조언이었다. 이렇게 이렇게 해보라는 무수한 제안을 받지만 나에게 번뜩한 느낌을 주는 조언은 거의 없다. 다들 자신의 해석대로 자신의 관점에서 얘기하니까 나와 공감을 갖기는 어렵다. 그러면 한 귀로 듣고 한 귀로 흘린다. 하지만 이 제안을 들었을 때 반짝하면서 번개가 치는 듯했다. 그리고 바로 작업을 한 것이 〈신기한 서랍장Miraculous drawer〉이다. 서랍을 열면 상상치 못한 사물들이 나오는데 초현실적인 반전과 유머는 미국인들에게 인기 있는 주제다.

상처, 기억 그리고 승화에 관하여

〈상처, 기억 그리고 승화에 관하여〉 연작은 모란을 주제로 한 작품들 중 가장 함축적인 의미가 많고 여러 가지 해석과 감상이 가능한 작품이다. 상처와 기억, 고통, 누군가에게 극단의 상처 혹은 고통일 수 있는 죽음에 관한 고찰과 삶에서의 받아들임, 그것의 승화에 관한 작품이다. 부귀영화의 상징인 모란을 통해 현대 사회에서 우리의 상징적 자화상을 표현하고자 하는데, 사회의 일원으로서 혹은 개인으로서 꿈을 꾸고 성취를 하고, 상실하고 좌절하고, 고통과 승화의 과정을 겪게 되는 인생의 초상화다.

족자의 형식은 옛 '소병'에서 빌렸다. 소병은 장례식이나 제사 때 쓰는, 아무 무늬나 그림이 없는 하얀 병풍을 일컫는데 병풍의 가장자리는 검정색 비단을 대어 만든다. 어느 날 우연히 마주친 조선시대 말기의 낡은 소병이 정말 눈물 나게 아름답다고 느껴져서 눈을 뗄 수가 없었다. 수많은 죽음을 지켜보았을 소병의 담담함에서 궁극적으로 비어 있음의 아름다움을 통해 삶과 죽음의 의미까지도 생각해보게 되었다. 소병은 기능적으로는 삶과 죽음의 공간을 나누는 역할을 하는데, 따라서 장례식에서 죽은 자의 관은 소병 뒤에 놓인다. 이 작품의 뒷면은 금사로 장식된 붉은 비단으로 장정하였다. 앞에서 볼 수 있는 단조로움과 어두움, 무거움에 대비해 붉은 비단은 죽음 이면의 혹은 승화를 겪은 후의 화려함과 밝음, 가벼움을 암시한다.

수개월에 걸쳐 완성된 그림을 족자로 장정한 후 꽃잎의 일부를 칼로 도려내었다. 이 과정은 지금 생각해도 아프다. 칼에 베여 떨어지는 꽃을 상상하면 온몸에 소름이 돋으며 심장이 아린다. 완성된 족자를 스튜디오로 가지고 왔을 때 당시 서울에서의 전시 준비를 도와주었던 대학교 동창이 "그냥 이대로 좋은데 이걸 꼭 도려내야 해? 그냥 두지!"라고 물었다. 족자 값만 거의 200만 원에 달하는 돈을 지불했는데 순간 '그냥 둘까!' 하는 망설임이 일었다. 하지만 보고 싶었다. 내가 상상하고 발전시켜온 작품, 그 결말을 보고 싶었다. 그것은 작가에게는 희열이다. 이렇게 구멍을 뚫었을 때 족자가 괜찮을지 표구사 사장님과 미리 상의했고 그러는 과정에서 작품 방향이 수정되기도 했다. 이제 그 마지막 단계였다. 그리고 후회는 없다. 작품을 한 단계 한 단계 진행하며 수많은 고민을 한다. 밑선을 긋기 위해서 먹

상처와 승화에 관한 이야기를 담은 작품들.

의 적당한 농도를 고민하고 수차례의 색깔을 입히는 과정마다 어떤 색을 어느 정도의 투명도로 입힐지 고민하고 또 고민한다. 한번 칠하면 벗겨낼 수도 덮어 칠할 수도 없다. 이미 자르고 나면 다시 덧붙일 방법도 없었다. 인생을 되돌려 다시 살 수 없는 것처럼 내 그림도 똑같다. 그렇게 그림 안에서 인생을 배운다.

전통은 나에게 버릴 수 없는 화두다. 하지만 그것을 그대로 되풀이하는 것은 큰 의미가 없다. 그것을 출발점으로 대화를 시작한다. 나를 더한다. 그렇게 새로운 이야깃거리를 만드는 과정을 즐긴다. 그렇게 진화하는 것이다. 모란을 소재로 한 다양한 작품을 그려왔다. "이제 모란 좀 그만 그리지!"라는 말이 나올 정도다. 하지만 아직도 부족하다. 모란으로 하고 싶은 것이 아직도 많다. 모란 이외에도 하고 싶은 것들이 물론 많다. 생각하는 것만으로도 신난다.

작품들을 바라보고 있으면 가슴이 가득해진다. 그림을 잘 그려서가 아니고 비싼 값에 팔려서도 아니다. 못난 자식이라도 바라보고 있으면 한없이 가슴이 벅차오르는 것처럼 그냥 좋다. 나에게 좋은 작품이라는 것은 어떤 유명한 평론가가 극찬을 한 작품이나, 혹은 유명한 경매에서 100만 달러에 팔린 작품이 아니다. 누군가를 그림 앞에서 펑펑 목 놓아 울게 할 수 있는 작품, 한 순간의 눈맞춤으로 그의 인생을 바꿀 수 있는 작품, 그의 가슴속에 잔상으로 오래오래 남아 울림을 주는 작품이 좋은 작품이다. 다수에게 감동을 주면 좋겠지만 단한 사람이면 어떠한가. 그것은 자식과 교감하듯 관객과 깊이 교감한다는 것이다. 그 단 한 사람만이라도 찾기 위해 난 끊임없이 그림을 그린다.

안성민, 〈Peony pot〉, 2014

모란을 응용한 다양한 작품들.

뉴욕에서 한국화 하는 여자

"뉴욕에서 한국화 하려면 힘들지 않아요?"

맞다. 쉽지 않다. 하지만 그 번거로움을 감수하더라도 꼭 그것이어야 하니 어찌하겠는가!

재료는 여름에 한국 갈 때마다 한꺼번에 구입해서 배로 미리 부치면 그닥 비싸지 않다. 급하게 뭔가 필요하면 인편에 부탁하기도 하고 비행기로 부치기도 한다. 인사동의 지업사들에 '뉴욕의 안 선생님'으로 안면을 터놓았으니, 돈만 떼어먹지 않고 송금하면 아무 문제 없다. 미국의 미술 재료값이 워낙 비싸니 그렇게 비교하면 굳이 내 재료값으로 유난히 많은 돈이 드는 것도 아니다.

풀과 배접, 그것이 문제

문제는 그림을 완성한 후다. 그 이전에도 한지와 먹으로 작업을 했지만, 그때는 배접할 필요가 없었다. 종이를 접어서 염색하듯 물감을 칠하고 접은 자국을 그대로 살려서 설치를 한다든지 향으로 태워 무수한 점을 찍는다든지 했으니 종이의 물성 자체가 작품의 일부라서, 말하자면 종이가 그림을 그리는 화면이 아니라 오브제 같은 구실을 하니 굳이 배접을 할 필요가 없었다. 아니 배접을 해서는 안 되었다. 하지만 최근의 작품은 제대로 된 전통 방식으로 그린 '그림'이니 배접을 거쳐서 제대로 판넬에 붙이거나 표구를 해야 완성도가 높아진다.

문제는 뉴욕에 이것을 내 맘에 쏙 들게 할 수 있는 사람이 없다는 것. 한인록을 보거나 차이나타운을 둘러보면 표구사들은 찾을 수 있다. 하지만 믿을 수가 없다. 2011년 새 작품으로 갖는 첼시에서의 첫 개인전을 앞두고 제대로 된 표구사를 찾는 것이 절실했다. 그 이전에는 꼭 필요할 경우에는 서울에서 배운 실력으로 내가 직접 하기도 했지만, 그림 그릴 시간도 턱없이 부족한데 그 많은 양의 배접과 판넬 장정을 할 시간과 여유는 전혀 없었다. 여기저기서 주워 모은 리스트에 죄다 전화하거나 방문해서 물어보았다. "풀은 어떤 걸 사용하나요? 배접지는 어떤 걸 쓰세요? 사용하는 풀 농도 좀 보여주세요……" 모든 사람들이 질문의 핵심조차도 이해 못했다. 어떤 중국인 표구사에서는 "못 믿겠으면 맡기지 마요! 나도 그렇게 따지는 사람거는 하기도 싫어!" 하며 문밖으로 내쫓았다.

'배접'은 완성된 그림을 족자나 표구로 만들기 위해 거치는 한 과정이다. 동양화에 주로 쓰이는 한지는 얇고 반투명하다. 주재료인 먹은 종이 표면에만 얹히는 것이 아니라 종이 속으로 깊이 스며든다. 어떤 작품들은 앞뒤를 분간하기조차 힘들 정도로 종이 전체가 먹과 안료를 머금고 있다. 배접은 이런 그림 뒤에 하얀 종이를 풀로 덧대어 붙이는 기법이다. 그럼으로써 얇은 화선지가 두껍고 튼튼해지면서 그림 그리는 동안 우굴쭈굴해진 종이가 판판하게 펴진다. 하얀 종이를 덧대니 먹과 색이 더 선명해지기도 한다. 반투명한 셀로판지에 흰 종이를 대면 색이 선명하고 예뻐 보이는 것과 같은 이치다. 이 배접을 할 때 사용하는 접착제가 문제다. 일반적으로는 집에서 쓰는 밀가루풀을 사용해도 큰 문제는 없어 보인다. 하지만 장마철을 지나거나 보관을 잘못하면 곰팡이가 슬 수도 있다. 따라서 시판용 밀가루풀엔 방부제를 첨가한다. 그러나 곰팡이나 방부제나 모두 그림의 적이다. 그림의 수명은 그만큼 단축되는 것이다.

그래서 우리 조상님들은 자연 성분이면서도 상하지 않는 천연 풀을 만들었다. 밀가루를 물에 담가놓으면 뽀글뽀글 기포가 생긴다. 이른바 상하는 것이고 우리가 모르는 그 안의 소우주가 변하는 것이다. 매일매일 이 물을 갈아주면 어느 순간 기포가 올라오지 않는다. 썩을 대로 썩어서 더 이상 썩을 것이 없어진 것이다. 본디 성질을 바꾸어주는 우주적인 변화가 온 것이다. 과학적으로 얘기하면 단백질이 먼저 삭아 나오는 것인데, 계절마다 다르지만 10~15일만 물에 담그어두면 1단계 풀은 완성이다. 수백 년 된 고화를 처리하기 위해서는 30일 45일 등 2단계, 3단계 더 많이 삭힌 풀을 사용한다. 시간이 오래되면 불순물도 더 많이 삭아 없어지지만 접착성도 낮아진다. 접착성이 낮다는 것은 고화를 처리하는 하나의 장점이기도 하다. 그 작품에 가는 충격이 적은 것이고, 다시 손봐야 할 때가 되었을 때 뒷면의 배접종이를 쉽게 떼어낼 수 있기 때문이다. 재료가 가지는 산도도 문제다. 일반적으로 그림을 그릴 때의 재료들은 중성의 재료들을 선호한다. 수명이 길기 때문이다. 산도가 높은 종이는 쉽게 누렇게 변하고 부슬부슬 부서지기도 한다. 종이가 아무리 중성지라도 산도가 높은 접착제(투명한 스카치테이프 붙인 곳이 1년도 안 되어 누렇게 변하는 것처럼)를 사용하면 종이에 영향을 주어 누렇게 변색시키거나 색을 박락시키는 원인이 되기도 한다. 배접할 때 사용하는 풀도 화지의 뒷면에

밀착되고 일부는 흡수되기 때문에 산도가 낮고 곰팡이를 방지하는 양질의 것을 사용해야 한다. 그냥 밀가루 풀은 곰팡이가 생기기 쉽고 방부제를 넣으면 산도가 높아진다.

　서울에서도 제대로 된 풀을 사용하는 표구집은 거의 없다. 실정이 이러하니 뉴욕에서 제대로 된 표구사를 찾기는 근본적으로 가능치가 않았던 것이긴 했다. 수소문 끝에 플러싱의 한 액자집을 찾아갔다. 이런저런 질문을 하니 다른 표구사들과 크게 다르지는 않았다. 하지만 그때 이곳을 선택했던 이유는 배우려는 마음이 있기 때문이

서울의 단골 표구사 상원당에서 전시 준비 중인 그림들.

었다. 내가 원하는 대로 해주고자 하는 의지, 즉 내가 정화된 풀을 구해다 주면 그것으로 내가 요구하는 풀의 농도로 배접을 하고자 하는 마음 말이다. 하지만 이곳도 결국은 자격 미달의 터무니없는 표구사로 결론이 내려졌다. 배접의 기본은 우굴쭈굴해진 그림을 판판하게 펴는 것인데 그림의 중간중간에 주름이 져 있는 것이 아닌가! 작품의 3분의 1은 그렇게 재작업을 요구했는데 두 번째에도 일부는 주름을 펴지 못했다. "풀이 이상해서 그렇게 된 것 같아요"라는 구차한 변명을 하는데, 이것은 동양화를 전공하는 대학생도 문제없이 잘하는 것이다. 어처구니가 없었다. 불평을 하는 나를 경악케 하는 그의 말 "다시 그려 오시면 안 되나요?" 오 마이 갓! 그리고 그 자리에서 모든 작품을 다 싸들고 나왔다. 결국 밤을 새워가며 스튜디오의 인턴들과 함께 마무리를 지었다.

그 일이 있은 후 뉴욕의 어느 표구사도 가지 않는다. 시간 여유가 있으면 인사동의 '상원당'으로 보내고, 시간이 촉박하면 훈련된 조수들과 직접 한다. 직접 할라치면 울화가 치밀기도 한다. 체력이 본디 약한 데다 작업할 시간도 항상 턱없이 부족한 엄마 작가이거늘, 전문가의 손을 빌리면 더 효과적인 일을 내가 하고 있으려니 부아가 치미는 것이다. 뉴욕에서 한국화를 하는 고충을 겪는 때이고, 서울이면 좋겠다고 생각하는 몇몇 순간 가운데 하나다.

인턴은 모두 어디에 있는 것일까

서울이면 좋겠다고 생각하는 또 다른 순간은 조수를 구할 때다.

서울에는 한국화를 전공한 학생들이 차고 넘친다. 꽤 수준급 실력을 가지고 있어도, 졸업 후 쉽사리 일자리를 구하지 못하기가 태반이다. 미국에 비해 인건비도 저렴하다. 연장자를 존중하는 마음도 깊고, 세상 좁다는 것을 조금만 알면 연락도 없이 안 나오거나 하는 무례를 저지르는 일도 적을 것이다. 그 예쁘고, 손재주 좋은 친구들이 너무 아쉽다. 뉴욕에서는 생 초보자들을 처음부터 가르치고 훈련해 조수를 키워야 한다. 나의 롱아일랜드시티 스튜디오에서는 일주일에 두 번씩 일반인을 대상으로 민화 수업을 하는데 스튜디오 인턴들은 이 민화 수업을 무료로 들으면서, 따로 적당한 시간을 할애하여 내 작업을 돕는다. 무급 인턴이기도 하지만 워크 스터디**work study**, 미국 학교에서는 학생들이 학교의 잡무를 보고 그 대가로 장학금을 받기도 하고 돈을 벌기도 한다, 혹은 재능 교환의 개념에 가깝다. 이렇게 민화가 배우고 싶어서 온 학생들을 1년 동안 열심히 가르쳐 놓으면 기초 재료와 기법에 익숙해진다. 2년을 함께하게 되면 기본적인 것을 다 할 수 있으니 큰 도움이 되고 그쯤 되면 시간당 돈을 받는 정식 조수가 될 수 있을 뿐 아니라 우리의 유대감도 깊어져서 서로에게 도움이 되는 건전한 관계로 발전한다. 문제는 이렇게 긴 시간을 함께하는 것이 그들에게 쉽지 않은 것이다. 뉴욕이라는 곳이 워낙 바쁘게 돌아가기도 하거니와 유동 인구가 많은 도시라 다들 자신의 갈 길을 찾아서 다른 일을 선택하기도 하고, 다른 주로 가기도 하고 한국으로 돌아가기도 한다. 모든 일에는 장단점이 있겠지만 서울이면 좋겠다고 생각하는 또 다른 순간이다.

한국화가로 생존한다는 것

뉴욕에서 아티스트로 살아가는 거, 한마디로 힘들다. 졸업하고 10년을 버티는 작가가 드물다. 서울에서는 출가하기 전 부모님과 함께 사니까 대학 졸업하자마자 집세와 생활비를 걱정하는 경우가 흔치 않다. 하지만 뉴욕에서는 아무리 싸도 1,500달러 웃도는 돈을 매달 집세로 내야 한다. 작업실을 따로 가지려면 그것도 1,000달러가 기본. 이 돈을 줄이려면 교외로 빠지거나 룸메이트를 구하거나 여러 명이 함께 쓰는 방을 구하거나 아니면 작업실에서 몰래 숙식하는 불법을 저지르거나 하는 방법들이 있다. 대부분의 젊은 작가들은 후자 가운데 하나를 선택한다.

사람들은 화가라고 하면 햇빛이 잘 드는 창가에 이젤을 놓고 우아하게 앉아서 그림을 그리는 것을 상상한다. 영화나 드라마에서 그리묘사한 탓이다. 하지만 정작 차분히 그림을 그리는 일보다 그 이외에 처리해야 할 것들이 더 많고 그 일들이 에너지를 소진한다. 그것은 노동이다. 작품의 재료를 준비하는 일, 예를 들어 캔버스를 만든다든지 판넬을 짜는 것 등은 나무를 사다가 자르고 톱질, 사포질, 망치질 등의 나무 작업과 천을 당기고 스테이플을 박는 스트레치 작업, 한국화의 경우는 나무로 만든 판넬에 밑종이를 붙이고 화지를 붙여 준비된 화판을 마련하는 작업들인데 이 모든 것이 시간도 힘도 돈도 많이 필요한 일이다. 작업이 완성되어 전시를 하려면 운반할 때 안전하도록 포장을 해야 한다. 그림 표면이 닿는 면은 중성지로 싸고 부드러운 마이크로 폼이나 버블랩으로 싼 후 골판지 상자까지 만들게 되면 지방 전시는 문제없다. 해외 전시로 가려면 골판지 상자 안에 스티로폼을 한 겹 깔아서 둘러줘야 하고 더 확실하게 하려면 그렇게 만든 종이 상자를 한꺼번에 모아서 나무 상자를 또 짜야 운송할 때 안전하다. 이 모든 전후 준비는 전체 작업 과정의 반 이상을 차지하는 듯하다. 작품을 전시장으로 옮기고 벽에 거는 작업도 큰일이다. 작품의 위치를 잡는 것도 까다로운 일이라 아무리 계획을 잘 세웠다 하더라도 이리저리 옮기게 되기 일쑤다. 못을 박고 중심을 잡고 적당한 높이를 찾고 하는 과정에서 무수히 작품을 들었다 났다 하게 되는데 그 모든 과정에서 작가는 목수가 되기도 하고, 도배장이도 되고, 포장이사회사 일꾼도 되고, 이삿짐을 나르는 인부도 된다. 화가는 결코 우아한 직업이 아닐 뿐 아니라 이래저래 몸을 혹사하게 되는 직업이다. 실제로 미국에서 미술대학을 졸업한 남학생들은 목수일을 꽤 많이 한다. 손재주가 있어 일을 잘하는 데다가 시간당 벌이가 좋으니 며칠만 일하고도 생계를 유지하며 작업을 할 수 있다. 그러다가 그 분야로 빠지기도 한다. 그 유명한 리처드 세라와 척 클로스도 이삿짐회사를 차렸다고 하지 않았는가! 그나마 잘 풀린 경우는 대학교에 자리를 잡은 친구들이다. 학교 일이 너무 바빠서 작업할 시간이 없다고 불평을 하지만 그래도 제일 나은 경우다. 그들은 방학도 있고 안식년도 있다. 그리고 무엇보다도 미술계에 한쪽 발을 깊숙이 담그고 있으니 다른 한 발을 마저 담그는 것은 전적으로 그들의 의지에 달려 있다. 인맥을 이용해 큐레이터나 갤러리스트를 만나기도 용이하고 자연스럽게 전시가 이루어지는 혜택을 얻기도 한다. 서울처럼 뉴욕도 이들이 커넥션**connection**이라고 부르는 '끈'이 없으면 살아남기 힘들다. 전시회 하나 강의 자리 하나도 끈이 없으면 몇 배 노력해야 한다. 아무리 노력해도 안 되기도 한다. 생존을 위해 다들 치열하게 산다.

한국화를 한다는 것은 생존을 위해 장점이기도 하고 단점이기도 하다. 할 줄 아는 사람들이 많지 않으니 희소성이 있다. 다문화를 자랑하는 뉴욕의 여러 기관들은 각 분야의 전문가를 필요로 한다. 메트로폴리탄 박물관과 아시아 소사이어티 등 뉴욕의 내로라하는 박물관에서 워크숍을 할 수 있었던 것도 내가 동양화를 전공해서 경쟁력이 있었기 때문이다. 사람들은 아름답다고 경탄을 한다. 시간당 받는 강사료도 높다. 하지만 한국 전통미술이라는 영역을 벗어나 현대미술로 옮겨가면 이방인이다. 특이하게 보이긴 하지만 공감대가 없어서 쉽게 접근하지 못한다. 하물며 작품 구매를 하거나, 전시의 문제, 혹은 장기 수업에 이르면, "내 집의 다른 작품들과 어울릴까?" "아름답긴 한데 내가 과연 팔 수 있을까?" "이거 그리는 거 배워서 뭐에 써 먹지?" 등의 질문들을 받게 된다. 존중해주는 것과 일상처럼 친근하게 느끼는 것은 다르다. 이들 사이에서 자연스럽게 내 자리를 차지하려면 그들 안으로 깊숙이 들어가야 하는데 한국화를 한다는 것 자체가 생소함, 어려움, 내 것이 아님으로 낙인 찍힐 수가 있는 것이다. 대화의 숨구멍을 터주기 위한 매개점을 찾는 것이 늘 반복되는 숙제다. 단순히 생존하기 위해서뿐만 아니라 소통하기 위해서, 그래서 더 많은 공감대를 형성하기 위해서 내가 먼저 그들을 이해해야 한다. 테두리를 벗어나 글로벌한 작가로 성장하기 위한 첫 걸음은 내 것만 아름답다는 자만심이 아니라 나와 다른 것을 이해하고 존중하는, 관심과 열린 마음을 먼저 품는 것이다. 나의 중심이 서 있다는 것과 그 안에 갇혀 있다는 것은 다르다. 내가 그 안에 갇혀 밖을 둘러보지 않으면 어느 누구도 나를 쳐다봐주지 않는다.

뉴욕에서의 첫 수업을 시작한 곳, 퀸스뮤지엄.
예술의 최전선 이곳에서 만난 사람들과의 추억으로 나는 조금 더 단단해진다.

퀸스뮤지엄의 친구들

퀸스뮤지엄은 내가 미국에서 처음으로 강연을 시작한 곳이다. 뉴욕의 다섯 개 보로 가운데 하나인 퀸스를 대표하는 뮤지엄인데 여기서 수업을 하게 된 것은 나에게는 뜻밖의 기회였고 그 기회는 작은 인연에서 비롯되었다. 미국도 한국처럼 사람 사는 곳이라 인맥이 없으면 발 딛고 설 땅이 적다. 같은 능력을 가졌으면 아는 사람이나 추천을 통해 인증된 사람을 고용하는 것이 팀워크와 공동체 사회로서의 직장 분위기를 위해 좋은 것이다. 하지만 한국에선 지연이나 학연을 중심으로 인맥이 형성되는 반면 미국에서는 그 인맥을 살면서 끊임없이 만들어갈 수 있다. 이른바 내가 '모 대학'을 졸업하지 못해서 출세를 못 했다는 말은 성립되지 않는다.

볼티모어에서 학교를 졸업한 난 뉴욕에 아는 사람이 없었다. 시시한 그룹전 하나라도 따내기 위해 수십 개의 응모 서류를 보내고 수십 개의 탈락 편지를 받아야 했다. 하물며 가르치는 일은 꿈도 꾸지 못했었다. 그런데 내 개인전 준비를 수차례 도와주던 개인 조수 크리스찬에게서 전화가 왔다. 퀸스뮤지엄에서 '티칭 아티스트**teaching artist**'를 찾는다는 것이다. 그것도 한국어와 영어로, 한국인을 주 대상으로 한국적인 수업을 할 수 있는 사람을 말이다. 당시 프로그램 보조 일을 하던 그의 여자친구 리즈를 통해 이 소식을 들은 그는 고맙게도 나를 생각해냈다. 함께 작업하는 도중 얼핏 내비쳤던 생각을 기억해낸 것이다. 나의 웹사이트를 알려주었으니 담당자가 관심이 있으면 연락이 올 거라고 했다. 그리고 몇 주가 지난 후 반가운 이메일 한 통이 왔다. 난 이력서와 함께 8주짜리 커리큘럼을 마치 준비된 듯 보냈다. 미국에서 동양화를 가르치고 싶다고 막연히 생각하던 중 '이런 수업을 해보면 어떨까' 하고 미리 짜놓은 커리큘럼이었다. 인터뷰 날짜가 잡히고, 몇 달 후 난 '뮤지엄 에듀케이터'가 되었다. 그것은 나에게 꽤 '근사한' 타이틀이었다. 그 일을 계기로 뉴욕의 다른 기관들에서도 동양화를 가르치게 되면서 나는 '아시안아트 스페셜리스트Asian art specialist'가 되었는데 나에게 이 기회란 것이 참으로 작은 인연에서 찾아온 셈이다.

나의 작업을 도와주던 크리스찬은 콜롬비아에서 온 가난한 아티스트다. 미국에서의 신분 또한 불투명했다. 학생 신분으로라도 합법적 체류 신분을 유지하기 위해 그는 학비가 싼 '아트 스튜던트 리그Art Students League' 미술학교에 등록하고 생활비를 벌기 위해 밤낮으로 공사장 일이며 건물 관리 일 등을 마다하지 않았다. 리즈 또한 페루에서 건너온 지 얼마 안 되는 이민자였다. 대학교에서 생물학을 전공했어도 그녀는 생계를 위해 여기저기서 잡다한 일들을 했다. 미술을 사랑하던 그녀는 오히려 보수가 더 낮은 미술계의 인턴직과 가난한 아티스트 남자친구를 얻었다. 자신의 일을 사랑하고 행복해 보이는 이들은 대다수의 한국 사람 눈엔 그저 그런 '라티노 이민자'일 뿐이다. 그런데 그들이 아이러니하게도 이 근사한 직업을 갖기 위한 나의 인맥이었던 것이다.

퀸스뮤지엄은 연간 관람객이 25만 명에 달하고 정식 직원이 약 40

명, 그 외 파트타임 직원과 강사, 자원봉사자들을 합하면 약 80명의 연간 고정 인원이 가족처럼 일하는 곳이다. 코로나 파크라는 퀸스 최대의 공원 안에 깊숙이 자리하고 있어서 사시사철 경관은 빼어나게 아름답지만 접근성이 떨어진다. 코로나 파크는 유에스 오픈**US Open**이 열리는 테니스 경기장과 메츠 야구 경기장 등이 있는데, 1939년과 1964년 뉴욕 최초의 국제박람회가 열린 곳으로 유명하기도 하다. 원래는 석탄재와 말똥 등의 쓰레기장이었던 곳을 박람회를 개최하기 위해 공원으로 탈바꿈한 곳이다. 지리적으로는 롱아일랜드와 뉴욕시를 연결하는 롱아일랜드 하이웨이와 그랜드 센트럴 파크웨이, 공항을 가는 길인 밴 윅 하이웨이, 브루클린과 퀸스를 연결하는 잭키 로빈슨 파크웨이 등 퀸스의 주 고속도로들이 만나는 요충지이지만, 대중교통을 이용하여 맨해튼에서 오려면 7번 지하철을 타고 퀸스를 가로질러 거의 종점까지 와야 윌렛포인트 역에 이른다. 거기에서 공원 안쪽으로 빠른 걸음으로 15분을 열심히 걸어야 겨우 뮤지엄 건물에 도착할 수 있다. 퀸스에 사는 사람에게도 마찬가지로 참 불편하다. 하지만 이 코로나 파크를 이용하는 사람은 많다. 주로 퀸스 지역민들인데 아이들과 함께 나와 자전거도 타고 피크닉도 하고, 그룹으로 모여 자기네 민속춤도 배운다. 여름이 되면 지름 100미터도 넘을 듯한 커다란 분수 주변에 홀딱 젖은 아이들이 뛰어다닌다. 이 지역 주민들이 퀸스뮤지엄의 주관객이다. 전위적이고 난해한 커팅엣지의 전시를 하고 싶어 하는 큐레이터들의 의도는 쉽게 이해되고 소통되지 못하기도 한다. 그래서 우리 뮤지엄은 지역사회가 함께 참여하고 서로 소통할 수 있는 다양한 미술, 문화 프로그램도 더불어 끊임없이 기획한

퀸스뮤지엄에서 진행한 한국화 수업 모습.

다. 그리고 그 중심에는 디렉터 탐의 굳은 의지가 있다.

가장 겸손한 뉴요커 탐 핑클펄

그는 퀸스뮤지엄의 디렉터다. 아! 이제는 더 이상 아니다. 12년을 일했던 퀸스뮤지엄을 뒤로하고 이제는 뉴욕시 문화부장관이 되었다. 근데 나에게 그가 퀸스뮤지엄에 더 이상 없다는 사실이 어색하다. 그는 자상하고 배려 깊고, 친절하고 권위적이지 않은 그래서 많은 사람들이 더 존경하는 보기 드문 뉴요커다. 그는 내가 만난 성공한 뉴요커 중에 가장 겸손한 사람이라고 주저 없이 말할 수 있다.

의외로 학부에서는 미술을 전공했다는 그는 'PS1'이라는 롱아일랜드시티의 작은 뮤지엄에서 홍보 담당으로 직장 생활을 시작한 이래로 퍼센트포아트Percent for Art, 공공건물 건축비의 1퍼센트를 예술작품 구입과 프로젝트에 사용하는 것을 담당하는 기관 스코히건Skowhegan을 걸쳐 PS1이 모마Museum of Modern Art와 합병되면서 PS1의 디렉터로 되돌아 왔다. 경영인으로서 그의 본격적인 경력이 시작된 것이다. PS1은 옛날 학교를 개조해 만든 뮤지엄으로서 파격적이고 논란이 많은 전시를 하고 젊은 작가들 사이에 인기가 많은 뮤지엄이다. 모마와 합병되면서 이전의 신선함과 논란의 화두를 주는 전시들은 좀 뜸해진 경향이 있긴 하지만, 그래도 모마에서 할 수 없는 젊고 실험적인 전시를 많이 추진한다. 피에스원 모마PS1 MOMA의 디렉터로 잠시 일한 후 2002년부터 12년간 퀸스뮤지엄의 디렉터로 일했으니 PS1에서의 12년을 더하면 24년의 긴 세월을 퀸스에서 보냈다고 해야 할 것이다.

문화에 관한 한 '열림'의 철학을 말하는 뉴요커 탐.

퀸스뮤지엄에서 그가 이룬 일들은 헤아릴 수 없이 많다. 그중에서
도 가장 큰 업적은 아무래도 뮤지엄 확장일 것이다. 퀸스뮤지엄의 확
장은 그 이전부터 추진되어오던 프로젝트였다. 오랫동안 운영하지
않고 있던 인접한 실내 아이스 스케이트장의 공간까지 퀸스뮤지엄
으로 흡수하는 프로젝트였는데 그에 의해 프로젝트의 정확한 틀이
잡히고 그러는 과정에서 규모가 커지고, 기하급수적으로 늘어난 필
요자금 조달을 위해 성공적인 기금 모금을 이룬 것이다. 실제로 기금
모금은 미국 박물관의 디렉터에게는 피해갈 수 없는 가장 큰 숙제
가운데 하나다. 고정적으로 시정부나 주정부에서 나오는 자금이 있
지만 그 자금조차도 로비와 프로그램 강화로 안전하게 확보해야 하
며, 동시에 회사나 개인 자본가의 펀드를 끌어내야 한다. 펀드를 만
들 수 있는 능력은 다양한 프로그램을 할 수 있는 뮤지엄의 능력과
가능성으로 직결된다. 그는 뮤지엄 확장을 위해 기존의 2,800만 달러
예산을 6,800만 달러로 늘리는 놀라운 기금 모금을 성공적으로 주도
해왔다. 그 결과 뮤지엄 주요 행사공간, 전시공간, 교육공간 등을 통
틀어 2배로 확대하는 역사적인 일을 이루어낼 수 있게 된 것이다. 이
과정에서 '퀸스뮤지엄오브아트Queens Museum of Art'에서 '퀸스뮤지엄
Queens Museum'으로 명칭을 바꾸고 미술 중심의 뮤지엄이지만 지역
사회 주민들이 다 함께 참여할 수 있는 다양한 프로그램을 제공할
것을 필두로 하였다.

뮤지엄을 운영하는 그의 철학은 열림Openness에 있다. 뮤지엄이 사
람들에게 열려 있어야 한다는 것이다. 그래서 장애인이나 이민자, 소
수자 등을 포함한 모든 사람이 함께 참여하고 즐길 수 있어야 한다

고 믿는다. 이러한 그의 철학은 새로운 퀸스뮤지엄의 공간 디자인에
도 반영되었다. 다른 뮤지엄과 달리 퀸스뮤지엄은 중간에 커다란 광
장 같은 공간이 있다. 이 공간은 열려 있음을 상징한다. 일반적인 관
점에서 보면 이 넓은 광장은 예술작품을 전시하기 좋은 공간은 아니
다. 이 공간의 근본 목적이 다르게 디자인되었기 때문이다. 이 공간
은 사람들이 함께 모이고, 일을 도모하고, 어울려 춤도 추며 즐길 수
있도록 열려 있는 공간이다. 다른 큰 뮤지엄이 갖는 권위나 엄숙함은
찾아볼 수 없다. 광장 주변으로 둘러 있는 갤러리를 향해 열려 있는
공간이기도 하다. 이 열려 있음은 또한 뮤지엄이 열려 있음을 상징하
고 우리가 서로 열려 있어야 함을 상징한다.

　작은 것을 아끼고 소수민족의 사람들과 소수문화를 소중히 여기
는 그의 마음은 남다르다. 그러한 그의 열린 마음이 다문화를 자랑하
는 뉴욕시의 문화부장관감으로서 최고다. 그가 뉴욕시 문화부장관으
로 임명되면서 크고 작은 행사와 파티가 있었다. 그중 하나는, 그를
그 자리에 강력하게 추천하고, 그를 설득해 그 자리를 받아들이도록
큰 영향을 끼친 애그니스 건드**Agnes Gund**와 대런 워커**Darren Walker**가
함께 마련한 취임 축하 칵테일 파티였다. 애그니스 건드는 퀸스뮤지
엄과 모마의 중요한 후원자 중 한 사람이고 대런 워커도 포드 재단
의 회장으로서 재력가이면서 사회에 영향력이 있는 사람이다. 파티
는 어퍼이스트, 최고로 비싸고 정재계의 인사들이 모여 사는 5번가
에 있는 건드의 자택에서였는데, 단체 메일도 아닌 'Dear Ms. Ahn'
이라고 호명하며 개별 초대장을 보냈다. 뮤지엄의 스태프가 다 초대
받았거니 하였지만 기분은 참 좋았다. '탐 덕분에 이런 데도 가보는

구나!' 생각했다. 도어맨이 열어주는 문으로 건물에 들어서서 고풍스러운 프리워 스타일의 몰딩과 오크나무로 장식한 인테리어의 로비를 지나 엘리베이터를 타고 목적지로 올라가는데 작은 엘리베이터에 동행한 나이 지긋한 여자분이 자신을 BAM**Brooklyn Academy of Music**의 대표라고 소개했다. "아! 그러시군요! 저는 퀸스뮤지엄 직원이에요."라고 대답하고는 '그런 사람들이 오는 파티인가 보다'라고 생각했다. 엘리베이터 문이 열리자 바로 파티장이 나타났다. 끝이 잘 안 보이는 넓은 아파트다. 집을 장식하고 있는 그림들은 미술사 책에 나오는 마크 로스코, 앤디 워홀, 프랭크 스텔라, 솔 르윗 등 현대미술 거장의 작품들이다. 사람들은 말끔하게 정장을 차려입은 중년이 많다. 그리고 저기 건너건너 보이는 낯익은 얼굴. 우와, 우리 '뉴뉴요커' 팀이다. 하지만 아무리 눈 씻고 찾아보아도 교육부 디렉터 제이슨이나, 전시부 디렉터 히토미, 대외 홍보부의 데이비드 등은 안 보인다. 그럴 리가 없는데 왜 안 왔을까? 뮤지엄에서 함께 오는데 차가 막히나? 샴페인과 핑거푸드를 집어먹는데 뉴뉴요커 코디네이터 눙신으로부터 놀라운 얘기를 들었다. 이 의미 있는 파티에 뮤지엄에서 뉴뉴요커 팀과 그 외 극히 일부만 '비밀리에' 초대되었다는 것이다. 탐은 눙신에게 슬쩍 와서 뉴뉴요커 팀의 이메일을 달라고 하고는 소문 내지 말라고 했다는데, 그가 정말이지 다시 보였다. 우리 팀은 대부분이 나처럼 이민자다. 프로그램 매니저 호세는 푸에르토리코, 눙신은 대만, 솔은 아르헨티나, 후안은 멕시코, 픽시는 상하이. 피부색은 다 다르고 영어도 완벽하지 않다. 난 이 점에 일종의 자격지심을 가지고 있었다. 무언가 뮤지엄 안에서도 소외되는 느낌. 사람들의 속을 들여다볼 수 없으니, 사실일 수도 있고 그냥 나만의 콤플렉스일 수도 있다. 하지만 우리는 디렉터가 가장 값지게 생각하는 퀸스뮤지엄의 얼굴이었던 것이다. "뉴뉴요커 프로그램이 퀸스뮤지엄의 정신이라고 생각해"라고 말하는 그가 놀랍고도 고마웠다.

그는 소셜 아트의 지원자이기도 하다. 『What We Made』라는 소셜 아트에 관한 책도 출판할 정도다. 시각미술visual art의 시각미에 무게를 두고 있는 나에게는 소셜 아트라는 개념은 이것이 과연 미술이 될 수 있는지 근본적인 의문을 가져다준다. 현대미술에서의 시각미의 상실과 개념의 지나친 강조에 회의적이었던 나는 뉴욕에서의 오랜 시간을 거쳐, 비로소 미술이 시각적으로 아름다운 것을 만드는 게 목적이 아니라 시각적인 수단을 이용하여 소통의 통로를 제안하는 것이라는 결론에 도달했다. 그러는 과정에서 시각과 더불어 청각, 공감각, 시간 등의 다른 지각 요소들을 함께 사용하게 되는 다양한 표현의 방식이 진화되어왔음을 인정한다. 그리고 그것은 사고의 진화다. 하지만 소셜 아트는 정부 혹은 기타 비영리단체를 통한, 사회복지와 인권향상을 위해 소셜워커가 하는 일일 뿐 어떻게 이 행위가 시각예술의 장르가 될 수 있을지 아직도 근본적인 물음이 해결되지 않는다. 소셜 아트는 그 기원을 1960년대, 소수자들의 정당한 사회적 권리와 참여를 옹호한 일부 행위예술에서 기원을 찾기도 하지만, 최근에 소셜 아티스트로 활동을 하는 다수의 아티스트들이 생기면서 하나의 아방가르드한 운동으로 정착한 개념이다. 소셜 프랙티스라고 불리기도 한다. 사회적인 이슈를 시각적으로 표현하며 경각심을 일깨우는 기존의 작품과는 달리 최근의 소셜 아티스트는 소수자들의 인권향상과 정신적, 물질적 사회복지를 위해 자신의 창의적인 발상과 행위를 공유한다. 그 한 예로 퀸스뮤지엄 레지던스 아티스트 타냐 브루구엘라**Tania Bruguera**를 들 수 있다. 타냐는 코로나**Corona**라는 퀸스뮤지엄 인접 낙후한 라티노 거주 동네에 작은 스튜디오를 열었다. 그녀가 한 일은 스튜디오 문을 활짝 열고 사람들에게 대화의 창을 연 것이다. 'Undocumented immigrant'이라고 불리는 불법 체류자들은 추방의 두려움과 생활고로 위축되어 있다. 멀리 지나가는 경찰차만 봐도 심장이 덜컥 내려앉는다고 하는데 이런 상황에서 사고나 불이익을 당했을 때 자신의 권리를 찾기 위해 목소리를 내기도 어렵거니와 마음 편히 상담할 장소도 없다. 미국에서는 이런 사람들의 기본적 인권보장을 위해 이민국과 정보를 공유하지 않는 여러 가지 사회복지단체들이 있지만, 최근의 소셜 아티스트들은 이러한 역할을 창의적인 차원에서 담당하고자 자신의 능력을 활용하는 사람들인 것이다. "사람들이 소셜 아티스트가 어떻게 시각예술이 될 수 있는지 의아해하지는 않을까?"라는 질문에 "사람들이 어떻게 생각하는지는 상관하지 않아. 의미가 있고 필요하다면 지원을 해야 하는 일들이 있어. 그리고 그 분야에는 정부 지원도 많아"라고 대답하는 그에게서 시각예술이라는 박스를 넘어선 보다 근본적이고 전 인류적인 큰 의지를 볼 수 있었다. 시각예술이라는 틀에 나를 가두어둔 것은 아닌지 하는 스스로에 대한 의문을 남기면서 말이다.

그는 한국, 한국인과도 인연이 깊다. 뉴욕 화가인 강익중 씨와는 로드여행을 함께 떠날 정도로 오래된 절친이고 그의 부인인 한국인 2세 마가렛 리가 퀸스뮤지엄의 보드멤버기부를 하는 등 뮤지엄의 운영을 간접적으로 도와주는 멤버가 될 수 있도록 적극 추천한 사람이기도 하다. 코리아 파운데이션의 연말 갈라 때도 퀸스뮤지엄의 스태프들과 참여하여 만찬을 함께 즐길 정도로 한국인과의 일상이 자연스럽다. 자신을 겉은 부드럽고 속엔 단단하며 굵직한 씨가 있는 아보카도에 비유하며, 그만큼 한국인과의 관계가 안으로 들어갈수록 견고하다고 얘기한다. 2000년 광주비엔날레에 북아메리카 지역 커미셔너로 초대되기도 하였고, 그 외에도 대여섯 차례의 크고 작은 행사에 초대되었다. 한국에 한두 주 머무르는 동안 한국 측이 짠 바쁜 스케줄이 미국과 다르다고 장난스럽게 말한다. 아침부터 저녁까지, 그리고 저녁 만찬 후에는 가라오케까지 일정이 빡빡해서 호텔로 돌아오면 녹초가 되어 쓰러져 잠들어버렸다고 회상한다.

스님이 주신 한국 이름도 늘 수첩에 가지고 다니며 종종 사람들에게 꺼내어 보여준다. "탐 명주". 그의 한국 이름이다. 그의 성이 'Finklepearl'로 한국인에게 어려운 f, p, r, l의 발음이 번갈아 등장한다. 그렇게 발음이 어려우니 스님이 한국 이름을 지어주셨다는 것이다. 혹자가 '명주, 빛나는 진주'가 여자 이름 같다고 해서 '명보, 빛나는 보물'이라고 바꾸어주었다고도 한다.

한국인과의 인연이 깊다보니 그가 한국인의 속내를 읽어내는 능력에 깜짝 놀라기도 한다. 예를 들어, 내가 뭐라고 확실히 대답하지 않아도 내 반응이나 몸짓을 느끼고 다른 스태프들에게, "음, 저건 한국인에게 '노'라는 뜻이야"라고 말하는 경우가 종종 있었는데 그럴 때마다 그 상황이 당황스럽기도 하고 놀랍기도 했다. 예를 들어 모 시의원의 접견실에 내 한국화 수업을 들었던 학생 작품들을 몇달

간 전시하기로 결정이 되었다. 거기에 들어갈 작품을 함께 고르자고 하여 도서실의 널찍한 테이블에 그림을 펴두고 작품을 고르고 있는데 "이건 어때?"라고 내가 일찌감치 구석에 밀어놓은 그림을 들춰냈다. 디렉터가 고른 그림을 어찌해야 좋을지 순간 생각에 잠긴 나는 "음……"하며 그림을 바라보고 있는데, 그가 웃으며 말했다. "성민이 고려해보고 있지만, 그녀의 마음은 '노'야. 그냥 빼자!"

　그가 뉴욕시 문화부장관으로서 시작한 일 가운데 하나는 뉴욕시 각 문화기관 직원과 보드멤버, 관람객의 인종비율을 통계 내는 일이다. 2009년 통계자료에 의하면 미국 전역 문화기관 직원의 80퍼센트는 백인이다. 뉴욕 인구의 3분의 1이 백인이고 아시안과 히스패닉 인구가 빠르게 늘어나고 있는 데다 37퍼센트는 이민자라고 하니 뉴욕엔 이제 주 인종이 없을 정도로 다양한 그룹의 사람들이 있다. 하지만 뉴욕의 문화단체 직원이 이러한 전체 인구 구조를 얼마나 반영하는지 의문이었던 것이다. 문화단체 직원이 다양한 인종으로 구성되어 있으면 자연스럽게 제공되는 프로그램도 다양한 색깔을 띠게 된다. 같은 인종, 같은 민족의 사람들은 자신의 문화유산에 대한 애착과 이해도 깊을뿐더러 서로의 유대관계도 깊은 것이 인지상정이기 때문이다. 창작과 문화를 공유하는 일은 특정 집단의 전유물이 아니고 모두가 함께 공유하고 소통해야 한다는 열림의식이 그의 철학이고, 이 철학은 그가 아끼는 것 사랑하는 것 그가 꿈꾸고 있는 이상적 사회에 고스란히 투영되고 있다. 소수자들이 자신의 목소리를 내고 자신의 아이덴티티를 지키고 향유할 수 있도록 그래서 결국 모두가 소통하고 이해하고 포용할 수 있는 '열림'의 철학으로 귀결되는 것이다.

히토미에게 묻다

큐레이터팀에게 항상 가지고 있던 의문은 저렇게 난해한 전시를 과연 퀸스뮤지엄의 관객들이 이해할 수 있을까 하는 것이었다. 전문 미술교육을 받고 현장에서 십수 년을 일한 나마저도 고개를 갸우뚱하고 돌아서게 만드는 전시들을 과연 저들은 어떻게 받아들일까? 오랫동안 의아해왔던 이 질문을 전시 디렉터인 히토미에게 우연히 직접 물어볼 기회가 있었다.

그녀는 자신이 기획한 전시를 통해 미술을 교육한다든지 이해시킬 수 없다고 믿는다. 다만 특별한 사람들이 어떠한 새로운 시도들을 작업으로 풀어내는지 '보여주는 것'이 자신의 일이라고 말한다. 일상에서 경험할 수 없는, 인식의 한계를 넘어서는, 그래서 가끔씩은 '이게 무슨 예술이야?'라는 의문을 남기기도 하는 것. 그래서 생각하도록 강하게 요구하는 것을 말이다. 미술계의 주류가 아니라고 해서 그들에게 눈에 익숙한 쉽고 예쁜 작품만을 보여주는 것은 아이들의 입에 달콤한 쿠키만을 넣어주는 것과 같다. 쓴 것도 먹어보고 신 것도 먹어봐야 다양한 맛의 세계가 있다는 것을 체험하게 되듯이, 관객에게 쓴 예술도 보여주고 신 예술도 보여주어 생각의 틀을 넘고 인식의 폭을 넓힐 수 있도록 기회를 마련해주는 것이다.

그녀가 기획하고자 하는 이상적인 전시는 지적인 세련됨sophi sticate과 이해하기 쉬운easy access 두 가지 요소가 완벽하게 존재하는 전시다. 말처럼 쉽지만은 않다. 그녀는 5년 동안 생각해오고 기획했던 지난 전시 〈세계를 세계 안으로 가져오기Bringing the World into the World〉전이 자신이 기획한 최고의 선시라고 자신했다. 그런데 전시가 끝나고 한참 후 우연히 함께한 사석에서 "그 전시 어떻게 생각해?"라고 물어보는 그녀에게 난 아무 말도 해줄 수 없었다. 근 4개월 지속되었던 이 전시를 난 한 번도 눈여겨보지 못했기 때문이다. 그 기간 동안 수업이 있어서 뮤지엄을 들락거리기도 했는데 전시를 여유롭게 둘러볼 기회는 없었다. 토요일 오전 스튜디오 수업을 마치고, 오후에 잡힌 수업을 위해 퀸스뮤지엄으로 바쁘게 옮겨가야 하고, 수업이 끝나면 온종일 방치해둔 아이를 돌보러 집으로 가는 발걸음이 바빴기 때문이다. 하지만 근본적으로는 전시에 큰 관심이 없었던 이유도 있다. '난해하기만 하고 공감대가 없는 전시'들이라는 편견을 은근히 축적하고 있었으니 정말 초를 다투는 내 하루하루 일정에 굳이 그 시간을 끼워 넣고 싶지 않았던 점도 크다. 그녀가 내 수업이나 작품에 큰 관심이 없었던 이유도 있다. 그녀를 안 것은 퀸스뮤지엄에서 일하기 훨씬 전부터인데, 서로에 대한 큰 호감이 없으니 자연스럽게 그녀의 전시에도 별반 관심이 없었던 것이다. 성격이 엉뚱하기도 하고 까칠한 편이라 대화가 편한 상대는 아니었으니 10년을 넘게 알아왔어도 관계가 돈독해지기는 쉽지 않았던 듯하다. 하지만 그녀에 대한 낯섦을 전시에 대한 거부감으로 변환해온 것은 아닌지 하는 의문이 든다. 작가로서 나름대로 형성해온 나의 작품세계, 내가 좋아하는 작가와 작품들, 내 기호에 맞는 사상들을 바탕으로 나와 주변을 정의하고 분류해온 나는 어쩌면 나와 다른 것, 혹은 새로운 시도들을 배척하고 있었던 것은 아닌지. 그런 면에서 오히려 퀸스뮤지엄의 순수한 관객들이 이 전시들에 거부감 없이 쉽고 가볍게 접근할 수 있지 않을까 하는 생각도 든다. 어린아이가 새로운 것들을 스폰지처럼 흡수하듯이, 선입견이 없는 그들이 더 열린 마음으로 작품을 만날 수 있지 않을까. 뮤지엄의 에듀케이터로서 일하면서 뮤지엄의 꽃인 전시 자체에 별반 관심이 없었다는 사실 자체가 프로답지 않기도 하지만, 그녀에게 나의 전시에 관심 갖기를 요구하면서 그녀의 전시에는 관심이 없었다는 것 자체도 참으로 자기중심적이고 이기적인 발상이었다. 아티스트가 한 작품, 한 전시를 만들어내기 위해 혼신의 힘을 다하는 것처럼, 큐레이터도 전시 하나를 기획하기 위해 정열을 가지고 몰두한다. 그것도 그들의 '예술작품'이라는 것을 그녀와의 대화를 통해 새삼 깨달았다.

타고난 미술선생님 팀 밀러

팀은 청소년과 가족 프로그램 매니저다. 퀸스뮤지엄에서는 2005년 에듀케이터로 일을 시작하여 2007년 유일한 풀타임 에듀케이터와 뮤지엄 투어가이드가 되고, 그리고 또 매니저가 되는 등 10년 세월을 일해왔지만 이제 곧 새로운 시작을 하려 큰 준비를 하고 있다.

그는 내가 알고 있는 어린이를 위한 최고의 미술선생님이다. "정말 타고난 선생님이야!"라고 항상 감탄할 정도로 그는 카리스마가 있고, 유머가 넘치고, 창의적이며, 아이들에겐 친구이면서도 우상이다. 그의 수업은 웃음이 끊이지 않고, 아이들은 자유롭고 발랄하면서도 잘 통제되어 있다. 사비를 들여가며 딸아이에게 절대 미술 교육을 시키지 않겠다고 다짐하고 있지만 그의 수업이라면 기꺼이 보낼 것 같다. 그는 그림 그리는 법 대신 생각하는 법을 가르친다. 자신의 수업에 참여하는 아이들이 모두 화가가 되거나 미술선생님이 되지 않을 것이니 엄격한 미술수업을 하는 것은 의미가 없다. 그 대신 그는 아이들이 학교에서는 불가능한 특별한 경험을 하게 해주는 것에 의미를 둔다. 미래에 무언가를 스스로 깨닫고 스스로 찾아내고 인생을 구축해 나갈 수 있도록 작은 계기나 도움이 되었으면 하는 바람이 크다.

그에게 도대체 비결이 무엇이냐고 물어보았다. 어린이 수업이 최대 약점인 나에게도 그는 우상이다. 뮤지엄 교육프로그램의 가장 큰 예산을 차지하는 부분이 어린이와 가족 관련 프로그램이니, 어린이 프로그램을 잘하면 그만큼 일자리도 많다. 하지만 나는 심지어 딸아이가 있는 엄마인데도 아이들이 당황스럽기 일쑤다.

"나 스스로가 이 일을 많이 즐겨. 뭘 가르치려고 노력하지 않고 재밌는 게임을 만들려고 고민하고. 게임을 하면서 교육적인 것을 슬쩍 섞어주는 것이지. 아이들에겐 무엇보다도 재미있어야 하거든. 아이들의 이야기를 경청하는 것도 중요해. 그들이 어떤 것에 관심이 있는지, 무엇을 배우고 싶어 하는지, 어떤 배경이 있는지 등등 많은 것을 알아내야 해. 물론 대화를 통해서. 그리고 그들을 존중해주어야 하고. 난 다른 어른들을 대하는 것과 아이들을 대하는 것이 별반 다르지 않아. 그들이 어리다고 달라질 것은 없어. 한 개인으로 완벽하게 존중해주면 우리는 서로 마음을 열게 되고 그러면 서로 깊은 유대감이 생기게 되지. 아이들에겐 나같이 어눌하고 우스꽝스러운 어른을 보는 것이 재밌고 신기한 것이 아닐까 싶기도 하고! 하하."

그의 말이 맞다. 그는 항상 장난스럽고 천진난만한 어린아이의 모

창의적이고 유머가 넘치는, 최고의 미술선생님 팀.

습을 아직도 가지고 있다. 그 마음이 아이들과 깊이 통하는가 보다. 그렇게 타고난 어린이 미술선생님도 이전에는 이런 모습을 상상조차 할 수 없었다고 한다. 학창 시절 만났던 연세 많은 선생님을 떠올리며, 그 선생님이 돌아가셨을 때 그 빈자리를 메울 수 있는 무언가를 찾고자 하면서 교육에 더 관심을 갖게 되었다고 한다. 그때가 바로 SVA**School of Visual Art** 미술교육대학원으로 진학을 결정한 때이기도 하다. 뮤지엄에서 일하며 다른 작품들과 교감하는 것도 좋고 스튜디오에서 작업하는 것과 같은 영감을 받기도 하니까 퀸스뮤지엄에서 일하게 된 것을 감사하게 생각한다고 말한다.

"넌 일러스트레이터랑 페인터랑 어떤 거에 가까운 것 같아?"라고 물어보았다.

"나? 그냥 아티스트"라고 대답하는데, 우문에 현답이다. 이전에는 사물을 관찰하며 진지한 그림을 그렸다고 하지만 대학원을 졸업하고 수업을 하게 되면서 그림을 그릴 틈이 없었다. 그러던 어느 여름, 뉴욕의 경제위기가 왔던 여파로 비영리단체의 지원금이 대폭 줄면서 퀸스뮤지엄에도 실직자가 생기고 프로그램도 많이 축소되었다. 퀸스뮤지엄의 여름강좌도 취소가 되면서 갑자기 빈 시간이 생긴 것이다. 그 여름에 그는 일러스트레이션을 하기 시작하고 포트폴리오를 만들면서 그 일을 너무나도 즐기고 있는 자신을 발견했다. 아이들을 가르치고 교감하면서 진실로 아이처럼 영감을 얻게 된 것이다. 그의 작품에는 발견하는 재미가 있다. 못 그린 듯이 어설퍼 보이지만 그 뒤에는 꾸미지 않은 기교와 세월의 노련미가 묻어난다. 캐릭터의 표정과 몸짓 등이 엉뚱하기도 하고, 개구지기도 하는 것이 그의 성격이 그대로 드러나는 듯하다. 그가 어린이 동화책의 일러스트레이터로 계약을 했다고 했을 때 유난히 호들갑을 떨며 축하한다고 했지만, 나는 실은 전혀 놀라지 않았다. 너무나도 당연히 그날이 올 줄 예견하고 있었기 때문이다. 그것은 단지 언제인지의 문제였다. 그렇게 일이 한번 성사되자 가속이 붙어서 그가 글과 그림을 모두 창작하는 100퍼센트 그의 책을 내고자 하는 출판사들이 줄을 서고 있다. 페이스북 같은 소셜네트워크를 통해 그의 작품이 인지도를 쌓고 있는 가운데 결정적인 계기가 된 것은 작가와 일러스트레이터를 위한 단체 **Society of Children's Book Writers and Illustrators**의 컨퍼런스였다. 이 컨퍼런스는 자신의 글과 그림을 알리려는 작가들과 새 얼굴을 찾는 출판사들이 만나는 장소다. 이때 제출한 그의 포트폴리오를 보고 한 출판사가 그에게 제안을 한 것이었다. 이 단체에 가입하기 위한 멤버십은 75달러이고 컨퍼런스 참가비는 600달러라고 한다. 컨퍼런스가 열리는 도시로 가야 하는 비행기값과 호텔비를 합하면 금액은 쑥쑥 올라간다. 다행히 그는 뉴욕의 컨퍼런스를 참가하여 부대비용이 들지는 않았지만 참가비만으로도 아티스트에겐 무척 부담스러운 금액이다. 하지만 그는 이것이 값진 투자였다고 말한다. 그리고 이제 몇 달후 퀸스뮤지엄을 떠날 계획을 하고 있다. 전업 동화작가로 새로운 인생을 시작하는 것이다. 세상 살아가는 것이 신기하다. 일을 잃었다가도 그 일을 계기로 더 큰일을 이루게 되니 새옹지마라는 말은 아직도 전혀 틀림이 없다.

삶과 죽음의 철학자 호세 로드리게즈

호세는 뉴뉴요커 프로그램Art and Literacy for New New Yorker의 매니저였다. 원래는 2년에 한 번씩 열리는 〈퀸스 인터내셔널〉전에 참가한 작가였다가 뉴뉴요커 선생님이 되고, 전직 매니저 사라가 영국으로 유학을 가면서 뮤지엄 디렉터 탐과 당시 교육부 디렉터 로렌의 추천으로 프로그램 매니저가 되었다. 호세는 푸에르토리코 출신으로 영어와 스페인어가 유창하다. 푸에르토리코는 캐리비안의 조그만 섬들로 이루어져 있는데, 미국의 자치령으로서 여권 없이 서로 여행할 수 있으며 미국으로 이주했을 때 투표권이 자동적으로 주어지는 특별한 관계의 자치국가다. 미국의 정식 51번째 주가 되기를 원하는 사람들도 과반수가 넘는다고 한다. 지리적으로 먼 괌과는 달리 미국 동부에는 많은 푸에르토리코 사람들이 자유롭게 왕래하며 살고 있고 뉴욕에서는 매년 푸에르토리코 축제도 열린다. 동양문화에 매료되어 온 그는 한국, 대만, 싱가포르, 인도네시아 등 여러 나라에서 살기도 하고 여행도 하면서 언어도 익혔다. 연세어학당에서 한국어를 배우기도 했고 한국과 인연도 많은 그는 한국에 애정도 깊어서 내 수업을 유달리 아꼈다. 스스로를 불교 신자라고 믿었던 훌륭한 아티스트이면서 철학자였다. 안타깝게도 그는 젊은 나이에 우리 곁을 떠났다. 오래전에 안암으로 수술과 키모 테라피를 받은 적이 있는데 최근 암이 재발한 것이다. 수술과 방사선 치료를 받을 거라고 전해 들은 것이 작년 봄이었는데 그때만 해도 별로 대수롭지 않게 여겼다. 현대의학을 믿었기 때문이었다. 하지만 여름 한국을 다녀온 후 만난 호세는 다른 사람이 되어 있었다. 목 언저리의 깊은 수술 자국과 온통 부어오른 얼굴, 목소리도 변했고 발음은 부정확했다. 음식을 씹어 삼키는 데 어려움이 있어서 액체로 된 영양식으로 끼니를 때웠는데, 세 번째 암이 또 재발하였다. 이 불운의 소식을 들었을 때 '혹시 이 친구를 잃게 되지 않을까' 하는 두려움이 순간 들었다. 호세가 명을 달리했다는 이메일을 처음 받았을 때 터져나왔던 오열, 조용하고 엄숙했던 불교 사원에서의 의식, 그가 남기고 간 많은 흔적들은 아직도 퀸스뮤지엄의 많은 동료들에 의해 기억되고 있다. 고통스러웠을 투병을 지켜본지라 우리들에겐 만감이 교차했다.

　나에게 인상 깊었던 것은 그의 죽음을 대하는 뮤지엄 스태프들의 반응이었다. 교육부 디렉터 제이슨에게서 이메일이 왔다. 그를 애도하는 내용과 함께 비보 후 첫 뉴뉴요커 수업을 어떻게 진행하면 좋을지에 관한 제안들이었다. 그리고 그의 죽음으로 인해 정신적으로 충격이 크다면 뮤지엄의 전문 심리치료사와 상담할 수 있으니 언제든지 연락하라는 내용이었다. 하나의 죽음, 혹은 정신적 충격을 대하는 미국인의 자세기도 하다. 단지 묵념을 하고 끝나는 형식적인 애도 대신 우리는 그의 삶과 죽음에 대한 특별한 고찰을 했다. 아르헨티나 출신 솔의 사진 수업에서는 죽음에 대해 아르헨티나 사람들의 철학이 잘 나타나는 아르헨티나 시를 함께 읽어보고 고인의 삶의 의미에 대해 대화를 나누었다고 한다. 나의 수업에서는 호세의 장점에 대해서 얘기해보고, 아쉬웠던 점, 고마웠던 것들에 대한 에피소드를 나누었다. 그가 평소 가졌던 삶과 죽음에 관한 철학들도 그의 입장에서 얘기해보고 그가 믿었던 불교에서 믿는 전생과 이생에 대해서도 서로 이야기했다. 제이슨이 조언한 대로 부정적이고 슬픈 내용보다 그가 남기고 간 좋은 기억들, 긍정적이고 건설적인 제안들에 대해 기억할 수 있도록 대화를 이끌었다. 그리고 우리는 그의 삶과 죽음을 기리기 위한 공동 작품을 함께 제작하였다. 편히 잠들기를 기원하는 글도 적었고, 죽은 자를 위해 흰 국화를 헌화하는 한국 문화를 소개하며 흰 화선지에 국화를 그리기도 하였다. 출신 나라마다 다른 모습이지만 근본 내용은 같다. 이러한 행위들은 망자만을 위한 것은 아니다. 그러한 대화와 예술행위로 남겨진 사람도 슬픔을 긍정적 에너지로 돌리고 치유받게 되는 것이다. 어떠한 죽음도 가벼이 여기지 않고 뮤지엄 전체가 함께 공감했던 경험은 '죽음'을 대하는 나의, 우리의 관점과 태도에 대해 다시 생각해보게 하였다.

프로그램 매니저로서 그의 최대 장점은 작가로서의 나를 최고로 존중해주고 에듀케이터로서 전적으로 믿어준 것이다. 내가 가르치고 싶은 것을 마음껏 다룰 수 있도록 자유와 확신을 주었다. 여러 기관들과 일하다 보면 프로그램의 성공을 위해 과도하게 수업 내용에 관여한다든지, 무엇을 어떻게 가르쳐 달라고 요구하는 경우들이 있다. 기관이나 행사의 성격이 특별하면 어쩔 수 없이 요구해야 하는 상황은 이해를 하지만 그것이 반드시 그 선생님의 잠재력을 최고로 이끌어내지는 않는다.

뉴뉴요커 프로그램은 뉴욕 지역 이민자들을 위한 미술, 교양수업으로서 이민자의 모국어로 진행된다. 이 수업을 통해 이민자들은 활발히 활동하는 아티스트들과 긴밀한 관계를 가지며 창작활동과 전시, 교류를 통해 사회, 문화적 경험과 인지의 범위를 높인다. 소외되기 쉬운 사람들을 그들만의 작은 이민 사회에서 끌어내어 보다 더 큰 세계와 소통시키고자 함이다. 2006년부터 시작된 이 프로그램은 현재는 스페인어, 중국어, 한국어로 진행하는 수업이 고정적으로 있고 그 외에 아라비아어, 방글라데시어, 힌두어, 네팔어, 티베트어 등등 다양한 언어로 다양한 민족을 위한 수업을 마련해왔다. 아트와 테크놀로지, 그리고 영어 수업까지 모두 무료로 제공하는데, 한국미술 수업은 올해로 7년째다. 이 프로그램은 다른 기관들에서도 눈여겨보는 프로그램이기도 하다. 호세가 문화활동을 후원하는 주요 단체들의 요청으로 프레젠테이션을 다녔을 정도로, 미국인의 관심들이 높은 이유는 이민사회가 미국사의 중요한 부분을 차지함과 동시에 이들을 미국인으로서 인정하고 함께 공생할 수 있도록 적극적인 참여의 기회를 주는 프로그램이기 때문이다. 한국의 탈북자와 이주민 노동자들 실태를 접하면서 이민자를 포용하기 위한 이러한 미국인의 노력이 값지다는 생각을 했다. 물론 그것은 하루아침에 이루어진 일이 아니다. 긴 이민 역사를 통해서, 사회의 주역으로 성장한 이민자의 2세대, 3세대 들이 또 다른 이민자에게 열린 마음을 가지게 되는 것은 당연지사인 것이다. 퀸스뮤지엄은 미국 최고의 다민족 거주지라는 통계자료를 가지고 있는 퀸스의 지역사회 성격을 반영하고자 노력하는 동안 이렇게 의미 있고 멋진 프로그램을 발전시켜 왔고, 그 일원으로 함께 역사를 만들어갈 수 있음에 감사하다.

롱아일랜드시티에서 나의 그림 인생은 나아가고 있다.
각자의 작업실 안에서 단단해져가는 이곳은 한 열정의 공동체다.

롱아일랜드시티의 날들

작업실이 있는 롱아일랜드시티는 맨해튼의 어퍼웨스트에서 퀸스보로 다리를 건너면 바로 만나는 퀸스보로 안에 위치한다. 집이 있는 윌리엄스버그에서 오려면 맨해튼 라인을 따라 브루클린과 퀸스를 남북으로 가로지르는 지하철 G라인을 타야 한다. 집과 작업실 모두 맨해튼 가까이 있어서 시티(맨해튼을 시티라고 부르기도 한다)에서 저녁 약속이 있거나 저녁때 전시오프닝에 갈 일이 있으면 편리하다. 10여 년 전 퀸스에 살던 시절부터 나의 작업실은 줄곧 이곳에 있었다.

브루클린과 퀸스 강가에 오래된 공장지대가 형성된 것은 오래전 배로 물건을 나르던 때 공장에서 제작한 물건들을 미국의 동부 해안 도시와 유럽으로 배에 실어 나르기가 용이했기 때문이었다. 그 덕에 천장이 높은 웨어하우스 빌딩들이 많다. 이 빌딩들을 개조해서 아티스트의 작업실로 쓰기도 하고 '실버컵silver cup' 같은 필름 스튜디오가 자리 잡고 있기도 하다. 실버컵 스튜디오는 한국에서도 유명한 〈섹스앤더시티〉〈악마는 프라다를 입는다〉〈갱스오브뉴욕〉〈소프라노스〉 같은 유명 드라마와 영화를 촬영한 곳이다.

초짜 뉴욕 아티스트, 파이브포인츠에서 시작하다

2002년 생애 최초의 그것도 뉴욕에서의 내 스튜디오는 파이브포인츠5pointz라고 불리는 그라피티가 많은 빌딩이었다. 당시 뉴욕 시장이었던 루돌프 줄리아니가 그라피티를 대대적으로 단속하기 시작했다. 이 그라피티, 이른바 낙서 예술은 건물주나 관리자의 입장에서 보면 그저 거리의 아이들이 다른 사람의 소유물에 저지르는 무모하고 책임감 없는 행위였다. 그 거리의 예술가라고 자처하던 자들은 사람의 눈을 피한 깊은 밤중 남의 빌딩에 몰래 스프레이로 그림을 그려놓고 도망가 버리기 일쑤였다. 경찰 병력을 늘리고 범죄 집단의 소탕을 통해 뉴욕의 범죄율을 대폭 낮춘 줄리아니 시장은 이제 그 시각적 이미지를 쇄신하길 원했다. 그 한 방법으로 그라피티를 범죄로 명명하고 거리 정화에 나선 것이다. 덕분에 뉴욕은 오늘의 깔끔한 모습으로 탈바꿈할 수 있었지만 그라피티 아티스트들에게 이것은 또 하나의 장애물이 된 것이다.

그라피티는 경우에 따라 반달리즘이 될 수도 있지만 이 건물에서는 더없이 훌륭한 아트의 한 형식이었다. 아트를 사랑하고 그들의 자유로운 사고를 존중하는 건물주가 마음대로 건물에 그림을 그려도 좋다고 허락했기 때문이다. 날씨가 풀리는 이른 봄이 되면 전국에서 그라피티 아티스트들이 모여들곤 했다. 일 년에 두어 번씩 작품을 바꾸고 그들만의 파티를 하는데 덕분에 건물 안으로 허가 없이 들어온다든지 술 취해 유리를 깬다든지 하는 자잘한 사고로 입주자의 불평을 사기도 했지만, 이 건물은 〈뉴욕타임스〉 등의 신문과 잡지 등에 기사가 나는, 나름 뉴욕의 명소가 되었다. 세계 각국의 여행책자에 소개되어 일부러 구경 오는 관광객도 있고, 웨딩사진을 촬영하러 오는 커플도 있었다. 패션 잡지나 뮤직비디오의 배경으로도 물론 인기 있는 장소였다.

7년을 이 빌딩에 있는 동안 월세는 600달러로 고정이었다. 별도로 내야 하는 전기 값도 없다. 그야말로 그 일대에서 가장 싼 스튜디오여서 너도나도 들어오고 싶어 했다. 빌딩 단위로 하는 오픈스튜디오를 통해 다른 작가들도 만나고, 큐레이터와 비영리 미술단체를 운영하는 사람들도 만났다. 지금은 유명해진 너처아트 화운더 조지 로빈슨이나 알재단AHL foundation의 이숙녀 회장님도 10여 년 전에 이 건물에서 처음 만났다. 퀸스뮤지엄에서 한국미술 수업을 할 수 있게 첫 다리를 놓아준 콜롬비아 출신 크리스찬도, 아트 스튜던트리그에서 수묵화 워크숍 강좌를 열어준 노르웨이 출신 앙키도 모두 이 건물에서 만났다. 우리 모두 끓어오르는 열정으로 뉴욕에서 무언가를 시작하는 사람들이었다. 우리는 그때 아무것도 아니었지만 10년이 지난 지금 다 함께 성장해 있다. 이 건물은 나에겐 초짜 뉴욕 아티스트로서 크고 작은 실패와 성공을, 무수한 시행착오를 겪은 추억의 장소다.

  하지만 이 건물에서 나와야 하는 결정적 사건이 생겼다. 빌딩 뒤편에 있는 화재용 비상계단, 지하철로 가는 지름길이라 입주자들이 종종 편리하게 이용하던 그 비상계단이 건물에서 떨어져버린 것이다. 그것도 불행하게도 3층에 작업실을 가지고 있던 엘리자베스와 함께 단단한 콘크리트 바닥으로 곤두박질쳤다. 사고가 난 그 시각 911 신고를 받고 출동한 소방관들은 우리를 다 대피시켰다. 그리고 며칠간 건물 안에 들어갈 수 없었다. 수많은 루머가 돌았고 비상연락망을 통해 스튜디오에서 짐을 빼올 수 있는 단 하루를 통보받았다. 모든 입주자들은 강제철거당해야 했다. 그제야 깨달은 것이지만 건물의 모든 것이 다 불법이었다. 애초에 큰 규모의 공장으로 허가가

난 건물에 벽을 세우고 작은 단위의 스튜디오를 만들었으니 시작부터가 불법이었다. 그러려면 건물 용도 허가가 달라야 하고 그에 따른 소방 안전 시설 등도 갖추어야 했다. 화재용 비상계단은 그야말로 비상시에 사용하는 것이지 새 문과 열쇠를 입주자 멋대로 달아놓고 수시로 드나들 수 있는 것이 아니었다. 그 크고 작은 모든 것들이 용인되는 빌딩인 만큼 문제투성이였을 수밖에. 지금은 개발의 붐을 타고 한 줌의 먼지로 사라져 단지 많은 사람들의 기억 속에 남아 있을 뿐이다.

두 번째 작업실 월스빌딩에서 만난 사람들

파이브포인츠에서 강제철거 당한 이후로 우여곡절 끝에 본격적으로 찾은 새 작업공간이 지금의 월스빌딩이다. 이 건물은 이전보다 관리가 잘되어 있다. 건물 전체 관리를 하는 매니저 나지어는 아랍 계통인데 똑똑하고 현명한 사람이다. 화물 엘리베이터를 운전하면서 빌딩 잡일을 보는 알폰소, 건물 청소 일을 하는 로티스, 잡다한 일을 도와주는 마틴, 그들이 팀이 되어 건물 운영을 하는데 이전 빌딩보다 훨씬 쾌적하고 편리하긴 하지만, 그만큼 아티스틱한 에너지가 넘쳐나지는 않는다. 이전 건물은 세입자 전체가 다 아티스트들로 서로 공유하는 부분이 많았다. 건물 단위, 아니면 층 단위의 파티도 많았고 방문도 활짝 열어놓고 작업을 하는 등 학교처럼 공유하는 실기실에 단지 문만 달아놓은 것 같은 화목한 분위기여서 좋았다. 학교를 졸업한 지 얼마 안 되는 나에게는 생소하지 않은 환경이라 더 좋았을 것이다. 떠다니는 정보를 얻기에도 좋았다. 아직 인터넷이 활성화

월스빌딩의 내 작업실 풍경과 사용하는 재료와 도구들.

되기 전이었으니까. 서로 갤러리에 추천하는 등의 일도 이따금씩 있었다. 복도 건너편에 있는 멜리사가 문을 열어놓은 채 헤비메탈 음악을 항상 시끄럽게 틀어놓아서 불평을 많이 하긴 했지만.

새로 자리 잡은 윌스빌딩은 썰렁하다. 한 블록을 다 차지하는 지금의 윌스빌딩에는 굽이굽이 방들이 많다. 각 층에 40개 정도의 방이 있는데 일렬로 쭉 늘어서 있는 단순 구조가 아니라서 처음 방문하는 사람들은 길을 잃어버리기도 한다. 지금 건물에는 반 정도가 아티스트인 듯하다. 그 외에 작은 가구공장, 디자인 사무소, 프린트 공장 등등 다양하게 있는데 각자의 비즈니스를 하는지라 그들은 바쁘고 문은 항상 굳게 잠겨 있고 복도는 썰렁하다. 내 스튜디오가 있는 3층에서 그 와중에 시끄러운 사람들은 라티노 가구업자들이다. 시끄럽게 음악을 틀기도 하고 몸에 안 좋은 스프레이 페인트를 뿌려대기도 하지만 태생이 즐겁고 행복한 사람들이다. 도움을 청하면 거절하는 법도 모른다. 실제로 우리 건물에 가구와 업홀스터리upholstery 전문가들이 꽤 된다. 껄렁껄렁 일하는 듯하지만 완성해서 복도에 늘어놓은 가구들은 제법이다. 1층에 크게 가구 스튜디오를 운영하는 폴로앤브라더스Polo&Brothers나 제이 퀸타나J. Quintana는 일종의 고급 맞춤제품을 만들어주기도 하고 오래된 가구를 리폼하거나 소파의 천을 갈아주기도 하는 업홀스터리를 전문으로 하고 있다. 덮어씌우는 천은 ABC 카펫에서 운영하는 천가게에서 클라이언트가 직접 골라오기도 한다. 나도 구경 삼아 가본 적이 있는데 거기서 파는 천은 세계 각국에서 수입한 다양하고 아름다운 천들이고 한 마가 100달러에서 시작하는 고급 천가게다. 그가 만든 소파에 슬쩍 앉아보았다. 푹신하다.

하지만 뭔가 마음이 편하진 않고 오래 앉아 있으면 안 될 듯해서 금방 일어났다.

데이비드, 그냥 액자장이가 아니다

그리고 우연히 찾게 된 프레이머 데이비드는 나에게 정말 행복한 발견이었다.

어느 날 베이징의 아시안 아트 웍스 갤러리에서 전시할 기회가 갑자기 찾아왔다. 하지만 시간이 정말 촉박했다. 전시 날짜를 맞추기 위해서는 오늘이라도 당장 작품을 보내야 하는 상황이었다. 만성 손목통증에 시달리는 내가 골판지를 잘라 여러 겹으로 만들어야 하는 국제 우편용 포장을 직접 할 수 없었다. 인턴 스케줄을 억지로 조정하여 남희 씨를 불러 포장을 시작하려고 가포장을 뜯었는데 이런 젠장, 액자에 마감이 되어 있지 않았다. 액자 사이에 들어간 이물질을 빼내려고 분해했다가 대충 조립해 놓은 것을 까맣게 잊고 있었던 것이다. 액자용 스테이플러만 있으면 간단한 일이다. 하지만 그 결정적 도구가 없다. 구글로 이 일대의 액자집을 검색해보니 여럿이 뜨길래 하나씩 다 전화해보았다. 하지만 어느 누구도 나를 도와주려는 액자집은 없었다. 그들의 변명은 기가 막혔다. "우리 집에서 액자 한 거니? 아니면 우리는 고쳐줄 수 없어. 액자 한 데로 가봐" "우리 액자 디자이너를 먼저 만나서 상의해봐. 근데 약속 잡아야 해. 이삼일 후에 만날 수 있을 거야" "우리 지금은 너무 바빠." 30초면 해결되는 일이라고 아무리 설명해도 소용없었다. 액자용 스테이플러를 살 데는 없을까? 인터넷으로 주문할 데는 많지만 당장 구입할 데는 없었다. 그날 오후 안에 당장 보내야 하는데 이걸 어쩌나 고민하다가 '혹시' 하는 생각이 들었다. 혹시 우리 빌딩에 액자집이 있지 않을까? 별의별 사람이 다 있잖아! 매니저 나지어에게 전화해보니 106호에 있는 사람들이 액자를 만든다고 했다. 그리고 액자를 들고 무작정 그 방으로 찾아갔다. "똑똑! 익스큐스미? 난 삼층에서 왔는데…… 이거 스테이플 좀 빨리 박아줄 수 있을까?" "오브코스!" 10초 만에 일은 끝났다. 그리고 그들과 그 자리에서 한참을 수다를 떨었다. 알고 보니 그는 그냥 허름한 동네 액자장이가 아니었다.

데이비드는 대학에서 미술 공부를 한 아티스트다. 졸업을 하고 돈을 벌기 위해 판화와 액자를 유통하는 플로리다의 큰 회사에서 프린트에 손으로 색을 입히는 일자리를 얻었지만 일이 많지는 않았다. 그래서 같은 회사에서 액자 일을 배우며 일하기 시작한 것이다. 1982년, 그것이 시작이었다. 그러다가 캐나다로 거처를 옮긴 것은 지금의 아내를 만나면서다. 캐나다 거주권이 나오기까지 그는 캐나다 국경 근처 버몬트에 머물었는데, 전화번호책을 뒤져가며 무작정 액자집을 찾았고 그렇게 액자 일을 지속했다. 캐나다 거주권이 나와 옮겨간 몬트리올에서도, 그 이후 뉴욕에서도, 어디를 가든 전화번호부에서 액자집을 찾아서 직장을 잡으며 여기저기서 기술을 쌓게 되었다. "뉴욕의 최고 액자집은 로이스Lowy's야. 당신같이 재주가 많은 사람은 거기를 가야 해요." 누군가 우연히 내던진 말을 듣고 무작정 로이스에 연락을 했다. 그리고 새로운 액자 인생이 시작되었다.

'Julius Lowy's Frame and Restoration', 줄여서 로이스프레임이라

고 불리기도 하는데 이 회사는 오래된 앤티크 액자를 수선 복구하기도 하고 복제품을 제작하기도 한다. 이 회사의 문을 통해 나오는 액자 가격은 대략 1,000달러에서 시작하며 대부분은 수만 달러, 많게는 25만 달러까지도 올라간다고 한다. 한화로 대략 100만 원에서 수천만 원, 제일 비싼 것은 2억 5,000만 원이다. 2억 5,000만 원이면 뉴욕의 변두리에 작은 아파트 한 채를 살 수도 있다. 이렇게 비싼 액자들은 수세기 전에 장인이 만든 것을 복구한 것이다. 그 자체가 골동품인 데다 완벽하게 수리한 것이고 크기까지 크게 되면 가격이 집채만큼 올라가는 것이다. 메트로폴리탄 뮤지엄의 오래된 유럽 명화와 그것이 담긴 액자를 상상하면 이 액자들이 어떤 액자들인지 가늠해볼 수 있다. 내 키보다도 훨씬 크면서 장식이 많거나, 역사적으로 희귀하고 의미가 있으며 보존상태가 좋으면 물론 가격은 쑥쑥 올라간다. 그림에도 나이가 있고 시대가 있듯이 액자에도 나이가 있고 그것을 만든 형식과 문양에 따라 시대를 가늠해볼 수 있다. 각 나이에 가장 잘 어울리는 옷이 있듯이 오래된 명화에도 그 내용과 시기에 맞는 액자를 찾아서 걸어주어야 한다. 이 회사의 주 고객은 오래된 마스터 작품을 소장한 개인 컬렉터들이다. 메트로폴리탄 같은 뮤지엄들에서는 자체적으로 액자와 보존팀이 있어서, 부득이한 경우를 제외하고는 스스로 해결한다. 그럼으로써 경비를 절약할 수도 있기 때문이다.

로이스는 워낙 큰 회사라 그 안에서도 다양한 부서에 수많은 사람들이 일한다. 앤티크 액자를 어디선가 구입해야 하고, 수선하는 데 필요한 재료와 시스템을 확보해야 하며, 그것을 필요로 하는 클라이언트를 찾아야 한다. 그 외에도 비즈니스를 운영하는 데 필요한 기본 직원들도 필요하다. 복구팀은 회사의 핵심, 가장 중요한 역할을 담당하지만 회사에 들어온 모든 사람이 복구팀이 될 수는 없다. 파손되기 쉬운 앤티크 액자를 다루려면 손재주도 좋아야 하지만 무한정의 끈기도 필요하고 적성에도 맞아야 하는데 그는 복구 전문팀 중에서도 전문가였다고 한다. 8년간 로이스에서 일하며 그는 앤티크 프레임에 관한 모든 것을 배웠다. 로이스를 나와서는 바크 프레임웍스 **Bark Frameworks**라는 뉴욕 최대 현대 액자회사에서 정반대의 일을 심도 있게 익혀나간 것은 옛것과 새것을 섭렵하고자 하는 그의 의지였다. 그의 혜안이 오랜 세월과 다양한 경험을 거쳐 형성된 것이다.

이 롱아일랜드시티에 자신만의 비즈니스를 시작한 것은 2008년이다. 앤티크 액자를 복원하고 복제품을 만드는 일은 자본과 인내심이 많이 필요하다. 액자는 비싼 값에 판매되긴 하지만 시장이 극히 한정되어 있다. 아무리 흠이 많은 액자라도 앤티크 액자들을 사려면 비싼 데다가 복구시간도 많이 들고 언제 팔릴지도 모르는 액자들을 오래 가지고 있어야 하니 유통 흐름이 더딘 것이다. 그것만을 고집한다면 로이스처럼 거대한 자본과 규모가 있지 않는 이상 꾸준히 비즈니스를 연명하기가 힘들다. 하지만 그는 현대 액자부터 고전 액자까지 모두를 섭렵하고 있기 때문에 다양한 일을 함께할 수 있다. 현대 액자로 꾸준히 일을 하면서 앤티크 액자들은 자신의 때를 기다린다. 이베이에도 자주 들러 액자들을 둘러본다. 벼룩시장도 오래된 액자를 발견할 수 있는 좋은 장소다. 자신의 눈에 들어온 낡은 액자들을 일단 구매해서 보관하다 보면 그림의 내용과 시기, 가격 등 모든 조건이 맞는 소장자가 나타날 때까지 기다리게 된다. 하지만 모든 것이 맞아

배우인 메릴 스트립의 남편이 드로잉한 작품을 들고 있는 데이비드.
아래는 허드슨 리버스쿨 그림 액자 모습.

떨어지는 인연을 만나면 미묘한 희열을 느낀다고 한다.

그의 스튜디오 벽에 걸린 오래된 액자들이 보인다. 반복되는 선이 중간을 장식하는 것이 특징인 허드슨 리버스쿨 액자라고 한다. 유럽의 신고전주의Neo classic, 즉 고전을 가져와 새롭게 해석한 스타일에서 영향을 많이 받은 것이라고 하는데, 그리스 건축의 기둥에 나타나는 반복적인 직선 디자인을 액자에 도입한 것이다. 그중 좀 아담한 액자 하나는 리프로덕션 프레임reproduction frame이다. 앤티크 같아 보이지만 실은 그럴듯하게 새로 만든 것이다. 하지만 앞에서 보면 구분하지 못할 정도로 제대로 만들었다. 오래된 것 같아 보이게 하기위해 겹겹이 색을 입히고, 조그만 벌레 구멍들도 일부러 만들고 몰딩 장식 부분의 일부는 일부러 떼어낸다. 자연스럽게 시간에 걸쳐 마모

된 듯 보이도록 나이를 심어주는 것이다. 30×40센티미터 정도의 이 액자는 2,000달러에서 3,000달러 정도에 매매되는데 이것이 실제 오래된 액자라면 1만 5,000달러에서 2만 달러에 달할 것이라고 한다. 허드슨 리버스쿨의 풍경화는 허드슨 리버스쿨 액자에 넣어야 제 옷을 제대로 찾아 입은 것이라고 한다. 실제로 박물관에 걸린 그림들은 액자의 양식도 시대를 같이한다. 웅장하고 과감한 바로크의 그림은 심플하고 웅장한 느낌의 바로크식 액자에 넣어야 하고, 화려하고 정교한 로코코 양식의 그림은 역시 복잡하고 정교하게 만들어진 로코코 양식의 액자에 넣어야 한다. 각 그림의 내용과 나이에 딱 맞는 옷을 찾아주는 것이다.

그의 목공소가 바로 옆에 붙어 있다. 두꺼운 투명 비닐로 막아둔 이유는 나무를 자를 때 생기는 먼지가 액자 만드는 공간으로 들어오지 못하게 하기 위해서다. 갖가지 공구들이 깔끔하게 만들어진 선반에 놓여 있는데 각 선반 밑에는 바퀴를 달아 이동이 편리하게 한 것이 눈에 띈다. 뉴욕에서의 협소한 공간 문제를 해소하기 위한 재치 있는 발상이다.

내가 가장 탐나는 그의 액자의 장점은 앞면에서 보았을 때 액자틀의 넓이가 아주 좁아질 수 있는 것이다. 일반 액자는 액자 자체가 힘을 받으며 지탱해야 하기 때문에 일정 두께 이상 얇아질 수 없다. 하지만 데이비드의 액자 가장자리 틀은 모양을 잡아주는 장식적인 기능이 강하고 뒤에서 액자틀을 잡아주는 나무 구조물이 따로 있어서 벽에 걸리는 와이어도 이 부분에 장착된다. 자그마하고 발랄한 〈디저트〉 작품들에 얄쌍한 옷을 입혀주고 싶었지만 이전의 액자집에서는 할 수가 없었다. 그 해결책을 데이비드는 가지고 있다. 하지만 그만큼 가격도 비싸다. 내가 지불했던 금액은 40달러, 데이비드에게 일을 맡긴다면 150달러는 족히 갈 것이다. 당시 30여 개의 액자를 한꺼번에 했으니 예상금액은 4,500달러다. 이제 해결책을 찾았지만 여전히 주머니 사정이 허락하지는 않는다.

"어떤 사람은 골드 프레임이 그림 가치를 높여준다고 말해요. 이해가 가기도 하지만 그래도 그건 옛날이야기예요. 액자는 작품을 최고로 보이도록 만들어야 해요. 작품을 억누르면 안 돼요. 예술작품과 다르게 액자는 기능이 있어요. 그 기능을 잘해야 좋은 액자예요."

그 자신이 그림을 그리는 것에서 시작해서 그런지 액자의 공예적 아름다움보다 그림을 보조하는 기능을 더 강조한다.

"액자는 그림을 보호하는 집이에요. 집을 짓는 것처럼 액자를 만들어요. 그림을 보호하고 편안하게 하기 위해서 최선을 다하죠. 그래서 내가 사용하는 재료는 다 알카이발alchival, 재료의 질을 일컫는 말로 시간이 지나도 누렇게 변색되지 않고 작품에 나쁜 영향을 주는 산도 높은 재료가 아니라는 뜻이에요. 벌레 한 마리 못 들어올 정도로 완벽하게 마감을 하죠. 물론 자외선을 차단해주는 유리는 필수고요."

사람에게 어울리는 집들이 있고 사람의 성격과 개성에 따라 다른 집을 선호하듯이 그림도 그에 걸맞은 액자가 있다. 그는 그림에 가장 어울리는 최고의 집을 만들어 주는 것Best little house for a work of art에 열정이 있는 사람이었다.

작가에세 스튜니오라는 것은 어떤 면에서는 집보다도 밀착된 공간이다. 문을 걸어 잠그고 들어가 있으면 난 한없이 그 안에서 고립될 수 있지만, 벽 하나 사이로 존재하는 수많은 사람들이 나처럼 무언가를 만들어 가고 있다는 것을 깨닫는 순간 공동체라는 느낌이 든다. 스튜디오 빌딩에서 만난 다양한 사람들, 우리는 다 함께 이 허름한 빌딩을 매직캐슬로 만들고 있었다.

뉴욕 그라피티 아트 산책

그라피티Graffiti는 낙서 예술이다. 벽에 쓰인 글자, 혹은 그림 글자들이 주 내용이라 '그린다' 대신 '쓴다'는 표현을 사용한다. 'painter' 대신 'writer'라고 부르는 것이다. 그 기원을 로마에서 찾기도 하지만 우리가 흔히 얘기하는 그라피티 아트의 시작은 1960년대 말 뉴욕의 거리, 그중에서도 지하철에서 시작되었다.

그것은 자신이 다녀갔음을 기록하는 일종의 서명 개념이었다. 당시 메시지를 전달하는 역할을 하며 뉴욕 시내를 누비고 다니던 'Taki 183'이라는 가명의 사람이 가는 곳마다 기차역, 기차칸의 안팎에 자신의 이름을 적어놓았다. 그의 존재는 호기심을 불러일으키고 1971년 〈뉴욕타임스〉에서 그를 인터뷰하게 된다. 이것을 거리의 아이들이 따라하며 자신의 이름을 더 많은 지하철에 써놓고자 경쟁하며 유행하게 된 것이 그라피티의 시초다. 도시의 구석구석을 다니는 지하철 열차는 자연스럽게 그들의 이름을 함께 실어 나르게 되며, 자신의 이름이 누군가에게 보여지는 것을 경쟁적으로 즐긴 것이다. 처음엔 일종의 시그너처로 이름을 적어놓다가(tagging) 시간이 지나면서 글자 스타일을 가다듬고 색깔을 더하고 기교를 부리면서 스케일도 커지게 되었다. 재빨리 작업하고 도망가야 하는 이 도둑질 같은 행위(bombing)에 효과적인 스프레이 캔은 인기가 많아지며 널리 사용되었고 그라피티 아트의 주재료로 자리를 잡았다. 그리고 스프레이페인트의 효과 또한 그라피티 아트를 규정하는 시각언어로 인식되었다.

숙련된 그라피티 아티스트들은 어린 아티스트들을 조수로 쓰기도 했다. 그런 관계들로 이루어진 팀은 망을 보기도 하고, 분업하는 시스템을 갖추기도 하는 등 조직적으로 움직이며 스케일이 크고 복잡한 디자인의 작품을 빠른 시간에 끝내고 도망갈 수 있게 되었다. 도시의 범죄조직

이 자신의 영역을 표시하는 도구로 사용하기도 했지만 이들은 미적인 면에는 관심이 없었고 수적으로도 적었다. 대다수의 그라피티는 순수한 동기에서 시작되었다. 그들의 대부분은 게토라고 불리는 빈민가 출신 아이들이다. 부정적이거나 무관심에 익숙했던 아이들, 억압된 사회구조와 고정관념의 틀 안에서 자신을 표출하는 창의적 방법을 찾아내었고, 그것은 전혀 새로운 언어로 신선한 충격을 주었다. 그들이 전통적 미술 교육을 받지 않았기 때문에 가능했던 새로운 예술분야였다. 한편 그라피티로 '더럽혀진' 열차를 보수하기 위해 뉴욕시에서는 엄청난 예산을 필요로 했는데 결국 이것을 범죄로 규정하여 처벌하기에 이르렀다. 이 거리의 아이들은 범죄와 아트의 아슬아슬한 중간지점에서 자신의 아이덴티티를 확립해나갔다. 그라피티 아티스트 'Lee Quinones'와 'Fab 5 Freddy' 등이 로마에서 전시(1979)를 하는 등 그라피티가 유럽에 소개되기도 했지만, 그것이 세계로 뻗어나간 데는 힙합뮤직의 세계화가 한 몫을 한다. 1980년대 뉴욕 다섯 지구 중 하나인 브롱스에서 시작된 초기 힙합문화에서 그 중요한 구성 요소인 그라피티와 엠시, 디제이, 비보이 등은 좀 더 밀접한 관계를 갖는다. 그라피티는 시각적인 부분을 대변하고, 엠시와 디제이는 음악을 만들고, 비보이는 춤을 추는데, 디제이를 보면서 춤을 추고 그라피티를 그리는 만능엔터테이너도 종종 있었다. 1983년 PBS는 〈Style Wars〉라는 다큐멘터리 필름을 제작하여 'Skeme' 'Zephyr' 등의 유명한 그라피티 아티스트들을 소개하고 그라피티가 힙합문화에서 어떠한 중요한 역할을 차지하는지, 랩으로 배경음악을 만들어가며 재조명하였다. 그라피티는 힙합그룹의 유럽 투어에서도 무대의 뒤 배경으로 사용되고 홍보 포스터, 앨범 디자인에도 사용되는 등 힙합문화의 비주얼을 담당하며 전세계로 뻗어나가게 된 것이다.

지금은 뉴욕 거리에서 더 이상 그라피티를 찾아보기 힘들다. 단지 건물주가 허락한 일부 건물에서만 용인될 뿐이다. 하지만 그 역사는 소외되었던 아이들이 만든 문화예술적 쾌거로 미술사에 기록되는 중요한 장르다.

모든 날의 뉴욕

사랑하지 않는다면 창조해낼 수 없는 아름다운 조화들이다.

브루클린에서 엄마 되기

"습관을 바꾸는 것은 뼈를 깎는 것보다도 어려워요."

오래전에 요가 선생님 제니가 한 말이다. 몸에 든 나쁜 자세와 습관, 그래서 결국 몸에 나쁜 영향을 주는 버릇을 고치기가 그만큼 어렵다는 말이었다. 그녀는 신체적인 습관을 얘기한 것이었지만 마음이 짓는 습관들도 마찬가지인 듯하다. 그것이 오히려 더 어렵다는 생각이 든다. 사람이 가지고 태어난 성격들이 있다. 아이들이 저마다 다르고 한배에서 나온 형제들도 서로 다르다. 그리고 자라면서 환경을 통해 습득되는 습관이 있다. 자라면서 부모를 닮게 되고 친구들을 서로 모방하면서 자신의 성격과 습관을 형성하게 된다. 나는 내성적이지만 고집이 세다. 하고 싶은 것과 하기 싫은 것이 분명하다. 그걸 감추지 못한다. 뜻이 안 맞는 걸 해야 하면 병이 나고야 만다. 자기중심적이고 그다지 사교적이지도 않다. 말이 많지 않고 쓸데없는 일들에 얽매이는 걸 싫어한다. 신경질적이고 다혈질이기도 하다. 우리 형제들이 닮은 면도 있다. 평생에 걸쳐 형성해온 나의 성격이다. 그리고 바뀌지 않는 성격이다. 그런 내가 변하게 된 것은, 적어도 변하려고 노력하게 된 것은 엄마가 되고 나서다.

결혼 후 어느 때부턴가 남편이 내 행동을 따라하는 것이 보였다. 나의 좋은 행동 말고 나쁜 행동. 의식적으로 나를 견제하는 건지 무의식으로 따라하게 된 건지는 알 수 없다. 그 행동들이 나를 당혹스럽게 했다. 하지만 그로 인해 나는 크게 변하지 않았다. 오히려 반감이 생겼다. 이제 나의 딸아이가 날 그대로 따라한다. 그것 또한 나를 참으로 당혹시킨다. 하지만 이번엔 다르다. 아이의 나쁜 말버릇이 고스란히 내 책임인 걸 회피할 수는 없다. 자존심 부릴 일도 아니다. 그 아이가 평생 지녀야 할 습관이고 성격인 것을. 나의 못된 것만 먼저 쏙쏙 흡수하는 그 아이를 위해 내가 변해야 했다. 하지만 그것이 만만치가 않다.

부부싸움을 하고 미안하다고 한 적이 없었다. 언쟁 후의 냉전은 일주일이고 보름이고 계속되곤 했었다. 하지만 이제는 순간 내뱉은 말을 단 1초라도 돌아볼 짬이 있다면 바로 사과한다. 진짜 미안해서라기보다 불안함에 콩닥콩닥하는 어린 가슴을 참을 수가 없기 때문이다. 이미 미안하다고 뱉어버리고 나면 나로서는 상황이 종료되었으니 신경전을 벌이며 에너지를 소진할 이유도 없다. 물론 아무 일도 없었던 듯 바로 일상으로 되돌아가진 않는다. 하지만 적어도 팽팽한 신경전은 지속되지 않고 아이가 감당해야 하는 엄마 아빠의 분쟁의 몫이 줄어드는 것은 사실이다.

내성적이고 자존심이 센 나는, 누구와도 솔직한 마음을 모두 터놓고 애기한 적이 없다. "미국에 있으니 가족도 없고 친한 친구도 없어서 그래요"라는 변명을 하기도 하지만, 근본적으로 깊은 속내를 터놓고 애기하지 않는 것은 버릴 수 없는 천성이다. 혼자 고민하고, 혼자 괴로워하고, 혼자 끙끙 앓다 어쩌다가는 초월을 하고, 안 되면 안으로 쌓아놓고, 그러다 홧병이 되기도 한다. 대화하는 법을 몰라서 오는, 결국은 내가 감당해야 하는 몫이다. 하지만 내가 유일하게 솔직한 얘기를 하는 사람은 여덟 살 난 딸아이다. 그 아이에게는 나를 꾸며낼 것도 자존심을 부릴 것도 창피할 것도 없다. 그리고 아이와의 문제를 해결하는 가장 근본적인 방법도 또한 대화를 통해 서로 이해해야 한다는 것을 경험을 통해 체험하였다. 아이와의 관계를 통해 난 생처음 대화하는 것을 연습한다.

미국 교육의 핵심은 대화와 토론이다. 대화와 토론을 통해 나를 표현하는 연습을 하고, 다른 사람의 말을 경청하는 습관을 갖게 된다. 나의 주장이 있는 것이 중요하지만 남의 생각을 들으며 다른 사람들은 다르게 생각할 수 있다는 가능성을 인정해야 한다. 대화를 통해 내가 미처 깨닫지 못했던 생각들을 듣게 되기도 한다. 그것을 자연스럽게 받아들이며 칭찬하는 문화가 형성된다. 그런데 이 대화와 토론 문화는 나에겐 일종의 콤플렉스다. 학교에서나 직장의 미팅에서도, 문제가 주어졌을 때 말로 표현하기까지 난 혼자 생각하는 시간이 많이 필요했다. 내 머릿속에서 문제를 분석하고 해결점을 찾고 이미 잠정적 결론을 낸 뒤에야말로 표현할 언어를 찾는다. 하지만 나의 미국인 동료들은 문제가 주어짐과 동시에 생각하는 것을 바로 말로 표현하고, 말로 표현하면서 생각을 발전시킨다. 토론을 하는 동안 다른 사람의 말을 들으면서 자신의 의견을 수정도 하고 첨가도 하면서, 토론자들이 함께 결론을 유추해낸다. 그렇게 훈련되어 있다. 그런데 나는 이 토론의 속도를 따라가기가 힘겹다. 토론하는 연습이 안되어 있기도 하지만, 생각이 특히 느린 이유는 말하기 전에 결론을 내려야 하기 때문이다. 그리고 이미 결론이 내려졌다면 나는 이미 그 결론에 사로잡혀 있기 때문에 다른 사람의 의견에 마음을 열고 수용하기가 힘들어진다. 나의 결론에 갇혀 남을 인정 못하게 된다든지 더 큰 생각을 보지 못하게 되는 경우가 생긴다. 대화로 소통하고 표현하는 능력이 없으면, 나의 생각만 주장하다가 그것이 관철되지 못하면 스스로를 소외시킨다든지 남을 부정한다든지 화를 낸다든지 심지어는 주먹다짐을 하게 되는 경우가 생길 수도 있다. 그 대표적인 예가 대한민국 국회 아니던가! 그들을 손가락질하기 전에 나 자신을 먼저 돌아보면 내 안에도 그 모습이 있다. 그리고 그것은 내가 한국에서 학교를 다니며 받은 교육의 결과다. 물론 미국 토론문화의 부작용도 있다. 입으로만 거창하게 얘기하고 실은 없는 경우도 많다. 별로 신통하지 않은 생각이나 작품을 가지고 말로만 거창하게 표현하는 경우도 많다.

이 토론문화는 유아원에서부터 시작한다. 두 살이 조금 넘은 하늘이를 처음 유아원에 보냈을 때 말도 잘 못하는 아이들을 둥그렇게 앉혀놓고 선생님은 토론의 주제를 주었고, 아이들은 나름대로 자신의 생각을 표현하는 것을 보았다. 성격이 내성적인 아이들은 말하는 게 부끄럽지만 아이들이 자라면서 극복하고 적응해야 하는 환경이다. 지나치게 외향적인 아이들은 말하는 것을 자제하고 경청하는 법을 배워야 한다. 두 살 때부터 대화하는 환경에서 자란 하늘이는 나와 내 부모님, 혹은 선생님들과의 관계처럼, 일방적인 명령과 순종에 익숙하지 않다. 그 아이는 수직적이기보다는 수평적 관계를 요구한다. 수평적인 대화, 나의 명령보다 긴 대화와 그것을 통한 공감에 반응을 하니 문제를 해결하기 위해 나는 내 부모님처럼 명령하고 요구하면 안 된다. 그것은 서로에게 불만족과 오해만을 증폭할 뿐이다.

그리고 또 다른 '나'를 양산할 뿐이다. 그 아이는 또한 내 잘못된 점을 날카롭게 표현하기도 한다. 그것을 두려워하지 않는다. 문제는 이 수평적 대화가 나에게 익숙하지 않은 것이다. 나도 그 아이에게 자꾸 복종하기를 강요한다. 상황이 갈 때까지 간 뒤에야 대화가 필요함을 깨닫는다. 그제야 대화를 하려면 더 먼 길을 가야 한다. 감정이 고조된 만큼 타임아웃Time out. 미국에서는 아이들이 생각하는 시간을 갖게 한다도 더 많이 가져야 한다. 그것은 나를 위한 타임아웃이기도 하다. 엄마의 어긋난 행동에 대한 진심 어린 사과로 대화를 시작한다. 어렸을 때 내 부모님으로부터 미안하다는 말을 들은 적은 없다. 부모라도 완벽하지 않으니 자식과의 관계에서 실수도 하기 마련이다. 내가 자라온 환경에서는 늘 아이들만 "잘못했어요"를 말하게 되어 있었다. 하지만 난 하늘이에게 미안하다고 말한다. '엄마가 이렇게 행동했어야 하는데'라는 나의 잘못된 행동을 스스로 고백한다. "엄마가 소리 질러서 미안해" "엄마가 아까 더 인내심을 가졌어야 했는데" "엄마가 아까 너무 감정적으로 과잉반응을 보인 것 같아". 아이도 자존심이 있어서 자신의 잘못을 알면서도 막무가내로 행동하는 경우가 많은데 이렇게 대화를 시작하면 자연스럽게 자신에게 솔직해진다. 실수를 인정하는 법도 배운다. "엄마, 나도 미안해요" "나도 그렇게 하면 안 되었어요". 그때의 사과는 상황에 몰려 어쩔 수 없이 하는 말이 아니라 진심으로 전하는 마음이다. 그러고 나면 정말로 깊은 대화를 할 수 있다. 어떨 땐 엄마가 왜 자꾸 그렇게 행동하는지에 대해 마음에 케케묵은 감정을 토로하기도 한다. 신기하게도 아이는 그것을 이해하고 공감한다. 아이도 나도 매듭 하나를 풀고 가는 것이다. 나를 버리고 아이와 쉽지 않은 대화를 자꾸 하려는 것은, 그것이 미국 사회가 요구하는 모습이기 때문만은 아니다. 그 아이가 나처럼 속으로 불만을 쌓아놓고 마음의 병을 키우는 사람이 되지 않았으면 하는 바람이 크기 때문이다.

아이와 함께 크는 엄마

미국에 살면서 콤플렉스가 많이 생겼다. 내가 정말 열등해서 느끼는 콤플렉스라기보다는 '다름'을 '열등'으로 접수하는 데서 비롯된 것이고, 뉴욕의 길바닥에서 소수자로 살아남으려니 '최고'라 여겼던 어줍잖은 과거를 곱씹게 되는 데서 생기는 마음의 갈등들이다. 그중에서도 영어 콤플렉스가 아이를 키우면서도 단연 손에 꼽힌다. 유아원을 다닐 때 아이의 언어발달이 느린 편이라는 말을 듣게 되면 그것이 내 영어 탓인가 하는 생각을 하게 되었다. 두 언어를 동시에 배우게 되는 아이들은 느린 경향이 있다는 기사를 읽었고, 그렇게 이해하려고 노력했지만, 뭔가 석연찮게 내 심기를 불편하게 하는 말이었다. 학교를 들어가면 부모가 영어 원어민이 아닌 아이들이 확실히 단어가 부족하고 언어 표현능력이 떨어지더라는 말을 어느 학부모에게서 주워들었다. 부모가 사용하는 말이 한정되어 있으면 아이의 말도 한정될 수밖에. 학교에서 생활하는 시간이 길어지고 학년이 올라가면서 이러한 편차는 줄어들 수도 있다. 하지만 당장 아이와 친구들의 언어 구사력이 다른 것이 내 탓인 것 같았다. 직설적으로 말하지 않고 빙빙 돌려 얘기를 하다 핵심을 놓친다든지 적절한 단어를 못 찾고 횡설수설하는 것이 내가 영어하는 것과 꼭 같아서 기분이 안 좋았지만 그런다고 내 영어가 하루아침에 원어민처럼 유창해지는 것은 아니다. 그래서 병적으로 강조하게 된 것이 책읽기다. 내가 생활 속에서 알려주지 못하는 영어를 책에서 보충해야겠다는 생각이었다. 책읽기는 모든 것의 기본이니 아이가 책 읽는 습관을 들이면 평생 가지고 있을 자산이기도 하다.

하늘이는 책을 좋아하게 되었다. 잠자기 전에 책을 읽다 책 속에 빠지게 되면 잠 안 자고 책 읽겠다고 투정을 부리기도 하고, 다른 숙제를 하느라 저녁 책 읽을 시간이 줄어들면 화를 내기도 한다. 읽고 있는 책을 얼마나 이해하는지는 알 수 없다. 예전에는 이것저것 내용도 물어보고 단어도 집어서 설명해주고 했지만, 간섭받는지 영 싫어하니 가늠할 방법이 별로 없다. 하지만 적어도 독서를 하며 웃고, 놀라고, 무서워하는 표정들을 바라보면 그 아이가 책 안에서 경험하고 상상하고 있다는 것을 느낄 수는 있다. 그 아이가 처음부터 책을 좋아한 것은 아니다. 그 습관을 만들어주기 위해 엄마로서 많은 노력을 하였다. 잠자기 전에 우리는 꼭 한 시간 이상을 같이 누워서 책을 본다. 나도 아이의 책을 함께 읽는다. 새로 산 책을 아이가 먼저 읽기도 하고, 내가 먼저 읽기도 한다. 관심 없는 책이었다가도 내가 읽으면 빼앗아 읽기도 한다. 이야기의 끝이 궁금하면 나에게 얘기해달라고 생떼를 쓰기도 한다. 나도 가끔씩 스토리가 어떻게 되는지 물어보기도 한다. 그러면 신나서 얘기해주기도 하고, 엄마가 읽어보라고 새침을 부리기도 한다. 우리가 좋아하는 디저트 카페 베니어로에 가서 케이크와 우유, 난 커피를 시켜놓고 독서를 하기도 한다. 한 달에 읽을

하늘이가 좋아하는 책읽기 시간들.

책의 양을 미리 정해놓고 목표를 달성하면 선물을 사주기도 한다. 외출시에 우리의 가방에는 꼭 두 권의 동화책이 있다. 하나는 하늘이가 읽을 것 다른 하나는 내가 읽을 것이다. 책 읽으라는 말을 지겨울 정도로 하기도 하지만 또한 나도 틈만 나면 하늘이의 책을 읽는다. 지하철에서도 공원에서도 긴 줄에서 기다리는 동안에도, 내가 읽기 시작하면 그 아이도 따라 읽는다. 나보다 빨리 읽겠다고 경쟁을 하기도 한다.

솔직히 고백하면 난 어렸을 때 책 좋아하는 아이는 아니었다. 가만히 앉아서 책을 읽은 기억은 별로 나지 않는다. 밖에 나가 뛰어노는 것을 더 좋아했다. 사춘기가 되면서 약간의 문학소녀 기질이 있긴 했지만 책벌레는 아니었고, 인생의 목표가 생기면서 필요한 책들을 독파했을 뿐이다. 성인이 되어서도 그다지 방대한 독서량을 자랑하지 않고 그저 사는 것이 바쁠 뿐이다. 하지만 아이를 키우면서 정말 많은 책을 읽고 있다. 그것도 영어책을. 그러다 보니 읽는 속도도 빨라진다. 아이가 커가면서 점점 수준도 높아진다. 아이의 언어발달을 돕기 위한 것이었지만 나에게도 큰 도움이 된다. 아이들의 책이지만 어떤 단어들은 정말 생소하기도 하다. 하지만 단어들이 반복되어 등장하고 문맥이 어렵지 않으니 단어의 뜻 하나하나를 정의하는 것이 중요하지 않다. 단어를 습득하는 방법도 내가 영어를 배웠던 것과 다르다. 모르는 단어에 밑줄을 긋고 뜻을 찾아가면서 영어 공부를 했는데, 동화책을 읽는 동안은 그 뜻을 알기 위해 일일이 사전을 찾아보지 않는다. 대신 문맥 안에서 그 뜻을 유추한다. 그렇게 유추한 단어는 반복적 등장을 통해서 자연스럽게 확인되고 익혀진다. 물론 중요한 단어는 사전을 찾아보기도 한다. 아이의 책을 함께 읽으며 나도 미국식 초등학교 영어 공부를 새롭게 시작한 셈이다. 이 영어들은 아이와 대화하거나 작문 숙제를 할 때 적극 사용해주어야 하는 단어들이다. 아이와 함께 익힌 이런 단어들은 미국인과 대화할 때도 자연스럽게 튀어나온다. 그야말로 일석이조다. 아이의 책을 함께 읽으니 아이가 생각하고 경험하는 세계에 대한 이해도 깊어진다. 아이가 좋아하는 책을 보면 아이의 경향도 파악된다. 대화의 폭도 넓어졌다. 책에 나온 주인공이나 사건에 대해 얘기하기도 한다. 친구 관계라든지, 감정의 기복 등등 일상생활에서 문제가 생기면 우리가 함께 읽은 책의 일례를 들어 공감을 불러내기도 한다.

학년이 올라가니 아이 숙제 봐주는 게 점점 곤혹스럽다. 글쓰기 숙제는 나에게도 난해하다. 숙제가 적힌 프린트물을 읽고 읽고 또 읽어야 한다. 신기하게 하늘이네는 영어 교과서가 딱히 없다. 선생님이 교과서를 읽으며 단어 설명을 하고, 문장의 뜻을 설명하고 문법을 설명하던 우리식 국어시간과도 다르다. 선생님이 임의로 동화책을 정해서 일정 기간 책을 함께 읽고 거기에 대해 대화하고 책과 연관된 북프로젝트**book project**를 하면서 그 책을 마무리짓는다. 한 달에 한 번쯤 나오는 이 북프로젝트가 또한 내 프로젝트다. 일주일 정도의 시간을 주는 이 북프로젝트는 책을 다시 읽도록 유도한다. 주인공의 감정의 변화를 찾아 목록을 만든다든지, 주인공이 말했던 교훈을 찾아 리스트를 만들어야 한다. 그리고 이 리스트와 실제 책에서의 표현들을 사용하여 주어진 주제에 맞는 글쓰기를 한다. 일곱 살짜리 아이가 이걸 할 수 있을까 하는 의문이 들기도 한다. 이 숙제를 도와주기 위해 난 그 책을 읽으며 리스트를 미리 만들어본다. 무엇을 어떻게 해야 하는지 내가 확실히 알고 있어야 훈수라도 둘 수 있다. 아이가 초본을 써오면 온통 뒤죽박죽인 아이의 글을 어떻게 봐줘야 할지 대략 난감이다. 내 글이 아니니 내 식으로 바꾸어줄 수도 없고 그 아이의 수준에서, 아이의 의견을 존중해주며 보충해야 하는데 그것이 어렵다. 제 고집이 세서 내가 고치라는 대로 고칠 아이도 아니다. 짧은 영어로 설명하다 보면 나도 이래저래 답답해져서 언성이 점점 높아지기도 한다. 그래서 글로 적어주기도 한다. 아이가 쓴 글을 분석해서 이 부분에서는 이런 생각들을 더 해보고 이런 내용의 세부묘사가 들어갔으면 좋겠다는 내용을 글로 적어주기도 한다. 머리를 맞대고 감정싸움을 하는 대신 아이가 혼자 읽어보고 생각할 시간을 가지게 되지 않을까 하는 생각이었다. 이래저래 아이와 더불어 미국식 초등학교 영어공부 제대로 하고 있는 셈이다.

행복한 엄마의 행복한 아이

한국 엄마들의 지나친 교육열과 선행학습, 과외활동들이 항상 도마 위에 오르내리지만, 뉴욕 엄마들이라고 교육열이 낮다고 생각하면 큰 오산이다. 공립 유치원에서 다섯 살경부터 시작되는 지앤티 **G&T, Gifted and Talented** 제도는 우수한 어린아이들을 뽑아 정책적으로 선행학습을 시킨다. 유치원을 들어가기 위한 첫 시험은 네 살경에 치르게 되는데, 일대일로 그림과 기호들을 놓고 시험관이 문제를 구두로 읽어주면 아이들이 손가락으로 답을 가리킨다. 이 일종의 우등반 아이들은 일반반보다 6개월 이상 진도가 빠르고 같은 주제라도 더 심도 있게 다룬다. 이 반에 아이들을 집어넣기 위해 엄마들은 아이들을 다그치기도 하고 학교 순방을 다니기도 하고 시간당 100달러짜리 고액 과외를 하기도 한다. 〈뉴욕타임스〉 등의 매체에서 심도 있게 다룰 정도로 어린아이를 가진 부모들에겐 사생결단의 화제다. 어퍼 웨스트의 앤더슨**The Anderson School**이나 로어 맨해튼의 네스트**NEST+m** 같은 학교들은 유치원에 일단 들어가면 중·고등학교까지 자리를 보장해주기도 한다. 우선 이 학교에 들어가면 땡전 한푼 안 들이고 사립학교 수준의 교육을 대학 가기 전까지 받을 수 있으니 로또에 당첨된 듯 좋아할 수밖에 없다. 뉴욕의 사교 문화와 파티 문화를 즐기던 젊은이들은 가정을 꾸리고 아이를 낳으면 뉴욕의 교외로 이사를 나가기도 한다. 좁은 아파트보다 뉴욕 주변의 마당이 있는 넓은 집과 좋은 학군을 선택하는 것이다. 맨해튼에 직장이 있는 아빠들은 기차를 타고 장거리 출퇴근을 하고 엄마들은 아이를 키우기 위해 전업주부가 되거나 아니면 프리랜서 일이나 동네의 새 직장을 잡는다. 이 우등반 제도는 열악한 공교육으로 악명이 높던 뉴욕시가 아이가 생기면 좋은 학군을 찾아 뉴욕을 떠나는 젊은 중산층 가정을 뉴욕시에 묶어두기 위해 고안한 제도기도 하다. 자식의 교육을 중요시하는 부모들의 마음이란 서울이나 뉴욕이나 매한가지인데 다른 점은 서울처럼 강남의 한곳에 몰려 있는 8학군 대신 교육의 기회와 선택의 폭이 넓다는 것인 듯하다.

아이를 키우면서 많이 생각하게 되는 것은 행복지수다. 살면서 나 자신의 행복지수에 대해 큰 가치를 둔 기억은 별로 없다. 대신 목표를 위해 무섭게 몰두해왔다. 서울대를 가는 게 목표였고, 미국으로 유학 가는 게 목표였다. 첼시에서 전시를 하는 것이 목표였고, 좋은 아티스트가 되는 것이 목표였다. 목표를 달성하기 위해 작은 욕구들을 외면하기도 했고, 무언가를 희생하기도 했다. 하지만 비뚤어지거나 비열한 방법을 취한 적 없고, 내가 삶을 잘못 살았다고 후회한다거나 개탄하지도 않는다. 지금에 와서 순간순간 행복해야겠다고 절규하지도 않는다. 이렇게 바쁘게 사는 것이 한편으로는 익숙하다. 하지만 하늘이는, 내 딸아이는 자신이 행복한 것에 대해 좀 더 인지하면서 살면 좋겠다는 생각이 든다. 그리고 나의 그런 마음을 일깨워준 것은 인터뷰를 하며 만난 뉴욕의 '사람'들이다. 미국인에게 인생의 지표에 대해 물으면, 나를 행복하게 하는 것에 대한 언급을 많이 한다. 남이 원하는 나의 모습 말고 내가 원하는 나의 모습, 그럼으로써 나를 자유롭고 행복하게 하는 것에 대해 이야기한다. 그것은 당장 무엇을 할지, 어떻게 살지를 결정하는 지표가 되는 것이다. 그들은 일률적인 틀의 미래 지향적 행복을 위해 현재의 과도한 희생을 강요하지 않는다. 이혼을 하는 것도, 정자은행을 이용해 혼자 아이를 낳아 키우는 것도, 결혼 생활 중 레즈비언임을 깨닫고 각자의 길을 가게 되는 것도 스스로가 원하는 자신의 모습을 위해서다. 각자 다른 가치관을 가지고 있고, 그것에 따라 자신이 원하는 삶을 살고, 그 삶이 존중받는다. 아이를 키우는 데도 이러한 다양한 가치관들은 그대로 투영된다. 내가 중요하다고 생각하는 것을 아이들에게도 강조하며 키우게 되는 것이다. 그만큼 다양한 가치와 다양한 경험들을 가진 아이들이 함께 자란다.

　내가 혹시 미래에 많이 살고 있지는 않은지 생각해본다. 오늘을
숨 가쁘게 사는 것이 당장 오늘 보람차고 행복하게 보내기 위해서라
기보다는, 미래를 위해서 오늘을 참아내며 숨 돌릴 틈도 없이 살고
있는 것은 아닌지. 그것이 크게 잘못된 것은 없다. 오히려 나를 발전
시키는 원동력이었다. 하지만 당장 오늘 부재하는 나의 행복지수가
나를 각박하게 만들기도 하고, 우울하게도 하고, 아이에게 영향을 주
기도 한다. 내가 오늘을 희생하며, 행복하기 위해 기다리는 그 미래

여름캠프에서 돌아오는 아이들을 기다리는 브루클린의 엄마들.

는 영원히 오지 않을 수도 있다. 목표에 이르기 위한 현실의 과정 자체가 목적이 된다면, 그 현실의 행복지수조차도 목적이 된다면 어떨까? 조금 천천히 가더라도 목적이 아닌 내가 주체인 삶, 존재하지 않는 미래가 아닌 지금 이 순간이 의미가 있는 삶이 되지 않을까. 목표를 위한 무서운 집념, 수많은 '오늘'의 희생으로 짧은 시간에 이룩한 경제신화, 과학, 문화, 기술 등 혁신적인 발전들이 가능했다. 무시무시한 교육열이 있었기에 천재적인 아이들을 키웠다. 하지만 이제는 행복지수를 위해 나 자신을, 아이들을 둘러볼 때인 것 같다.

미국 교육엔 포지티브 프래이밍**positive framing**이라는 말이 있다. 부정적으로 잘못을 지적하기보다 긍정적으로 아이의 행동에 대해 이야기해주고 거기에서부터 발전을 유도하는 것이다. 숙제 안 하는 아이에게 "빨리하지 못해!"라고 다그치는 것보다, 좀 더 긍정적이고 효과적으로 아이의 행동을 유도해내는 것인데, 그 핵심은 '이해'와 '대화'다. 말로는 쉽다. 하지만 실천하려면 나의 조급한 성격과 뇌 구조 자체를 근본적으로 뜯어고쳐야 하니 뼈를 깎는 듯이 어렵고 아프다. 그로 인해 감정의 기복이 오히려 심하게 요동치기도 한다. 좌충우돌 어설프게 아이를 키우면서 미국의 교육에 대해, 미국 어린이에 대해, 그렇게 자라난 미국인에 대해 더 깊이 이해하게 된다. 그렇게 또 한 발 성큼 미국 안으로 들어간다.

달콤한 유혹

"I have sweet teeth."

미국인들이 "나 단것 좋아해요" 할 때 쓰는 말이다.

어려서부터 마른 편이었지만 부드러운 케이크와 쿠키는 그 누구보다도 좋아했다. 모처럼 근사한 레스토랑에서 주문한 음식을 다 먹고 터질 듯이 배가 불러도 디저트는 꼭 챙겨 먹는다. 나의 식습관이 나쁘다고 생각한 적은 없지만 뉴욕의 디저트 문화는 나를 점점 더 '당'의 구렁텅으로 빠져들게 한다. 그래도 행복한 구렁텅이다. 적어도 그 순간만큼은.

임신하여 한창 식욕이 왕성할 때 친구 하나가 맨해튼 어퍼이스트의 '투리틀래드핸two little red hen' 베이커리에서 산 컵케이크 네 개를 예쁜 상자에 담아 왔다. 중동 지역의 샌드위치 격인 '팔라펠'로 점심을 해결한 후 그중 한 개를 절반씩 나누어 먹었다. 그 친구가 돌아간 늦은 오후 바나나맛을 꿀꺽 해치웠다. 남편과 함께 저녁을 먹고 민트맛을 혼자 다 먹었다. 그리고 다음 날 아침 마지막 남은 초콜릿맛을 먹어버리며 어찌나 서운했는지 모른다.

어느 추운 겨울 교회를 갔다 집에 오는 길에 남편이 "컵케이크 사줄까?" 하길래 "그럴까?" 하고 매그놀리아 베이커리로 향했다. 매그놀리아는 뉴욕에서 가장 유명한 컵케이크 가게 중 하나다. 웨스트 빌리지에 자리 잡은 1호점은 미국 컨트리스타일로 아담하게 꾸며졌다.

넉넉하게 생긴 아줌마가 진열대 뒤에서 파스텔색의 버터크림 프로스팅을 빵 위에 솜씨 좋게 얹는 걸 항상 볼 수 있다. 미국인 고객들은 빈티지스타일의 이 가게에서 올드패션 컵케이크를 먹으면서 어린 시절의 향수를 떠올린다고 한다. 이 가게는 컵케이크의 크기도 조그맣고 가지 수도 다양하지 않다. 내가 제일 좋아하는 것은 '레드벨벳'이라고 불리는 빨간색 빵에 하얀 크림을 얹은 것이다. 바닐라 향을 좋아하진 않지만 이 집의 바닐라 프로스팅은 참 맛있다. 주말이었던 그날 6개월 된 아가와 남편을 차에 놓고 가게 밖으로 길게 늘어선 줄에 서서 두 뺨이 얼어붙는지도 모르고 마냥 기다렸던 기억이 난다.

컵케이크가 특별해진 건 딸아이의 영향이 크다. 하늘인 달걀 알레르기가 있어서 한동안 쿠키나 케이크류를 주지 않았었다. 비건쿠키를 가끔 사주기도 했지만 아이의 건강한 식습관을 위해 쿠키 대신 크래커를 케이크 대신 통밀빵을 주곤 했다. 하지만 유치원을 다니기 시작하면서 이 아이의 관점이 바뀌었다. 유치원이 시작되고 첫 생일을 맞은 '아나'의 엄마 타티아나는 아이들 수대로 컵케이크를 가져왔다. 헬륨가스를 넣은 무지개색 풍선들과 함께. 아기자기한 장난감이 들어 있는 구디백**goodie bag**이라고 불리는 선물가방도 잊지 않았다. 어린아이들의 생일에 학교나 유치원으로 컵케이크를 보내는 것은 미국에서는 관행이다. 그 달콤한 관행 덕에 아이들은 한 달에 한두 번씩 컵케이크 파티를 하게 되는 것이다. 어린 하늘이에게 이날은 인생 최고의 날이었을 것이다. 그리고 이 아이에게 '생일=컵케이크+풍선'이라는 재미있는 등식이 성립되었다. 두 살 갓 넘었을 때부터의 이야기다. 하늘이는 커다랗고 화려하게 장식된 삼단케이크보다 조그

많고 앙증맞은 컵케이크를 좋아한다. 고사리 같은 손에는 아직도 큰 컵케이크에 코까지 파묻고 열심히 먹는 그 모습을 보면 웃음이 터져 나오고 나도 덩달아 행복해졌던 기억이 난다.

상황이 이러니 컵케이크 관련된 것들은 하늘이의 애장품이다. 함께 책을 읽다가도 개미만 하게 그려진 뒷배경의 컵케이크 그림을 귀신같이 찾아낸다. "컵케이크! 컵케이크! 찾았다!"라고 감탄하고 나면 다음 페이지로 넘어가는 것은 포기하는 편이 낫다. 계속 그 그림만 보고 싶어 하기 때문이다. 컵케이크 베이커리가 주제인 아이들용 스티커북을 사주었더니 온종일 말도 잘 듣고 밥도 잘 먹는다. 10달러에 구입한 나의 여름용 티셔츠엔 커다랗고 예쁜 컵케이크 그림이 여덟 개나 있는데, 물론 하늘이가 제일 좋아하는 엄마의 옷이다. "하늘아, 엄마 옷 봐라~ 짜란!" 하고 처음 보여주었을 때 마루에서 놀던 아이는 방으로 총총 뛰어왔다. "예쁘다! 예쁘다!" "뽀뽀할래, 허그할래, 아 이러브유 컵케이크!" 그 아이는 좋다는 표현을 그리한다. 결국 그날 새로 산 나의 셔츠는 종일 하늘이의 장난감이 되어버렸다.

베니어로에만 있는 것

하늘이와 둘이 자주 가는 또 다른 디저트 집은 베니어로Veniero's라는 이스트 빌리지의 120년 된 페이스트리 카페다. 1894년에 안토니오 베니어로Antonio Veniero라는 이탈리아인이 문을 열었는데 원래는 당구 클럽과 카페였고 사탕류와 베이커리 상품을 조금씩 판매했다. 베니어로의 케이크가 1925년 로마와 1933년 이탈리아 1939년

오랜 전통을 자랑하는 가게 베니어로 전경

베니어로 가게 안의 로버트와 오래된 역사를 보여주는 모습들.

뉴욕국제 박람회 등에서 1등상을 받으며 점점 페이스트리 전문 가게로 바뀌어가게 되었는데, 안토니오 베니어로 이후로 그의 아들 피터와 마이크가 경영을 하고, 사촌인 프랭크가 매니저로 일하는 패밀리 비즈니스였다. 그 이후 안토니오의 조카 프랭크 제릴리가 구입해서 30년을 운영하다가 지금은 그의 아들인 로버트가 운영하고 있다. 이제 로버트의 아들 프랭키가 아버지의 사업에 관심을 갖고 배달 일부터 하나씩 배워가고 있으니 조만간 5대 사장을 보게 될지도 모르겠다. 햇수로 120년이고 4대가 만들어온 가게다. 사장인 로버트와 대화를 하다 알게 된 사실인데, KBS에서 매주 일요일 방영되었던 〈백년의 가게〉라는 프로그램에서도 베니어로를 취재해 갔다고 한다. 좋은 건 누구나 다 알아보는 법인가 보다.

로버트와 마주 앉아 대화를 하는데 그에겐 케이크에 얽힌 어린 시절의 추억이 유난히 많은 게 느껴진다. 뉴저지에 살았던 그는 주말이면 버스와 지하철을 갈아타고 엄마와 함께 아버지의 페이스트리 숍에 왔다고 한다. 늘 버스와 기차의 맨 앞자리, 맨 앞 칸에 앉아서 눈앞에 펼쳐지는, 다리를 건너면서 바뀌는 풍경과 뉴욕 땅밑 세계를 탐험하는 듯한 주말 나들이는 어린 그에게는 모험 가득한 여행이었다고 한다. 베이커리에 오면 케이크 조각을 먹기도 하고 커피 원두를 오물오물 씹기도 하던 일곱 살 무렵의 경험이 아직도 생생하다고 하는데 그의 눈이 반짝인다.

그의 생일 케이크 일화도 재미있다. 이탈리아의 전통 생일 케이크에는 럼이나 버번 같은 술을 넣어 만들었다고 한다. 그래서 그의 집에서 먹었던 모든 생일 케이크를 (자신의 생일 케이크를 포함해서) 즐기지 못했다. 케이크 안에서 느껴지는 쏩쓰름한 술맛이 싫었던 것이다. 그런데 어느 날 친구의 생일파티에 가서 먹어본 케이크는 너무나도 달고 맛있어서 그제야 '우리 집' 생일 케이크의 진실을 알게 되었다고 한다.

"웃기지 않아요? 우리 집이 케이크 집인데…… 난 어렸을 때 케이크는 맛이 없는 거라고 생각했어요!"

베니어로에는 40여 가지의 케이크가 있고 170여 종류의 쿠키와 작은 페이스트리가 늘 준비되어 있다. 홀리데이 시즌이 되면 그 가짓수는 더 늘어난다. 그것을 매일매일 어떻게 다 만드는지 신기할 뿐이다. 14명의 베이커와 15명의 보조들이 2명의 주방장 아래 일사분란하게 맡은 일을 하는 지하의 주방은 달콤한 냄새와 각종 재료에서 풍기는 향내가 사람을 정말 혼미하게 만든다. 기본 재료인 밀가루와 설탕, 버터, 계란 외에도 각종 견과류, 케이크에 얹을 과일들, 말린 과일 등등 어떤 것은 이탈리아에서 직접 가져올 정도로 재료의 질과 신선함을 최고로 유지한다. 베니어로의 맛과 장수의 비결은 가문의 숨겨진 레시피가 아니라 최고의 재료와 정직함이라고 그는 굳게 믿고 있다. 또 연중무휴의 서비스로 손님에게 편의를 제공한다. 그것이 비록 반나절일지라도 아침에는 어김없이 꼭 문을 연다. 주말도 공휴일도 없다는 것은 경영하는 그의 입장에서는 신체적으로나 심리적으로 고된 일이고 막중한 책임감을 요하는 일이다. 하지만 손님의 수요와 편의를 우선으로 놓는 베니어로의 철학이 담겨 있다.

그런 베니어로에게도 불가피하게 문을 닫아야 했던 사건들이 있었다. 9·11 테러 사건 때와 뉴욕시 대규모 정전사고, 그리고 허리케인 샌디 때다. 9·11 때는 14가 아래로는 통행이 제한되었고, 어떤 지역은 거주증명을 하지 않으면 출입이 통제될 정도였으니 문을 연다한들 장사가 될 턱이 없었다. 그로 인해 매출이 40퍼센트가 줄었지만, 그는 쉬지 않고 케이크와 쿠키를 굽고 인근 소방서에도 한동안 케이크와 쿠키를 기증했다고 한다.

"그들이 우리 케이크를 먹고 기분이 좋아졌으면 좋겠다는 생각을 했어요. 모두가 놀라고 어려운 때였으니까요."

그때 받은 감사패도 아직 가지고 있다. 2003년 여름 뉴욕을 비롯한 미 동북부 지역에 걸친 블랙아웃**black out** 때도 타격이 컸다. 무더운 여름 냉장고에 가득한 수백 개의 케이크를 처분하기 위해 그는 30~40달러 하는 케이크를 5달러에 팔거나 그냥 나누어주었다.

지금의 이스트빌리지는 대학가의 젊은이와 일본 식당, 오래된 맥줏집, 음식점 등으로 안전하고 활기가 넘치는 동네이지만 옛날에는 우범지대였다고 한다. 실제로 맨해튼이 구석구석 나름의 매력으로 관광객들의 걸음을 확보하고 안전해진 것은 최근 20~30년 사이다. 당시의 이스트빌리지는 이탈리아인이 경영하던 정육점, 베이커리, 음식점, 상가들이 들어서 있었고 이탈리안 마피아들도 들락거리는 곳이었다. 수완이 좋았던 그의 아버지 프랭크는 1960년대의 파동이나 설탕난을 잘 넘기셨다고 한다. 1970년대에 들어서면서 인근 동네 그리니치빌리지**Greenwich Village**, 베니어로가 있는 이스트 빌리지의 서쪽 동네의 독특한 문화가 영글면서 발두치**Balducci** 같은 고급 슈퍼마켓이 생겼다. 그리니치빌리지의 멋들어진 사람들은 입에서 입으로 전해진 맛있는 명성을 찾아 이스트빌리지의 베니어로로 넘어오기 시작한 것이 현대 흥행의 시작이었다고 말한다. 1980년대에 들어서면서 명성이 전국으로 퍼지고 인터넷의 발달과 미디어의 역할로 이제는 매일매일이 바쁘다.

1994년은 베니에로가 100년이 되는 해였다. 대대적인 축하파티를 했다. 그 이듬해 그의 아버지 프랭크는 세상을 떠났지만 베니에로의 100년을 지켜보아서 행복해했다고 로버트는 전한다. 그리고 이제 몇 년 후면 125주년이라 그는 그 행사를 벌써부터 준비하고 있다.

"우리한테는 너무나도 중요한 날이에요. 아주 크게 파티를 할 거예요. 길을 막고 블록파티도 하려면 지금부터 미리 계획하고 신청해야 해요. 하루 비즈니스를 못할 수도 있지만, 그런 건 중요하지 않아요. 125년이잖아요!"

그의 목소리에는 벌써부터 흥분과 감동이 가득하다. 이곳을 처음 가게 된 것은 한참 전인데 정확히 언제 누구랑 가게 되었는지 기억조차 나지 않는다. 아주 오래전이었고 근처에서 식사를 하게 되거나 단것이 당기면 자연스럽게 가게 되는 곳이었지만 나의 생활권 밖에 위치한지라 좋아하는 만큼 자주 가지는 못했다. 하지만 최근 들어 방앗간 가는 참새처럼 드나들 수 있게 된 것은 하늘이가 그 근처 써드스트리트뮤직스쿨Third Street Music School Settlement, 베니에로가 생긴 1894년에 생긴 음악 학교로 로버트의 장성한 딸도 여기서 악기를 배웠다고 한다에서 바이올린 레슨을 받으면서다. 뭐든지 덥석 취하지 않고 항상 시작하는 게 신중한 아이를 살살 구슬리기 위해 '바이올린=베니에로 케이크'라는 공식을 심어주고자 하늘이를 여기에 데리고 갔다. 진열장에 가득한 알록달록한 디저트는 아이를 불가항력으로 만들어버릴 수밖에 없는 마력이 있다. 150가지가 넘는 디저트를 바라보는 재미도 두말할 것 없지만, 달달한 케이크 너머로 오가는 달콤한 시선과 우리의 유치한 대화, 함께하는 독서 시간은 일주일의 일과 중 가장 기다려지는 시간이고 그 순간만큼은 세상에서 가장 행복한 엄마가 된다. 우리가 여기서 가장 좋아하는 것은 레인보우 쿠키다. 이름은 쿠키지만 내용물은 케이크고 단지 쿠키처럼 작게 만들어서 무게로 달아 판매한다. 이름이 레인보우이지만 빨주노초파남보가 다 있지는 않다. 빨강, 흰색, 녹색으로 색을 입힌 아몬드 베이스의 스폰지케이크를 라즈베리나 살구잼을 사이에 발라 세 단으로 쌓은 후 초콜릿 코팅을 한 것인데, 길죽하게 만든 것을 세로로 자르면 이탈리아 국기 모양이 나온다. 1900년대 미국의 이탈리아인들이 자신의 나라를 경의하기 위해 널리 만들기 시작했다고 전해지는데 그 원조 모델이 되는 이탈리아 지역의 케이크 이름으로는 나폴레옹 쿠키, 세븐 레이어 쿠키 등이 있다.

　뉴욕의 다른 오래된 가게들처럼 이곳은 손님으로 붐빈다. 바쁜 시간대를 피하면 번잡하지 않게 원하는 것을 구입할 수 있지만, 퇴근 시간이나 주말, 혹은 특별한 '날'에 이곳에서 뭔가를 사고자 한다면 번호표를 뽑고 번호가 호명될 때까지 한없이 기다려야 한다. 로버트가 꼽는 제일 바쁜 날은 크리스마스와 추수감사절, 부활절이다. 베이커리에서 번호표를 뽑아야 하는 데는 뉴욕에서 여기뿐일 것이다. 기다리는 지루함을 달래는 것은 진열장을 보며 달달한 상상을 하는 즐거움이다. 그리고 가격도 상대적으로 저렴하다. 인테리어나 케이크 디자인이 훨씬 더 세련되고 고급스러운 베이커리가 수없이 들어서지만 이곳을 계속 찾게 되는 것은 뉴욕의 작은 역사를 함께 먹을 수 있기 때문이다. 단호박 치즈케이크나 오레오 치즈케이크 등 새로운 상품을 끊임없이 개발하지만 올드 이탈리안 전통을 고수하는 핵심 디저트는 옛맛 그대로다. 그리고 신기하게도 그것들이 내가 가장 좋아하는 것들이다.

베니어로를 다니면서 처음 맛본 것은 이탈리안 치즈케이크다. 미국에 오기 전 서울에서 주로 먹었던 것은 일본식의 아주 부드러운 치즈케이크거나 혹은 미국식의 진한 치즈케이크인데 두 가지 모두 크림치즈 베이스다. 이탈리안 치즈케이크는 리코타 치즈 베이스로 만들어 입에서 녹는 질감이 다르다. 그 질감은 결국은 리코타 치즈에서 온 것인데 마냥 부드럽다기보다는 입에서 성기게 까실하다는 느낌, 푸석하다는 느낌일 수도 있지만 그러면서도 부드럽게 살살 녹는 것은 일품이다.

카놀리cannoli를 빼놓을 수도 없다. 카놀리는 이탈리아 대표 디저트 가운데 하나다. 이탈리아어로 '작은 튜브little tube'라는 뜻인데 말 그대로 페이스트리 반죽을 튜브 모양으로 튀겨서 그 안에 리코타 치즈가 들어간 크림을 가득 넣어 만든다. 시실리가 그 원조라고 하는데 미국의 이탈리아 커뮤니티 안에서도 널리 만들어지고 사랑받는다. 크림 안에 바닐라향이나 오렌지향, 계피로 향기를 더하기도 하고 잘게 부순 피스타치오나 초콜릿 조각, 귤껍질 등을 넣어 씹는 맛을 더하기도 한다.

행복한 빵집 루디스

브루클린의 안쪽 리지우드에 위치한 루디스Rudy's Pastry Shop는 하늘이 친구 집에 놀러 갔다가 발견한 보석 같은 동네 명소다. 리지우드는 지하철 L라인을 타고 윌리엄스버그를 지나고 부쉬위크를 지나면 나오는 조그만 동네다. 독일계를 중심으로 유럽의 이민자들이 이 작은 동네를 일구었다. 지금도 유럽인이 많고 윌리엄스버그의 발전과 더불어 점점 더 다양한 사람들이 사는 동네가 되어가고 있다. 주인인 토니Toni는 열네 살 때 미국으로 이민 온 이탈리아인이다. 하지만 아이러니하게도 루디스는 독일 빵집이다. 그녀의 이탈리안 삼촌은 독일식 페이스트리에 너무나 심취하여 결국은 50년 된 독일 페이스트리 가게 루디스를 1980년 인수했다. 그는 가게와 함께 오래된 독일의 전통 레시피를 함께 인수하며 원형을 그대로 지켰다고 한다. 어린 시절의 토니는 삼촌의 페이스트리 가게에서 아르바이트도 하고 빵과 과자를 굽는 것도 배우며 베이커로서의 꿈을 키워가다 12년 전 삼촌이 세상을 떠나며 이 가게의 새 주인이 되었다.

가게 문을 여는 시간은 아침 6시. 그리고 저녁 8시 가게 문을 닫을 때까지 자리를 떠나지 않는다. 30년이 넘게 한결같이 그 자리를 지키고 있다. 그녀를 만나러 간 날 때마침 LA에서 온 손님들이 가게에 들이닥쳤다. 할아버지, 엄마, 아빠, 손주들 3대가 함께 온 것이다. 할아버지의 단골가게가 엄마, 아빠의 단골집이 되고 이제 손주들도 즐기는 가게가 되었다. 그 할아버지는 50년째 이 가게에 온다고 한다. 뉴욕에 올 때마다 꼭 들르는 곳이다. 그리고 주인인 토니와는 각별한 친구가 되었다. 그렇게 매일매일 가게를 지키며 손님을 만나고 관계를 맺고 그녀의 페이스트리로 서로 연결되는 것이 그녀의 생활이고 행복이다. 내가 일주일 전에 무엇을 사갔는지 정확히 기억하고 있던 그녀는 내가 안 먹어본 것을 추천해준다. 하늘이 친구, 엄마들 여럿이 함께 가서 정신없이 사고 나왔는데 어찌 그것을 기억하고 있었을까!

그녀에게는 특별한 페이스트리 셰프 크리스틴이 곁에 있다. 그녀는 고등학교 때 루디스에서 품일을 하던 아르바이트생이었다. 특별히 공부에 관심이 없었던 그녀는 페이스트리 셰프가 되기로 결심했다. 루디스에서 일하며 그 일이 너무 좋아진 것이다. 소호에 위치한 프렌치 컬리너리 스쿨에서 페이스트리 공부를 하고 뉴욕의 여러 레스토랑에서 디저트를 담당했던 그녀는 가장 최근에는 모마의 음식부에서 셰프로 일할 정도로 '잘나가던' 사람이다. 모마는 미술 작품뿐만 아니라 현대적이고 감각적으로 디자인된 인테리어, 고급스러운 맛을 캐주얼하게 소개한 카페가 인기가 많다. 일반 카페보다 조금 비싸긴 하지만 레스토랑보다는 저렴하면서 고급 레스토랑 품질의 음식과 분위기를 즐길 수 있기 때문이다. 모마 전시장의 세련되고 모던한 미술품들에 현혹된 눈이, 그 감흥을 그대로 유지하면서 지친 발을 쉬고 가볍게 허기를 채울 수 있는 곳이기도 하다. 그녀는 이곳의 페이스트리 셰프였던 것이다. 하지만 그녀는 화려한 모마의 직장을 버리고 브루클린 한 구석에 있는 루디스로 되돌아왔다. 토니가 베이커리 숍에 카페를 더하며 불안과 흥분에 들떠 있을 때 토니를 방문한 크리스틴은 토니의 새 공간에 특별한 애착을 느꼈다. 그리고 마치 '집으로 돌아온 듯' 루디스의 일등 셰프로 일하게 된 것이다. 그리고 자신만의 새로운 디저트를 개발하기 시작했다. 그중 하나가 마시멜

루디스의 명물들. 오트밀 마시멜로 쿠키와 린저쿠키, 카놀리 껍질.

로 오트밀 쿠키다. 어렸을 때 수퍼에서 사먹었던 싸구려 마시멜로 쿠키를 고급스럽게 다시 만들어낸 것이라고 하는데, 건강에 좋은 오트밀로 만든 쿠키에는 굵직한 오트밀 입자의 씹히는 듯한 촉감이 부드럽고 달콤한 마시멜로와 대조를 이루면서도 조화롭다. 이 마시멜로 오트밀 쿠키는 모마에도 납품이 될 정도로 인기가 많다. 모마의 야외 전시장에 자리 잡은 작은 카페에서 팔기 시작하여 점점 인기몰이를 하고 있다고 한다.

"난 이곳 리지우드에서 나고 자랐어요. 우리 동네를 위해 일할 수 있게 되어서 너무 행복하고 좋아요. 엄마 집도 여기서 몇 블록 안 되어요. 슬슬 걸어서 직장에 오니까 그것도 좋구요."

그녀의 말이, 성공이 무엇인지, 행복이 무엇인지 다시 한 번 생각해보게끔 한다.

루디스에서 내가 가장 좋아하는 것은 생각만 해도 군침이 도는 린저쿠키Linzer cookie. (아! 이 순간에도 갑자기 침이 고인다.) 린저쿠키의 기원은 1600년대로 거슬러 올라간다. 린저쿠키는 린저 타르트의 작은 크기 쿠키 버전인데, 린저 타르트는 세계에서 가장 오래된 케이크로 불리기도 한다. 오스트리아, 헝가리, 스위스, 독일 등의 유럽 지역에서 크리스마스 음식이던 것을 1850년대 오스트리아를 여행하던 프란츠Franz Hölzlhuberd가 미국에 처음 소개하였다. 린저쿠키는 버터가 많이 들어간 부드러운 쿠키다. 아몬드 가루와 견과류가 푸짐하게 들어가서 깊고 고소한 맛을 더한다. 두 개의 쿠키 사이에 잼을 넣어 샌드위치 쿠키를 만드는데, 위 면 쿠키 가운데에 뚫린 동그란 구멍으로 잼이 볼록하게 나와 먹음직스럽다. 그 위에 싸리눈처럼 사뿐히 앉은 설탕 가루가 동화적이고 고급스러운 분위기를 만들기도 한다. 루디스에서는 라즈베리잼과 누텔라를 넣은 것을 판매하는데 개인적으로는 루디스에서 직접 만든 라즈베리잼을 넣은 것이 더 맛있다. 단맛이 극히 적고 버터와 아몬드의 고소하고 깊은 맛과 라즈베리잼의 촉촉함이 환상의 조화를 이룬다.

다양하게 변화되는 동네의 성향을 맞추기 위해 조심스럽게 선보이기 시작한 것이 컵케이크와 카놀리 등의 아메리칸과 이탈리안 디저트다. 특히 카놀리가 인상적인데 다른 페이스트리숍과 달리 크림을 미리 넣어놓지 않는다. 튀긴 껍질의 바삭함을 조금이라도 더 지키기 위해서인데 주문하는 즉시 크림을 채워주니까 크림이 너무 많은 것이 싫으면 양을 조절할 수도 있다. 내 눈앞에서 완성되는 카놀리를 바라보고 있으면 눈이 즐겁고 더 애착이 생긴다. 하얗고 몽실몽실한 크림이 쏘옥 나오는 것을 바라보는 아이들에겐 해맑은 웃음을 선사하기도 한다. 그리고 무엇보다도 신선하게 바삭한 껍질과 부드러운 크림의 상반된 조화가 일품이다. 토니에게 특별한 레시피가 있는지 물어보았다. 그녀는 신뢰와 최고의 질이라고 말한다. 사람과의 관계를 우선시하는 그녀의 철학이 브루클린의 리지우드를 지키고 있다.

Seongmin Ahn

달콤한 컵케이크와 캔디, 아이스크림을 그린 〈디저트〉 연작.

미스터 초콜릿

　내가 자크 토레스의 핫초콜릿을 처음 맛본 것은 뉴욕으로 이사 온 후 첫 밸런타인데이 무렵이었다. 우리 시댁은 버지니아인데 뉴욕에서 차로 5시간 정도 거리에 있다. 막내아들이지만 집안의 중요한 일을 도맡아 하는 남편 덕에 우리는 적어도 한 달에 한 번은 버지니아에 갔었다. 당시 척추질환으로 고생하던 나에겐 쉬운 일은 아니었지만 우리에 대한 남다른 사랑을 아낌없이 주셨던 시부모님을 뵈면 힘겨운 여행길에 큰 힘이 되었다. 그날도 금요일 휴가를 내고 일찌감치 집을 나섰는데, 남편이 잠깐 들를 때가 있다며 브루클린 쪽으로 가는 것이었다. 5시간을 차에서 있어야 하는 것도 마음이 무거운데 어딜 가는지도 말해주지 않은 채 돌아가는 길을 들어선 남편에게 은근히 짜증이 났었다. 그렇게 날 브루클린의 덤보로 데리고 가더니, 이번엔 주차할 자리가 없다며 나보고 차에서 기다리라는 것이다. "뭘 사야 하는데?"라고 물어보는 나에게 "유명한 초콜릿집이야"라고 대답하곤 조그만 가게 속으로 쏙 사라져버린 남편에게 나는 이미 토라져 있었다. 워낙에 초콜릿을 그다지 좋아하지 않는 데다, 그걸 꼭 오늘 사야 되나 하는 생각에 남편이 원망스럽기까지 했다. 잠시 후 오렌지색 리본을 단 초콜릿색의 조그만 상자와 오렌지색 종이컵을 들고 남편이 돌아왔다. 그 포장을 보는 순간 '어!' 하며 나의 태도는 돌변했다. '예쁘다!'라며 내 얼굴에 환한 미소가 돌자 남편은 보물찾기

게임에서 우승한 소년처럼 좋아했다. 그 첫 모금의 진한 핫초콜릿 맛은 충격적으로 새로웠고 그렇게 난 자크 토레스의 초콜릿에 '중독'되었다. 그날은 버지니아로 가는 5시간이 참 행복했다.

서울에 있는 내 조카 수민이는 다른 아이들과 달리 단 음식에 금방 싫증을 낸다. 아마도 할머니와 어린 시절을 많이 보낸 덕에 어른 입맛에 맞는 한국식 요리를 주로 접했고 언니도 단 음식을 그다지 즐기지 않는 때문인 듯하다. 또한 수민이는 이모에게 무엇이 갖고 싶다고 혹은 먹고 싶다고 말하는 법이 거의 없다. 항상 "엄마가 해줬어" 혹은 "없어도 돼요"다. "이런 거 갖고 싶어? 이모가 미국에서 보내줄까?"라고 구체적으로 물어봐도 "뭐 별로……"라고 시큰둥하게 대답한다. 하지만 이런 아이에게 변화가 온 것은 자크 토레스의 초콜릿과 핫초콜릿을 맛보고 나서다. 수민이와 언니 그리고 엄마가 수민이의 여름캠프를 겸해 뉴욕으로 와서 한 달간 나와 함께 머무를 때 우리는 하루도 빠짐없이 뉴욕 구석구석을 둘러보았다. 물론 난 수민이네를 브루클린, 덤보에 있는 자크 토레스의 작고 예쁜 가게로 데리고 갔다. 그날 수민이는 어른에게도 적지 않은 양의 핫초콜릿을 홀짝홀짝 어느 틈엔가 다 마셔버리고는 그날 밤 늦도록 잠을 설쳤다.

자크 토레스의 시범 수업을 간 건 내 친구이자 착한 동생인 성경이 덕분이었다. 순수미술을 전공하고 파슨스 미술대학에서 오랫동안 일했던 성경인 요리사가 되는 것이 오랜 꿈이었다. 서른 살이 되는 해에 그녀는 남들이 다들 부러워하는 뉴욕의 안정된 직장을 그만두고 소호의 한 요리학교를 가기로 선택했다. 그녀가 다녔던 학교인 '프렌치 컬리너리 인스티튜트'에서 자크 토레스는 페이스트리 분

덤보에 위치한 오랜 역사를 자랑하는 자크 토레스의 초콜릿 가게.

야의 디렉터다. 컬리너리와 페이스트리 2개의 과에 50여 명의 요리 선생님이 있고 300명의 학생들은 이 선생님들과 건물 곳곳에서 매일 요리를 한다. 일반 선생님들은 학생들과 정기적으로 수업을 하지만 각 분야의 디렉터들은 한 달여에 한 번씩 시범 수업을 한다. 원래는 학생들 대상이지만 외부인도 참석할 수 있다. 여기선 그들을 선생님이라고 부르는 대신 '셰프chef'라고 부른다. "헬로 에브리바디!"라고 수업을 시작하면 학생들은 "헬로 셰프"라고 답례 인사를 한다. 내가 성경이를 따라 간 그의 시범수업도 그렇게 시작했다. 둥그런 그릇에 알갱이 초콜릿 원료를 가득 넣고 중탕을 하며 녹이는 그의 손놀림은 능수능란하다. 손쉽게 구할 수 있는 풍선을 이용해 멋진 초콜릿 조소작품을 만들어내는 그의 센스는 단순히 초콜릿 장인으로서뿐만이 아니라 학생을 배려하여 간단하고 저렴하게 케이터링할 수 있는 방법을 가르쳐주는 좋은 선생님으로서도 존경스럽다. 'Le Cirque 2000'이라는 뉴욕의 고급 레스토랑에서 11년 동안 페이스트리 주방장으로 일하고, 유명 인사들의 파티를 케이터링해주며 어느덧 자신도 그렇게 유명 인사가 되어버린 그가 사업가로서 직접 초콜릿 가게를 열게 된 계기와 과정을 털어놓았다.

자크 토레스는 남부 프랑스의 밴돌이라는 한 작은 마을에서 태어났다. 열다섯의 나이에 요리사가 되기로 결심하고 방학을 이용해 집 근처 작은 빵집에서 빵 굽는 걸 배우기 시작해서 전설적인 페이스트리 아티스트인 자크 맥심의 수제자가 된 것은 1980년이다. 이후로 그는 프랑스 니스의 세계적 호텔인 네그레스코 호텔의 자크 맥심과 전 세계를 돌아다니며 페이스트리 아티스트로서의 기반을 다졌다. 그리

고 그가 뉴욕으로 건너온 건 1990년이다. "나의 전공은 초콜릿이 아니라 페이스트리예요"라고 처음부터 단호하게 말하는 그의 말엔 그러한 그의 경력을 소중히 여기는 마음이 담겨 있다. 지금의 초콜릿 유명세에 자신을 키워준 값진 경험이 퇴색되는 게 싫은가 보다. 그가 사업가로서 빵이 아니라 초콜릿을 선택한 건, 평소 초콜릿에 대한 열정이 컸기 때문도 있지만 또한 적은 부피와 장시간 지속 보관할 수 있는 장점 때문이기도 하다. 유난히 비싼 뉴욕의 렌트비 때문에 부피가 크고 금방 상하는 빵과 케이크가 부담스러웠다고 한다. 그런 그가 처음 가게를 연 곳은 1998년의 덤보였다. 지금의 덤보는 2000년대

덤보에 있는 가게 내부 모습.

초부터 불어닥친 부동산 붐을 타고 새로 들어선 고층 아파트와 깔끔한 상점들이 즐비한 백인 동네로 변했지만 1990년대의 덤보는 다리 밑의 우중충한 공장지대와 가난한 아티스트로 묘한 분위기를 지닌 동네였다. 이런 곳에 첫 가게를 낸 이유를 그는 렌트비 때문이라고 말했다. 그의 가게 겸 공장은 150평 공간이 5,000달러이며 10년 계약에 1년이 공짜인 그야말로 파격적인 가격이었다. 당시 같은 크기의 맨해튼 가격은 적어도 2만 달러는 했을 것이다. 건물 주인이 그에게 그렇게 좋은 계약 조건을 준 것은 동네의 명소가 되어 외부 사람들을 불러들일 수 있는, 그래서 장기적으로 안전하고 살기 좋은 동네를 만드는 데 기여할 수 있는 자크 토레스의 가게가 필요했던 듯하고 그것은 참으로 옳은 판단이었다. 크리스마스나 밸런타인데이, 부활절 등 초콜릿 수요가 급증하는 때 이 가게에서 초콜릿을 사고자 한다면 인내심을 한가득 싸와야 했다. 뉴욕 근처에서 입소문을 듣고 온 사람들로 줄이 상점 안을 지그재그로 돌고 문밖으로 나와 동네의 한 블록을 둘러싸기 때문이다. 나도 한번 이 대열에 합류한 적이 있다. 2003년 잭슨 폴록 재단으로부터 당시 나로서는 거금인 1만 5,000달러가량의 상금을 받았을때 서류과정에서 도움을 준 메릴랜드 미술대학원의 선생님들에게 어떤 감사의 선물을 할까 고민하다가, 미국 생활을 오래한 남편의 권유로 자크 토레스의 초콜릿으로 결정했다. 때마침 그때는 크리스마스 즈음이었는데 명성을 이미 알고 있던 터라 우린 이른 아침 집을 나섰다. 하지만 우리가 가게에 도착했을 때 이미 상점을 가득 메운 줄은 문밖으로 나와 있었다. 다행히도 핫초콜릿을 사는 줄은 따로 있어서 우린 핫초콜릿을 어렵지 않게 살 수 있었다. 핫초콜릿을 홀짝홀짝 마시며 추운 강바람을 맞으며 기다린 것이 한 시간, 드디어 상점 안으로 들어간 우리는 그 조그만 가게에 그렇게 많은 사람들이 있을 수 있다는 사실에 경악을 금치 못했다. 우리는 가게 안에서 또 한 시간을 줄 서서 기다려야 했다. 그러는 와중에 널찍한 바구니에 무언가를 가득 담은 중년의 남자가 사람들을 비집고 다니면서, "기다리게 해서 죄송합니다. 이것 좀 드시면서 기다리세요"라고 소리쳤다. 그가 바로 자크 토레스였다. 그 바구니 안엔 상점에서 팔지 않는, 그가 특별히 만든 각종 초콜릿 쿠키들이 가득 들어 있었다. 자신의 초콜릿을 사기 위해 긴긴 시간을 기다리는 손님을 위해 그는 이렇게 특별식을 만들어 직접 내온 것이다. 함박웃음으로 손님을 대하는 그의 모습을 보면서 난 그가 참 행복한 사람이라는 생각을 했다. 그의 성공은 돈과 유명세에 있는 것이 아니라 자신의 음식을 그토록 사랑하는 사람들에 근거한 것이고 그는 그것을 잘 알고 있는 사람이다.

이 덤보의 첫 가게를 연 과정도 참 재미있다. 미국은 인건비가 비싸기 때문에 웬만한 집수리는 자신이 직접 한다. 그리고 그에 필요한 모든 재료는 '홈디포'라는 건축자재 백화점에서 구입할 수 있다. 우리도 윌리엄스버그의 100년 된 허름한 집을 샀을 때 이곳을 매일매일 출근하듯 들러 건축자재를 보고 가격을 비교하며 연일 계산기를 두드린 적이 있다. 그가 장소를 계약하고 세 명의 다른 건축업자를 불러 견적을 받았을 때 그는 기절초풍했다 한다. 그가 받은 견적서는 적어도 6억 원인데 그의 예산은 겨우 1억 2,000만 원이었다. 그의 예산을 들은 건축업자들은 뒤도 안 돌아보고 가버렸다. 텅 빈 공간에 혼자 덩그러니 남은 그는 어찌할 줄 몰라 멍하니 찬 돌바닥에 앉아 있다가 요리사 친구 폴에게 전화를 했다. 상황을 전해 들은 폴은 "우리가 직접 하지 뭐"라며 적극적으로 도와주겠다고 나섰다. 때마침 그 땐 여름이라 그가 일하는 레스토랑은 7, 8월 동안 문을 닫는다는 것이다. 7, 8월의 뉴욕은 휴가철이라 뉴욕의 갑부들은 뉴욕의 동쪽, 롱아일랜드에 '햄튼'이라는 작은 동네의 여름별장으로 긴 휴가를 간다. 그래서 이들을 상대로 하는 아주 비싼 레스토랑은 여름 동안 문을 닫기도 하고, 햄튼으로 장소를 옮기기도 한다. 그리고 그는 또 자신이 아는 웨이터, 잭이 건축 일을 할 줄 안다며 그가 일이 없는 낮 동안 여기서 일할 수 있다고 했다. 이렇게 세 사람이 모여 드디어 일을 시작했다. 그리고 그는 하루에도 몇 번씩 홈디포를 드나들었다. 벽을 세우고 작업대를 만들기 위해 나무를 사고 석고보드를 샀다. 필요한 공구들을 사고 짐을 나르며 직접 공사판에 뛰어든 것이다. 그가 이야기해준 일화 하나가 참 재미있다. 벽을 세우기 위해서는 나무로 뼈대를 잡고 그 위에 석고보드를 붙인다. 이때 스크류드라이버를 사용하는데 나중에 이 못이 드러나지 않게 하기 위해 석고를 이용해 땜질을 하고 매끈하게 갈아주어야 한다. 또한 판으로 된 석고보드가 서로 자연스럽게 연결되게 하기 위해서도 건축용 테이프를 붙이고 그 위에 석고를 발라준 후 역시 사포로 갈아준다. 그런 후에 페인트칠을 하는 것이다. 그가 처음 땜질을 시도했을 때 정말 형편없었다고 한다. 평생 처음 접해보는 모든 공구들도 낯설고 어색했다. 그러다 보니 서투를 수밖에 없었고 자신이 해 놓은 일을 보니 한숨이 절로 나왔다. 그래서 그는 홈디포로 가서 각종 공구를 넣을 수 있게 디자인

된 주머니가 여럿 달린 허리띠를 샀다. 여기다가 그는 건축용 공구 대신 케이크 만들 때 사용하는 나이프며 원뿔 모양의 케이크 장식용 파이핑백, 스크래이퍼 등을 허리에 차고 다시 사다리에 올랐다. 파이 핑백을 이용해 못 자국을 땜질하고 마치 웨딩케이크 표면에 하얀 크 림을 바르듯이 석고를 발랐다. 자신이 수십 년 동안 갈고닦은 페이스 트리아티스트로서의 실력을 유감없이 보여준 것이다. "꼭 밤색 가죽 허리띠여야 해요, 옛날 카우보이처럼요. 그때 난 총 대신 케이크 만 드는 나이프들을 허리에 찬 프렌치 카우보이 같았어요" 하며 호탕하 게 웃는 그가 참 정겨웠다.

미국 아이들의 영양간식 가운데 하나인 치리오를 이용해 초콜릿 상품을 개발한 이야기도 흥미롭다. 맨해튼의 매장을 둘러보던 그는 유난히 칭얼거리는 어린아이를 유모차에 태운 엄마를 만났다. 그 아이는 그 넓은 매장 어디서든지 들릴 정도로 큰 소리로 울며 소리를 질러댔다. 아이를 달래던 엄마는 그녀의 커다란 가방에서 지퍼백에 든 조그맣고 동그란 도넛 모양의 과자를 꺼내 아이에게 주었다. 그러자 마치 마술처럼 울던 아이의 얼굴에 함박웃음이 돌더니 한 움큼 과자를 집어 한입에 쏙 넣어버렸다. 그리고 매장은 아무 일도 없었던 것처럼 다시 평화를 되찾았다. 자세히 들여다보니 그 봉지 안에 든 것은 바로 치리오였다. 치리오는 귀리로 만든 시리얼이다. 다른 시리얼이나 과자보다 당분이 적고 철분이 보강되어 있으며, 콜레스테롤을 낮춰주기 때문에 아이들뿐 아니라 어른들도 많이 이용하는 시리얼 상품 가운데 하나다. 많은 미국의 소아과 의사들이 추천하는 어린이의 간식이기도 하다. 우리 하늘이도 치리오를 정말 좋아한다. 식사를 마치고 디저트로 요거트와 과일을 먹어치운 후 배가 빵빵하게 불렀는데도, 치리오를 주면 30알은 거뜬히 먹는다. 가끔 요거트를 거부할 때 한 스푼 가득 뜬 요거트 위에 치리오를 얹어주면 생긋 웃으며 입을 커다랗게 벌린다. 이렇게 인기 있는 간식이니만큼 그것을 이용해 출판된 책도 있다. 자동차 그림의 바퀴나 곰돌이 인형의 잠옷 단추를 그려 넣는 대신 치리오 사진을 이용한다. 그리고 바퀴나 단추가 미처 그려지지 않은 빈 곳에 자신의 치리오를 직접 채워가며 놀이를 하는 것이다. 이렇듯 치리오는 미국에선 아주 유명한 시리얼이다. 상점의 엄마와 아이를 관찰한 자크 토레스는 가까운 가게로 달려가 몇 박스의 치리오를 샀다. 그리고 그 위에 초콜릿을 입혀 매장의 한구석에 시식용으로 내놓았다. 그러자 아주 놀랍게도 초콜릿을 입힌 치리오는 순식간에 없어져버렸다. 이렇게 탄생된 또 하나의 초콜릿 상품은 그의 가게에서 가장 잘 팔리는 효자상품 가운데 하나다. 그리고 그는 한마디 덧붙였다.

"전 이 치리오가 너무 좋아요. 초콜릿 입힌 마른 과일이나 견과류는 원가가 많이 들어요. 질 좋은 것들은 비싸고 관리도 쉽지 않거든요. 근데 치리오는 싸고 어디서나 살 수 있고, 또 오래되어도 상하지 않아요. 원가는 훨씬 싸지만 한 봉지당 같은 가격에 팔리거든요. 하하!"

그의 가슴속엔 항상 초콜릿에 대한 열정이 있다. 단순히 초콜릿을 이용해 돈을 벌고자 하는 사람이 아니라 그것을 통해 사람들을 행복하게 해주고 싶은 사람이다. 마치 라세 할스트롬 감독의 프랑스 영화 〈라 쇼콜라〉의 비안느처럼 말이다.

난 오늘 오후에 하늘이 아빠가 직장에서 돌아오면 하늘이를 데리고 그의 덤보 가게로 갈 예정이다. 맨해튼의 마천루를 배경으로 브루클린 브리지와 맨해튼 브리지가 조우하며 멋들어진 풍경을 만들어내는 덤보, 하루가 다르게 변화하는 덤보의 풍경 가운데서 오랜 시간이 흘러 다시 되돌아와도 항상 변함없이 자크 토레스의 작고 예쁜 초콜릿 가게가 같은 자리를 지키고 있었음 좋겠다.

모든 날의 커피

내가 커피에 관해 이야기하면 우스꽝스러울 것 같다. 한국의 자판기 커피와 함께 자랐고 주머니 사정이 넉넉지 않은 유학생 시절엔 슈퍼에서 싸구려 인스턴트커피를 사다 마셨다. 그리곤 건강 때문에 한동안 커피를 끊은 경력이 있다. 그 이후론 카페인 음료를 잘 못 마신다. 심장이 두근대고 손끝이 가늘게 떨려서 섬세한 작업을 할 수 없기 때문이다. 녹차와 쑥차, 연꽃차 등 다도를 즐기는 지인으로부터 얻은 차를 즐기며 그 깊은 향을 음미하기도 했다. 그러던 나에게 큰 변화가 온 것은 우리 동네 '김미커피'의 카푸치노 맛을 보면서다.

커피 주세요, 김미커피!

우리 동네에 '맛있는' 커피집이 있다고 여기저기서 수차례 들어왔지만 커피를 즐기지 않는 난 그 얘길 그냥 흘려버렸다. 지하철로 가는 길목의 빵집에서 파는 커피로도 충분했다. 회자되는 커피집을 가려면 지하철 입구를 지나 세 블록이나 남쪽으로 내려가야 한다. 그러던 어느 날 딸아이의 친구인 지안이네 가는 길에 빨간 바탕 위에 상큼한 흰색 글씨로 된 간판이 눈에 확 들어왔다. '어! 저게 그 커피집인가 보다'라는 생각이 들었다. 묘한 호기심이 생겼다. 그리고 10분 일찍 집을 나선 어느 날 나의 사랑스러운 카푸치노와 첫 입맞춤을 하였다.

　커피를 주문하고 종이컵을 받아드는 순간 하얗고 자그마한 '나뭇잎'이 눈에 들어왔다. 카푸치노의 나뭇잎이란 커피와 우유의 색깔, 농도 차이를 이용해 음료의 표면에 나뭇잎이나 하트 모양 등을 표현하는 것을 말한다. 정신없이 바빠 보이는 스타벅스에선 기대조차 할 수 없는 일이다. 여기선 모든 커피에 이 나뭇잎을 새겨준다. '이걸 아까워서 어찌 마시나!' 하며 조심스럽게 입술을 대었다. 아! 이 느낌을 어찌 표현해야 할까. 크림같이 진하고 부드러운 우유 거품 사이사이에 꼭꼭 들어찬 커피향이 입자로 변하여 입안에 오래 머무는 듯한 감촉. 뜨겁지도 차지도 않고 마시기 딱 알맞다.

　카푸치노는 커피원두를 곱게 갈아 아주 진하게 걸러낸 '에스프레소 커피'를 이용해 만든다. 적당한 온도로 걸러낸 에스프레소 커피에 따듯하게 거품 낸 우유를 섞어 만드는데 이때 우유와 우유 거품, 에스프레소의 비율에 따라 카푸치노인지 카페라테인지가 결정된다. 알맞게 데워진 우유와 에스프레소 커피를 넣고 그 위에 우유 거품을 숟가락으로 떠넣는 것이 일반적인 방법이다. 하지만 표면에 무늬를 만들기 위해선 이 거품의 온도와 농도, 그리고 이 거품을 에스프레소 위에 올려놓는 바리스타의 특별한 기술이 필요하다. 적당한 농도의 거품우유가 만들어져야 커피 위에 그림을 그릴 수 있으며 흐트러지지 않고 오래 앉아 있을 수 있다. 온도가 너무 높으면 거품이 성겨져버린다. 거품이 너무 성겨도 되도 모양을 만들 수 없다. '우유 거품을 지배하는 자가 카푸치노를 지배한다'는 말이 생길 정도로 우유 거품은 중요하다.

완성된 카푸치노는 마치 케이크처럼 레이어가 있다. 아래는 에스프레소 농도가 진하고 중간에는 우유와 적당히 섞인 커피, 그리고 위에는 커피가 살짝 섞인 우유 거품이 놓인다. 따라서 커피의 첫 모금은 커피향이 진한 부드러운 우유 거품이고 잔을 비워나갈수록 진한 커피 맛을 느낄 수 있다. 바리스타가 내 앞에 커피를 놓자마자, 우유 거품이 포송포송 살아 있을 때 마시는 첫 모금이 나에게는 최고의 순간이다. 코끝에서 느껴지는 향도 제일 향긋하게 느껴질 때다. 어떤 사람들은 커피를 받자마자 숟가락으로 마구 휘저어 섞어 마시기도 하고, 투고 커피라면 뚜껑을 바로 덮어 작은 구멍으로 마시기도 하는데 나에게는 있을 수 없는 일이다. 아무리 바빠도 첫 모금을 포기하지는 않는다. 그것은 좋은 커피 한 잔을 위해 추가부담하는 3달러와 때로는 긴 줄을 기다려야 하는 내 귀한 시간과 노동을 치르고 얻고자 하는 작은 호사다.

김미커피엔 특별한 인테리어가 없다. 한국의 근사한 카페들에 비하면 여긴 추레하기 그지없다. 하지만 딱 윌리엄스버그 분위기다. 바리스타 앞에는 칵테일 바처럼 커피바가 높은 의자와 함께 설치되어 있고 그 주변으론 동네의 사교적인 젊은이들이 모인다. 커피바는 또한 우유거품이 꺼지지 않고 조금이라도 살아 있을 때의 크리미하고 진한 맛을 즐기고자 하는 새로운 커피 문화를 반영하기도 한다. 조금이라도 신선한 스시를 먹기 위해 스시 주방장 앞에 자리를 잡듯이 '즉석 맞춤 커피의 신선도'를 따지는 것이다.

우리 동네 윌리엄스버그는 커피왕국이라 해도 과언이 아니다. 8년 전 처음 이사올 때부터 있었던 김미커피는 골동품 같은 동네 명물이

지미커피, 블루바틀, 토비스 이스테이트, 스윗트 리프의 풍경들.
커피가 있는 곳엔 언제나 사람과 이야기가 있다.

지만 그 이후에도 계속 생겨나는 수제 커피집은 커피 문외한인 나조차도 아침마다 유혹하는 우리 동네 매력포인트이고, 오늘은 어디 커피를 마실까 행복한 고민을 하게 만든다. 서울에 있는 커피마니아 미영이가 들으면 한숨을 쉬며 부러워하겠지.

나만의 특별한 커피 블루바틀

샌프란시스코에서 온 블루바틀 커피는 5년쯤 전에 생겼다. 높은 천장의 웨어하우스 공간을 미니멀적인 세련됨과 윌리엄스버그적 중후함을 지닌 공간으로 바꾸었다. 1910년에 세워진 이 오래된 건물은 이전에는 유리공방, 금속공방, 배럴 공장 등등 시대에 걸쳐 다양한 용도로 사용되었던 공간인데 이제는 블루바틀에 의해 커피 로스터로 자리를 잡고 있다. 가장 번화가인 베드포드에서 살짝 벗어난 베리 스트리트에 위치해 있지만 이곳을 찾는 사람들은 베드포드의 인파를 넘어선다. 주말에는 명성을 듣고 찾아온 사람들로 특히 인산인해를 이룬다. 줄이 밖에까지 늘어서 있다면 기다리는 시간이 어림잡아 45분에서 한 시간이다. 두어 번, 서울에서 손님이 왔을 때 함께 기다리며 마신 적도 있지만 웬만하면 포기하고 돌아서게 된다. 여기서 내가 특히 좋아하는 것은 드립커피다. 미리 만들어놓은 커피와 달리 커피향이 살아 있으며 부드럽다. 커피 원두와 농도를 선택해 주문할 수 있으니 나만의 특별한 커피라는 작은 소유감도 느낄 수 있다. 게다가 블루바틀의 드립커피 바의 디자인이 일품이다. 모던 키친을 연상시키는 아이언 랙에는 블루바틀 로고가 심플하게 박힌 하얀 세라

믹 깔데기가 일렬로 늘어서 있다. 그리고 진한 밤색의 커피가 물거품을 내며 우아하게 앉아 있는 곳은 자연색의 아름다움을 그대로 드러내는 미표백 필터다. 목이 유난히 긴 드립용 주전자를 든 바리스타의 하얀 손은 템포에 맞추어 춤추듯 능란하게 움직인다. 예술이 뭐 따로 있나! 주문한 커피를 기다리며 물끄러미 바라보게 되는 아름다운 장면이다. 찬 음료를 싫어해서 여름에도 따듯한 커피를 즐기는 내가 유일하게 마시는 아이스커피는 블루바틀의 '뉴올리언즈'다. 블루바틀의 아이스커피는 모두 찬물에 우린 커피라고 한다. 아이스커피를 만드는 방법은 두 가지다. 뜨거운 물에 진하게 우려서 얼음에 부어 마시는 것과 냉장고에서 찬물에 하루이틀 정도 우려서 만드는 방법이다. 뜨거운 물에 우린 커피에 비해 찬물에 우린 커피는 다양한 커피 향이 감소된다. 하지만 산도가 낮아져서 맛이 부드러워지며 오래 보관할 수 있다고 한다. 특히 뉴올리언즈는 커피를 우릴 때 치커리와 설탕수수를 함께 넣어서 16시간 이상을 우린 것으로 쌉쌀하게 쓴맛과 미묘한 단맛이 공존한다. 일반 커피와 달리 나중에 입안에 가득하게 남아 있는 쓴맛이 치커리에서 온 것임을 나중에서야 알았다. 커피와 곁들이는 쿠키와 페이스트리를 직접 굽기도 하는데 내가 제일 좋아하는 것은 로즈마리 쇼트브래드. 직사각형 모양의 부드러운 쿠키인데 생 로즈마리를 넣어 허브향이 좋다. 커피와 함께 곁들이면 하루를 행복하게 시작할 수 있다. 윌리엄스버그 외에도 뉴욕에 여러 지점이 있는데 각기 인테리어 디자인이 다르다. 동네의 역사와 사람 등 환경에 어울릴 수 있도록 디자인을 달리한다고 한다. 뉴욕의 7개 지점을 다 돌아보는 커피여행을 한다면 얼마나 신날까.

이야기가 있는 곳 토비스 이스테이트

토비스 이스테이트는 미국의 커피집답지 않게 앉아서 커피를 마시고 수다 떠는 사람들을 충분히 고려한 커피전문점이다. 뉴욕의 커피는 바쁜 일상의 투고 음료라는 인식이 강해서 일회용 종이컵을 들고 황급히 나가는 손님들이 대부분이다. 느긋하게 앉아서 커피와 대화를 즐기는 서울의 다방 문화 혹은 카페 문화와 다소 다르다. 나 자신도 김미커피나 블루바틀을 수없이 들락거렸지만 앉아서 마신 적은 손가락에 꼽는다. 오래 앉아서 즐길 만큼 자리가 여유 있지도 편하지도 않다. 윌리엄스버그의 웨어하우스 빌딩 중에서도 유난히 천장이 높은 토비스 커피집은 남쪽을 향하는 전면이 모두 창인데 커튼도 블라인드도 없어 해가 그야말로 쏟아지며 들어온다. 선글라스를 멋지게 쓴 윌리엄스버그의 멋쟁이들이 애플 랩톱 컴퓨터를 가지고 나와 커피를 즐기며 일하는 모습이 낯익다. 앵글이 약간 벗어나게 제작된 붙박이 선반들이 불안감을 자아내면서도 시크하다. 커핑룸이 따로 있어서 커피 수업도 한다. 내가 좋아하는 발타자 베이커리의 아몬드 크루아상을 가져다 팔아서 커피와 함께 곁들여 먹으면 아침으로 딱 좋은데, 무언가 멋지게 윌리엄스버그에 젖어들고 싶으면 애플 랩톱을 들고 나가 창가에 자리 잡고 글을 쓰면 딱 좋겠다.

나의 향기로운 아침 커피 스위트리프

스위트리프Sweetleaf에는 커피, 페이스트리, 인테리어, 분위기, 심지어는 무심코 적어놓은 듯한 작은 안내문까지, 어느 것 하나 평범하지 않고 고민한 흔적이 보인다. 사랑하지 않는다면 창조해낼 수 없는 아름다운 조화들이다. 스위트리프는 스튜디오가 있는 롱아일랜드시티점을 주로 가는데 윌리엄스버그에도 지점이 있는 것을 나중에 알게 되었다. 브루클린에서 퀸스로, 플라스키 다리**Pulaski Bridge**를 넘어가자마자 다리 끝에 위치한 작은 커피집이다. 스튜디오는 더 북쪽으로 10분이 넘게 걸리니까 그리 가깝지도 않다. 하지만 스위트리프의 라테를 가끔 즐길 수 있는 것은 걷는 것을 즐기는 뉴요커로서의 내 생활 패턴 덕분이다. 운동할 시간이 턱없이 부족한 엄마 작가는 일상생활에서라도 무언가를 찾아야 한다. 그래서 일주일에 며칠은 집에서 스튜디오까지 걸어간다. 지하철을 타고 가려면 걷고 기다리는 시간을 합해서 30분 정도가 걸리는데 걸어가면 50여 분이 소요된다. 일상에 20분을 더 할애하면 유산소 운동으로 아침을 활기차게 시작할 수 있고 지하철 요금 2달러 50센트가 절약되니 일석이조다. 스튜디오를 가는 길은 오래된 폴란드인 타운인 그린포인트를 가로지르는 번화가, 맨해튼 애비뉴다. 크고 작은 상점과 음식점이 즐비하니 걷는 것이 지루하지 않다. 폴리쉬 베이커리에서는 구수한 빵 굽는 냄새가 나고, 군데군데 위치한 커피숍들도 바쁘다. 상점들은 문을 열고, 물건을 나르고 손님을 맞을 준비로 분주하다. 그렇게 그린포인트의 폴란드 사람들과 함께 시작하는 아침이 항상 상쾌하고, 또 주어진 하루에 감사할 뿐이다. 그리고 플라스키 다리에서 바라보는 맨해튼은 극히 제한된 사람만이 즐길 수 있는 풍경이다. 그린포인트는 맨해튼으로 바로 들어가는 지하철이나 다리가 없어서 교통이 상대적으로 불편하다. 초록색 G라인을 타고 윌리엄스버그로 내려와 L라인으로 갈아타든지 아니면 롱아일랜드시티에서 7번이나 E라인으로 갈아타야 한다. 어정쩡하게 집이 위치해 있다면 목적지에 따라 아예 걸어서 플라스키 다리를 건넌 후 롱아일랜드시티로 넘어와 다리 끝에 있는 7번 라인을 타고 맨해튼으로 들어가기도 한다. 그러니 지하철 근처의 편리한 곳에 산다면 평생 이 다리를 건널 이유도 없고 근사한 풍경을 볼 수도 없을뿐더러 스위트리프의 커피도 마실 수 없다. 스위트리프는 그렇게 매우 특별한 아침 일상에 향기로운 재미를 더해주는 소중한 커피집이다.

커피 맛의 전문가가 아니니 솔직히 커피 맛에 대해 자세히 말하기가 쑥스럽다. 하지만 말로 표현은 못해도 입은 솔직하니 자신 있게 사람들에게 권할 수는 있다. 스위트리프의 묘미는 무심하게 놓인 앤티크 가구에도 있다. 특히 롱아일랜드시티점의 8개의 의자가 달린 커다란 앤티크 테이블은 오래전 뉴욕의 한 봉제공장에서 사용되던 공업용 바느질 테이블이었다고 한다. 한동안 바라보기만 하다가 어느 날 용기 내어 겨우 앉아보았다. 부러지면 어쩌나, 생채기라도 나면 어쩌나, 커피라도 흘리면 어쩌나 조심조심 앉았는데 조금만 움직여도 삐걱삐걱 소리를 내는 것이 100년 된 우리 집과 꼭 같다. 맞은편에 체구가 큰 미국 아저씨가 앉으니까 전체가 기울어버린다. 건물의 코너에 길쭉하고 어설픈 ㄱ자형으로 생긴 비좁은 매장 구석구석 주인의 섬세한 손길이 정성스럽다. 8평의 작은 공간에서 시작한 것을 건물 상황에 맞추어 옆으로 조금씩 늘리다 보니 모양이 네모반듯하지 않고 난해한 구조가 되었다고 하지만 나름의 재미가 있는 공간이다. 최신식 에스프레소 기계와 오래된 앤티크 가구의 조화는 주인의 취향과 심미안을 그대로 보여준다.

스위트리프의 아주 특별한 베이커리도 빼놓을 수 없다. 보통의 커피 집에서는 다른 베이커리의 페이스트리 제품을 아침마다 배달시켜 판매하지만 이곳은 직접 구운 빵을 판매한다. 뉴욕의 다른 어디에서도 찾을 수 없는 스위트리프만의 개성 있는 빵들이다. 초콜릿 크루아상은 바삭하면서도 촉촉하고, 부드러우면서도 입에서 씹히는 식감이 심심하지 않으며, 작은 초콜릿이 별처럼 박혀 달콤한 맛을 더한다. 동그란 도넛에는 계피 설탕을 묻혀 향을 더했고, 초콜릿과 생강을 넣은 스콘은 새로운 맛의 조화다. 빵 하나하나 개성과 정성이 가득하다. 베이커리만 12명의 직원이 있을 정도로 규모가 있지만 빵 제품이 너무 특이하여 어디 다른 곳에 납품하는 곳이 있나 물어보니 스위트리프에서만 판매한다고 한다. 롱아일랜드시티의 2개, 윌리엄스버그점에 이어 그린포인트에 로스터리를 겸한 카페를 더 연다고 하니 앞으로 빵도 더 많이 구워야 하겠구나.

커피가 있는 곳엔 언제나 사람이 있고 이야기가 있다. 커피 향기로 자욱한 이곳, 커피왕국 윌리엄스버그. 이 동네를 떠나지 못하는 또 하나의 이유다.

향기가 가득한 커피왕국 윌리엄스버그,
커피는 이 동네를 떠나지 못하는 또 하나의 이유가 되었다.

제인 회전목마, 우리가 가장 예뻤을 때

'Mary go round' 'carousel'이라고 부르는 회전목마는 어릴 적 향수를 불러일으키는 놀이동산의 심장 같은 곳이다. 남녀노소를 불구하고 누구나 즐길 수 있는 것이고 저마다 하나쯤 추억을 간직한 곳이다. 현란한 불빛과 이국적 풍경, 아름다운 말들에 몸을 싣고 빙글빙글 돌다보면 세상 근심을 잃곤 한다. 뉴욕에서 오래된 회전목마를 즐길 수 있는 곳은 센트럴파크의 1908년산, 브루클린 프로스펙 파크의 1912년산, 브루클린 남단 코니아일랜드의 1906년산 B&B 등 여러 개지만 그중에서도 덤보의 강가에 설치된 '제인 회전목마Jane's Carousel'는 앞이 훤히 뚫린 강가에서 맨해튼 풍경을 바라보며 즐길 수 있는 위치와, 그것이 설치된 현대적이고 비현실적인 건축물에서도 신선한 경험을 할 수 있는 곳이다. 북적북적한 놀이공원이 아닌 깔끔하게 정리된 도시의 한적한 구석, 예상치 못한 장소에서 어린 시절로의 순간이동이 가능한 마법 같은 장소이기도 하다.

덤보DUMBO, Down Under Manhattan bridge and Brooklyn bridge Overpass는 두 개의 다리 밑에 있는 동네라는 뜻이다. 덤보에는 내가 사랑하는 자크 토레스의 초콜릿집이 있고, 브루클린 아이스크림 팩토리Brooklyn Ice Cream Factory와 이국적인 동화책을 현대에 옮겨온 듯한 제인 회전목마가 있다. 깨끗하게 단장해놓은 강변 공원엔 나들이하는 가족들과 데이트하는 연인들, 사진 찍느라 바쁜 관광객들, 순간을 담으려는 사진사 등 다양한 사람들이 평화롭게 공존하는 곳이다.

제인 회전목마는 1922년 미국 회전목마의 전성기 때 데니엘 뮬러가 디자인하고 필라델피아 토보간 회사가 만든 앤티크 회전목마다. 이 회사는 미국의 놀이공원 역사를 함께해왔던, 세계에서 가장 오래된 놀이기구 제조회사 가운데 하나다. 1904년 창업된 이래 나무 롤러코스터부터 현대의 강철 롤러코스터, 역사적인 회전목마 등 수많은 놀이기구를 제작해왔다. 특히 아름답게 일일이 나무 조각으로 제작한 회전목마에 강한 자부심이 있었으며 100년이 지난 지금도 80여 개의 회전목마가 여전히 미국의 곳곳에서 누군가에게 추억을 만들어주고 있다. 하나하나 일련번호가 매겨진 이 회전목마 중 제인 회전목마는 61번이고 62번은 캘리포니아 주의 산타모니카 해변에 위치해 있다.

1975년에는 미국의 역사물로 등록될 정도로 역사적 의미가 깊은 제인 회전목마는 48개의 정교하게 조각된 목마와 2개의 마차로 구성되어 있다. 각각의 말들은 개성이 있다. 황금색에 흰 갈기가 눈에 띄게 아름다워서 퍼레이드와 영화에서 주인공이 되곤 하는 팔로미노 **palomino**, 적갈색에 검정 갈기가 매력적인 베이**bay**, 서부 개척정신을 상징하는 짙은 갈색의 무스탕**mustang** 등 다양한 종의 말들이 있는가 하면 인디언의 말이었을 듯한 깃털 장식, 혹은 집시 여인의 말일 듯한 꽃장식의 클러치가 달린 안장 등 섬세한 표현의 다양성도 보인다. 원래는 오하이오 주 영스타운의 놀이공원에 설치되어 사람들에게 이용되다가 이 공원이 문을 닫으며 해체 위기에 놓인 것을 월렌타스 부부가 구매했고 뉴욕의 브루클린으로 거처를 옮기게 되었다.

인생에 어떤 날씨가 찾아오더라도 회전목마는 여전히 그곳에서 돌고 돈다.
어릴 적 꿈은, 사랑은, 그때의 나는 언제나 그대로다.

뉴욕시는 1980년대부터 덤보 강가를 개발하는 계획을 세우기 시작하였다. 화물선들이 오가던 항구가 폐쇄되면서 이 부지를 상업적으로 판매하기 시작하였고, 여객선이 운항되기 시작하였다. 이것이 브루클린 다리 강변공원 개발의 시발점이다. 공원을 조성하는 프로젝트를 맡은 사람은 부동산 개발업자이면서 투 트리즈**Two Trees**의 창업자인 데이비드 월렌타스였다. 그는 덤보가 아직 위험하고 저렴할 때 덤보의 가능성을 보고 투자를 하여 지금의 덤보 붐을 일으킨 사람이라고 해도 과언이 아니다. 낙후된 건물을 사들여 수리하고 동네를 특별하고 의미 있게 만들 만한 상점들을 유치하는 데 일조하였다. 그는 이 덤보의 강변공원 프로젝트 초창기부터 역사가 있는 회전목마를 설치하는 것을 심중에 두었다고 한다.

그와 그의 아내 제인이 함께 이룬 제인 회전목마는 세계 그 어떤 곳에서도 찾아볼 수 없는 특별한 감동을 선사한다. 제인은 학부에서는 광고 디자인을 전공하고 뉴욕의 명문대학 뉴욕대학교에서 판화로 석사학위를 받았다. 에스티 로더에서 수년간 아트 디렉터로 일하는 등 경력도 화려하고 그만큼 다른 스카우트 제안도 많았지만 그녀가 정작 선택한 것은 이 회전목마다. 그리고 25년의 긴 세월을 헌신하였다.

월렌타스 부부가 경매를 통해 해체 위기의 1922년산 회전목마를 구입하게 된 것은 1984년, 낙찰가격은 38만 5,000달러였다. 오랫동안 시골의 놀이공원에서 사용되었고 화재도 겪어야 했던 이 회전목마는 훼손이 많이 되어 있었다. 제인 월렌타스에 의해 1985년부터 시작된 복구 작업은 60여 년간 겹겹이 쌓인 싸구려 페인트를 일일이

손으로 긁어내는 작업만도 2년이 걸렸다. 두꺼울 대로 두꺼워진 페인트의 가장 밑바닥 오리지널 색을 찾아내고, 부러지고 생채기가 난 말들을 보수하여 최대한 원형을 복구하는 일은 장기간의 끈질긴 인내심을 요구하는 일이다. 무려 25년이 걸린 복구 과정 중 그녀에게 힘을 주었던 일화는 오하이오 주의 영스타운에서부터 두 대의 버스에 가득 실려온 '사람들'의 방문이었다. 7시간이 걸려 브루클린의 덤보에 위치한 그녀의 스튜디오에 도착한 그들은 저마다 이야기보따리를 풀어놓았다. 모두 이 회전목마에 오래도록 간직한 각자의 추억이 있었다.

"이 말 위에서 청혼을 받았어요."

"여기서 첫 데이트를 했어요."

"이 말이 제가 가장 좋아하던 것이에요."

영스타운 사람들의 기억을 함께하며 이 말들에게 꼭 새로운 집을 찾아주어야겠다고 다짐한 순간이다.

일이 순조롭게 진행되었던 것만은 아니다. 강가에 선박장과 쇼핑단지를 조성하자는 의견으로 기존의 계획이 틀어지기 시작한 것이다. 하지만 결국은 지역 주민들의 강력한 반대로 무산되고 공원을 조성하기로 최종 결정되면서 공원에 회전목마를 놓는 일이 힘을 얻게 되고, 구체적인 일이 진행되었다. 그들이 선택한 건축가는 프리츠커 상을 수상한 장 누벨Jean Nouvel이라는 프랑스 건축가였다. 이 상은 건축계의 노벨상이라고 불릴 정도로 지명도가 큰 상으로서 상금만도 1억 원이나 된다. 월렌타스 부부는 이 회전목마에 아주 특별한 집을 만들어주고 싶었다. 놀이농산에서 흔히 볼 수 있는 고전적인 회전목마 건물들은 이 장소에 어울리지 않았다. 덤보의 강변은 로어 맨해튼에 위치한 월스트리트의 마천루들이 강 건너로 장관을 이루는 특별한 경관을 자랑한다. 현대적 빌딩과 덤보의 오래되고 거친 공장 건물들, 머리 위를 지나가는 130년 된 브루클린 브리지와 100년이 넘은 맨해튼 브리지 사이로 펼쳐지는 깔끔하게 정돈된 녹색의 잔디공원, 유유히 흐르는 허드슨 강, 그 안에서 한가로이 소유하는 사람들. 과거와 현재와 뉴요커가 아름답게 공존하는 뉴욕의 한 단면이다. 이 공간에 딱 맞는 앤티크 회전목마의 집은 어떤 것이 좋을까!

제인의 회전목마가 안치된 건축물은 아크릴로 사방이 둘러싸인 폭 22미터, 높이 8미터의 커다란 투명 건물이다. 이러한 현대적 외장은 1920년대 회전목마와 더불어 불협화음의 장관을 연출한다. 원래 월렌타스 부부는 원형의 건축물을 요구했다. 클라이언트의 의견을 고려한 누벨은 고심하였지만, "원형은 안 되겠어요. 그건 건축물 같지가 않아요. 이 장소에 어울리지도 않아요. 제발 나에게 그렇게 하라고 더 이상 말하지 마세요"라며 결국은 투명한 정사각형의 새로운 디자인을 내놓았다. 무려 900만 달러짜리 건축물은 아크릴 자재 가격만 100만 달러가 넘는다. 유리 대신 더 비싼 아크릴을 사용한 것에 대해 누벨은 유리와 달리 아크릴은 안에서 밖을 혹은 밖에서 안을 바라보았을 때 상의 왜곡이 생기는 데 의미를 부여했다. 투명하게 들여다보이지만 무언가 뒤틀려지고 비현실적인 느낌을 주고 싶었을까. 그는 이 케로셀을 '보석bijou'이라고 불렀는데, 그가 디자인한 이 건축물은 거대한 투명 보석상자인 것이다.

제인 회전목마는 2011년에 개장한 이래로 뉴욕의 대표 명물 반열

유리 너머 보이는 제인 회전목마와 내부에서 밖으로 보이는 맨해튼 브리지 풍경.

덤보의 고층 건물 사이로 멀리 보이는 맨해튼 브리지.

에 들었다. 해가 쨍하고 뜬 날이거나 깜깜한 밤이거나 먹구름이 잔뜩 낀 음산한 날씨거나 소나기가 쏟아지거나 혹은 눈이 오거나 날씨의 변화에 따라 색다른 분위기를 연출하며 도시의 묘미를 전해준다. 언제 방문하든지 나와 하늘이를 행복하게 해주는 곳이다.

몸에 새기다

여느 때처럼 그린포인트를 가로질러 스튜디오로 가는 길에 멋진 인테리어로 단장 중인 가게가 눈에 띄었다. 그런데 쇼윈도에 붙여둔 바이닐 로고가 익숙해서 자세히 보니 쓰리킹**Three King**이다. 그린포인트 초입에 작은 가게가 있었는데 얼마 떨어지지 않은 이곳에 더 크게 새로 문을 열었나 보다. 쓰리킹은 그린포인트에서 유명한 타투 집이다. 2011년 〈타임아웃〉에서 선정한 뉴욕의 베스트 5 타투 가게들 중 하나기도 했다. 그리고 이 가게 주인인 알렉스가 하늘이 친구 그레이스의 아빠다. 5년쯤 전에 유아원을 다니기 시작하며 인근의 맥케런팍에서 처음 만난 아이들과 부모들, 우연하게도 모두들 첫 아이들이라 무지와 불안, 흥분과 기대감에 설레던 때인데 그는 자신을 타투아티스트라고 소개했다.

타투에 관한 몇 가지 편견

타투는 피부에 상처를 내어 물감을 넣어 그림이나 글자를 새기는 것이다. '타투**Tatoo**'라는 단어는 문신을 뜻하는 타히티의 말 'Tatau'에서 시작되었다. 그런데 문신 '아티스트'라고? 문신 하면 우리는 영화에 종종 등장하는 용 문신을 한 깍두기 머리의 몸집 좋은 아저씨를 많이 떠올린다. 그래서인지 '문신=조폭'이라는 인식이 박혀 있다.

몸을 온전히 보존하는 것이 효의 상징인 유교 국가에서 머리카락 한 가닥도 중요한데 지워지지도 않는 문신을 몸에다 새겨 넣는 것은 불경스러운 행위였다. 젊었을 때 문신 한번 해보고 싶었던 욕구를 수시로 느꼈었고 아직도 그 생각을 접지 않고 있긴 하다. 보수적인 부모, 문신에 대한 사회적 인식 그리고 열악한 접근성 등의 이유로 과감한 시도 없이 젊은 시절을 보냈는데 미국에서 어린 시절을 보냈더라면 적어도 문신 두어 개쯤은 있을 것 같다는 생각이 든다.

　미국에 온 지 10년 동안도 문신에 대해 이따금씩 호기심을 가져왔다. 하지만 결정적으로 아직 결단을 내리지 못한 몇 가지 이유가 있다. 첫째, 평생을 몸에 지니고 싶을 만큼 완벽한 주제와 디자인을 찾지 못했다. 하지만 이것도 핑계일 수 있다. 개인적으로 여태까지 문

알렉스의 타투 가게 '쓰리킹' 내부.

신 가게에 한 발도 들인 적이 없으니 그들의 은밀한 포트폴리오조차도 자세히 들여다본 적이 없다. 그저 길을 가다 유리창에 붙여놓은 디자인들을 넌지시 건너보거나 잡지를 넘기다 우연히 발견한 디자인을 슬쩍 들여다본 것이 전부다. 또 하나는 뭔가 어색하다. 온몸에 문신을 하고 카운터 너머에 앉아 있는 사람들은 어딘지 모르게 불편하다. 누군가 문신을 많이 하고 있으면 시선을 일부러 돌리려고 애쓴다. 그것이 덩치 큰 아저씨라면, 혹은 진한 화장에 피어싱을 하고 검은머리로 염색한 미국인이라면 두렵다는 생각이 들기조차 한다. 그 사람이 뱀파이어로 변해 내 피를 빨아먹을 것 같은 상상도 하게 된다. 이것은 철저하게 대중문화 매체에 세뇌된 자동반응이라는 생각이 들지만, 나도 모르는 사이에 그렇게 되어버렸다. 그만큼 문신은 나와는 다른 사람의 전유물인 듯 멀리 느껴지고 선뜻 가게 안으로 들어가지 못하게 하는 심한 경계선을 그어준다. 그리고 역시, 비싸다. 어린아이 손바닥만 한 간단한 문신이 100달러에서 시작이다. 어른 손바닥만 한 크기는 2~300달러를 웃돌고 팔뚝을 휘감는 것은 500달러 이상, 등짝을 다 덮으려면 수천 달러가 든다. 문신을 하는 데 드는 시간과 아티스트의 숙련된 노고 등을 따지면 결코 비싸다고만은 할 수 없지만, 내 주머니에서 나가야 하는 돈의 액수만 생각하면 쉽지 않은 액수다. 이런 나의 (혹은 한국인의) 선입견과는 달리 미국에는 셀 수 없이 많은 문신 전문 잡지들이 있고 문신 디자인만을 모아 편집한 두꺼운 책도 많다. 〈타임아웃〉이나 〈뉴요커〉 등의 잡지, 혹은 〈엘르〉〈보그〉 등의 패션 잡지에서도 문신을 소재로 다룬 기사를 종종 보게 된다. 그만큼 미국의 문신 문화는 한국과 다른 깊은 이

해와 공감대, 창의성을 형성한 듯하다. 그래서 문신가를 지칭하는 말도 타투어tatooer, 타투이스트tattooist에서 타투 아티스트tatoo artist로 언젠가부터 변하게 된 것이 아닐까.

문신의 여러 얼굴

동양권의 문신에 대한 인식은 어떠한가? 문신은 중국 문화권의 나라에서는 일종의 금기처럼 존재하였다. 그 배경은 은나라와 주나라의 관계로 거슬러 가는데, 한족인 주나라가 은나라를 멸망시키며 은을 부정하기 위해 그 문화를 천시하였다고 전해진다. 은나라를 몰아내고 건국한 주나라가 자신의 월등함을 강조하기 위해 은나라의 피발, 생식, 문신 풍습 등을 정책적으로 천시하고 그 개념을 은나라뿐 아니라 주변의 국가들에 확대하였다고 한다. 이들을 '오랑캐'라 부르고 오랑캐 풍습을 폄하하였는데, 이것이 이후 중국 문화권을 지배했던 '화이론'의 출발이었다. 그리고 문신은 역사적으로 계속 멸시를 받았다. 문신은 형벌의 한 형태로도 존재했다. 죄인의 죄목을 몸에 새긴다든지, 노비를 뜻하는 '노奴' 자를 얼굴에 새겨 넣는다든지 하는 것들이 그 예다. 주나라에서 시작된 문신 폄하는 여러 왕조를 거치면서 '중화이론'의 강화와 함께 문신의 부정적 이미지를 확고히 했다.

하지만 기원전 5000년의 원시 사회로 거슬러 올라가는 문신의 기원과 역사는 아주 흥미롭다. 문신은 어떤 부족의 특수한 습성이 아니라 전 세계적으로 나타나는 보편적 문화현상이었다고 하는데 보편적 현상이면서도 각 나라마다 다른 의미와 상징으로 사용한 것들이 참으로 재밌다. 예를 들어 부족의 일원임을 상징하는 특정한 표시를 몸에 새기어 결속을 다지기도 하고, 들짐승으로부터 몸을 보호하기 위해 용맹스럽게 보이는 무늬를 새기기도 했다. 특정 부위에 장식된 특정 디자인의 문신은 몸을 치유한다든지 악귀로부터 보호하는 주술적인 성격을 지니기도 하고, 문신의 문양과 위치 크기에 따라 계급을 상징하기도 하였다.

미국 근현대 문신의 유행과 발달은 유럽에서처럼 해군, 선원과 더불어 서커스와의 밀접한 관계를 갖는다. 미국 서커스에는 '사이드쇼 프릭**side show freak**'이라는 것이 있는데 줄여서 사이드쇼라고 부른다. 보통 서커스 공연에 사람의 관심을 모으기도 하고, 공연 전후로 시간을 보낼 수도 있는 전시장이나 소공연장 같은 개념이다. 사람들의 호기심을 유발하기 위해 이국적인 것, 시각적으로 자극적인 것, 기괴한 것, 유쾌하진 않지만 눈을 뗄 수 없는 장면들을 연출하게 된다. 예를 들어 200킬로그램이 넘는 비정상적으로 뚱뚱한 사람이라든지, 2미터의 거인이라든지, 난쟁이, 불이나 칼을 먹는 사람, 샴쌍둥이, 외딴 부족에서 데려온 목이 긴 여성 등인데 이중에는 '서커스 타투레이디'도 포함된다. 타투레이디는 온몸에 옷을 입은 듯 문신을 새긴 여자를 뜻한다. 타투이스트들은 서커스를 따라다니면서 사이드쇼에 등장할 타투레이디의 문신을 하기도 하고 직접 사이드쇼에 참가하기도 했다. 미국 문신문화의 선구자 격인 프랭클린 폴 로저가 그 대표적 예다. 문신이 선원, 군인, 범죄자, 서커스 단원 등 특정 부류의 사람들 사이에서 주로 수요되었던 때 1930년대의 대공황으로 모두가 힘들던 시절 그는 겨울에는 목화농장에서 일을 하고 여름에는 서커스단을 따

라다니며 생계를 유지하며 문신으로 이름을 날리기 시작했다. 뱀을 조련하던 그의 아내 헬렌 역시 서커스단에서 만나게 된다. 그 이후 당시 이미 최고의 문신가였던 콜맨의 타투 가게에서 일을 하고 자신의 가게를 내는 과정을 겪으며 문신기계의 발달 등 미국 타투문화의 중요한 자리를 차지하게 되는데 그 회사가 스폴딩앤로저**Spaulding & Rogers**라는 유명한 타투기계 업체다.

　특정 지역, 특정 부류의 사람들 중심으로 소요되던 문신은 1970년 대에 와서는 유럽과 미국의 전 경제계층, 다양한 연령층에서 유행하게 되었고 스포츠 스타, 연예인들에 의한 수요가 증가하면서 패션의 상징이 되었다. 메텔회사는 2011년 문신을 한 바비인형을 시장에 내놓아 인기를 끌기도 했다.(물론 일부에서는 논쟁거리가 되기도 했다.) 그 정의 자체도 바뀌게 되었는데, '일탈과 반항의 한 형태'에서 '아트의 한 형식이며, 자기를 표현의 방식'이 되었다. '타투 아티스트'라는 용어가 사용된 것도 이 시기부터이며 아카데미 미술교육을 받은 미술학도들도 타투 세계에 입문하게 되면서 그 디자인과 예술성도 높아지게 되었다. 하지만 이들은 자신의 작품으로서의 타투에 너무 몰입한 나머지

타투를 한 여성들. 이른바 타투레이디의 모습.

손님과 마찰을 빚기도 한다. 내 작품을 전적으로 내 뜻에 따라 창작하는 일과 손님의 요구를 충족시키기 위해 나의 예술적 감각을 사용하는 일은 다르다. 타투 애호가들은 타투를 통해 남과 다른 자신의 개성을 표현하고 내 역사를 몸에 새기어 기억하고자 하기도 한다.

알렉스의 타투 아트

알렉스를 통해 바라본 미국의 타투 문화가 기묘한 매력을 발산한다. 그는 그린포인트 초입의 1호점에 이어, 이제 몇 블록 떨어진 곳에 2호점, 맨해튼 알파벳시티에 3호점을 내어 세 곳의 타투숍을 두 명의 다른 동료와 함께 운영한다. 그린포인트는 버스로나 지하철로나 맨해튼에서 접근하기 쉬운 동네는 아니다. 하지만 그의 숍은 뉴욕 전역에서 찾아오는 손님들로 바쁘고 심지어는 유럽에서도 명성을 듣고 찾아올 정도니 13년간 타투아티스트로서 쌓아온 네트워크는 국경을 넘어선다. 아티스트 콜라보레이션으로도 명성을 날리는데 MTV 게임 디자인에 참가하기도 하고, 록밴드와 스케이트보드 디자인을 하기도 했다. 켈빈 클라인과의 콜라보레이션, 래그앤본 등의 인물 시리즈에 참가하기도 하는 등 패션 브랜드의 관심도 사는데 이는 타투가 패션의 한 형태로 받아들여짐을 상징한다.

그의 꿈은 영화계에서 카메라맨이 되는 것이었다고 한다. 대학교 4학년 타투숍에서 단순 아르바이트를 하면서 자신이 끌려왔지만 제쳐두었던 일을 더 이상 부정할 수 없음을 깨닫고 타투 아티스트가 되기로 결정하였다. 인류학을 공부한 그는 고대 문화의 심볼과 의미에 해박한 지식을 가지고 있고 이 배경은 그의 작품에 심오한 철학을 더해준다. 처음엔 견습생으로 시작해 레지던트로 일하면서 여러 가지 스타일을 섭렵하게 되는데 이 시기에 그의 독특한 야생동물 작품을 발전시켰다. 흔히 찾아볼 수 있는 패턴이나 글씨 디자인, 혹은 패턴화된 동물 문양과는 다르게 그의 동물 시리즈는 마치 살아 있는 듯한 사실감과 생동감을 준다. 영국 자연주의 화가들의 동물작품과 일러스트 그리고 자연과학에 영향을 받아서 발전시킨 작품이라고 하는데, 무섭게 날카로운 동물의 눈매를 보면 몸에 새긴 이 동물들이 나를 보호해줄 수 있을 것 같은 주술적 힘을 부과하는 듯하다. 그에게 직접 물어보니 원시시대 역사적인 맥락에서의 타투의 기능, 즉 용맹스럽게 보여서 사냥터의 야생동물을 위협한다든지, 몸을 액으로부터 보호하기 위해 행하는 타투에 대해 뚜렷하게 인지하고 있다. 실제로 이러한 타투의 원시적 기능들은 타투 애호가들에게 아직도 어필하는 요소라고 한다. 인생에서 겪은 트라우마를 극복하는 계기로, 비극적 경험을 치료할 수 있는 테라피적 타투를 하기도 하는데 이런 경우 실제로 심리치료의 효과를 보인다. 어떤 여든 살 백인 할머니는 남편이 죽은 지 2주 만에 그를 찾아왔다. 평생 타투를 하고 싶었지만 남편의 억압적 반대로 못해왔던 것을 남편이 죽자 바로 달려온 것이다. 평생 짓눌려온 그녀의 의지를 펼치는 마음에는 나이의 경계가 없다. 어깨와 오른쪽 가슴 등에 장미꽃 등 세 개의 문신을 하였다고 한다. 그리고 그 자유스러움에 행복해했다는 것이다.

타투도 미국에서 누구나 즐기는 대중문화는 아니었다. 특히 연령내가 높아질수록, 그리고 시골로 갈수록 그의 몸에 새겨진 타투를 바라보는 시선이 곱지 않음을 느낀다고 한다. 하지만 최근 10~20년 사이에 대도시 중심의 미국에서 타투의 인기가 폭발적으로 증가하고 있고 4명 가운데 1명이 몸의 어딘가에 타투가 있을 정도로 대중화되고 있다. 그의 손님은 브루클린의 히피뿐만이 아니라 변호사, 의사 등 전문직 종사자도 많다. 그 원인으로 그는 일단 미디어 매체에 자주 등장하는 연예인, 스포츠 스타를 통한 타투의 노출을 큰 영향으로 꼽는다. 대중은 현대문화의 아이콘과도 같은 '셀러브리티'들을 모방하는 것이다. 그것이 쿨해 보이기도 하다. 게다가 젊은이의 반항적 정신과 그로서 만끽하는 자유는 일종의 성취감이다. 미국에서 '안트로프로노십entrepreneurship'이라고 불리는 '사업가 정신'도 그가 꼽는 이유다. 꼭 대기업에 취업을 해야 하고 그러려면 몸에 문신 따위는 있어서는 안 되는 것이 아니라 언제라도 자신의 일을 찾아서 자신만의 사업을 할 수 있는 독립성 그리고 그 연장선에서 이해될 수 있는 자유로움을 그 원동력이라고 보는 것이다. 그는 미국이 개개인의 행복이 중요시되는 사회라는 것도 강조한다. 나를 지금 행복하게 만드는 것들, 그것을 위해 다른 사람의 시선은 중요하지 않다. 그리고 그것이 또한 미국 교육의 중심에 있기도 하다. 미래를 위해 혹은 사회의 번영과 안정을 위해 개인이 혹은 '현재의 나'가 희생되고 헌신되는 것이 아니라 오늘 이 순간 나를 행복하게 만드는 의미 있는 일에 더 가치를 둔다.

8년 전 2명의 동료와 작은 숍을 열고 이제는 뉴욕의 타투 문화를 이끌어가는 그, 세 아이의 아빠이고 주말에는 아이와 공원에서 축구를 하며 단란한 시간을 보내는 평범한 아빠다. 아이와 가족을 위해 최

알렉스도 나처럼 김미커피 마니아다. 자신의 손가락에 로고를 문신으로 새겨 넣을 정도다.

선을 다하면서도 자신의 행복을 추구하는 그는 전형적인 미국인이다.

　그를 만나고 작업실로 향하는 내내 나는 어떤 삶을 살아왔는지 곰곰 생각해보았다. 지금 내가 행복한 것이 중요한지 내일을 위해 오늘은 참고 희생하며 사는 것인지. 다른 사람의 시선 때문에 하고 싶은 것을 못한 것이 있는지. 그리고 내 아이에게 어떤 삶을 살도록 가르치는지 생각해보았다. 아무래도 내가 자라온 세계는 개인의 현재 행복을 추구하는 것보다는 미래를 위해, 가족을 위해, 혹은 사회와 나라를 위해 현재 개인의 행복은 희생하고 헌신하는 게 미덕이었던 것 같다. 그것이 고도 성장을 이루는 원동력이 되었지만 이제는 개인의 행복도 추구되며 균형을 이루는 사회가 되어야 하지 않을까. 그렇게 '잘' 사는 법을 뉴욕의 타투 아티스트로부터 또 배운다.

뉴요커의 집

〈타임아웃〉에 의하면 부동산 중계 웹사이트인 '점퍼'의 통계로 2014년 1월 맨해튼과 주변 지역 원베드룸 평균 렌트비는 3,100달러이고 투베드룸은 4,200달러라고 한다. 가장 인기가 많은 '트라이 베카'는 원베드가 4,000달러 투베드가 6,600달러라고 하니 미국에서 가장 비싸다는 뉴욕의 집값에 입이 떡 벌어질 뿐이다. 그런 뉴욕에서 아파트를 구하러 부동산을 다니면 그들이 물어보는 뻔한 질문들이 있다. 그것은 아파트를 분류하는 기준이기도 하다.

구매 아니면 임대? 콘도 아니면 코압? 새 건물? 프리워**pre war** 아니면 포스트워**post war**? 타운하우스?

전세 개념이 없이 다달이 렌트를 하는 미국의 시스템, 매달 수천 달러의 월세를 내야 한다. 구매를 하더라도 미국인의 대부분은 '모기지**morgage**'라고 불리는 높은 이자의 은행 대출금으로 집을 사니 매달 원금과 이자를 갚아야 하는 것은 마찬가지다. 미국인 집 소유자의 30퍼센트는 모기지가 없다고 하지만 실은 이들 대부분은 모기지를 다 갚아버린 노년층들이다. 그러니 집을 소유한 대부분의 미국인은 모기지 역사를 꼭 겪게 되는 것이다. 매달 돈이 나가는 것은 월세와 같지만 30년 후에(15년, 20년, 30년 등 선택할 수 있지만 30년 대출이 가장 일반적이다) 내 집이 되는지 아닌지 엄청난 차이가 있다. 은행 대출을 받기 위해 보통 집값의 10~20퍼센트 정도는 계약금으로 순비해야 하는데 그 정도의 목돈이 없고 신용이 불량하면 은행대출을 받을 수 없으니 하는 수 없이 매달 월세를 내고 살아야 한다.

또한 '어느 동네 어떤 아파트에 산다'라는 게 중요한 폼생폼사족들도 있다. 예를 들어 소호에 작은 아파트 렌트비가 3,000달러라고 하면, 같은 급의 아파트를 사기 위해서는 1억 원 정도의 목돈이 필요하고, 5퍼센트 이자로 계산했을 때 매달 지불하는 모기지가 3,500달러다. 아파트 관리비가 적게는 600달러에서 1,000달러 이상이니 이 비용도 포함하면 매달 지출하는 돈은 4,000달러를 훌쩍 넘는다. 폼생폼사족들은 그냥 3,000달러를 월세로 내면서 거기에 산다. 한번 정해진 모기지 비용은 30년 고정이다. 렌트비는 매년 오르니 시세에 따라 5년쯤 지나면 모기지와 렌트비가 얼추 비슷해지고 10년쯤 지나면 모기지 비용이 렌트비보다 적어지면서 다시 이 아파트를 세를 주게 되면 이윤이 생기는 시장 원리가 있는데 폼생폼사들은 그런 데는 관심이 없다. 이런 사람들은 지금 잘나가는 전문직의 사람들이거나 부모가 부자여서 딱히 돈 걱정을 안 하는 여피족들이기도 하다.

집에 관한 몇 가지 조건들

'콘도'는 한국에서 말하는 일반 아파트를 지칭한다. 큰 건물의 한 아파트를 소유주의 의사대로 살기도 하고 렌트를 주기도 하고 아무한테나 아무 때나 팔 수 있다. 하지만 코압은 다르다. 겉보기에는 콘도와 다를 바 없다. 큰 빌딩에 있는 아파트를 사고팔고 세를 준다. 하지만 내 맘대로 아무에게나 팔거나 세를 줄 수 없다. 코압 보드라는 대표자의 모임이 있어서 그들이 코압의 규칙을 정한다. 그리고 세입자나 구매자는 이 코압 보드의 서류심사와 인터뷰를 통과해야 그 건물에 발을 디딜 수 있다. 집주인 판단으로 적당한 사람을 찾았어도 코압 보드에서 거절당하면 새로운 사람을 찾아야 한다.

뉴욕도 서울처럼 수십 층의 높은 아파트들이 들어선다. 그리고 그 가격이 엄청나게 비싸다. 같은 지역의 오래된 아파트와 새 아파트 값을 비교하면 2배 이상 차이가 나기도 한다. 큰 회사에서 건축한 제법 큰 빌딩들에는 운동기구들을 구비해놓은 헬스장, 아이들이 함께 모여 놀 수 있는 놀이방, 1회 사용비를 내면 저렴하게 혹은 공짜로 빌릴 수 있는 연회장, 수영장 등의 편의시설들이 구비되어 있기도 하다. 새것을 싫어하는 사람들이 어디 있으랴. 재정적으로 넉넉하다면 누구나 한 번쯤 생각해보는 곳이 아닐까.

'프리워 빌딩' '포스트워 빌딩' 하는 말들은 건물이 제2차 세계대전 이전에 지은 빌딩인지 그 이후에 지은 빌딩인가 하는 것이다. 전쟁 전 빌딩들은 천장이 높고 벽 두께도 두껍고 견고하다. 석고나 나무로 조각을 넣은 건물 장식도 많고 집 내부구조도 널찍하게 자리 잡고 있다. 건물을 지은 재료 자체도 다르고 건물을 지은 철학 자체가 달라서 이런 건물들은 좀 더 중후하고 고풍스러운 분위기가 있다. 이런 역사를 가진 건물과 스타일을 선호하는 그룹의 사람들이 있으니 부동산에서는 이 분류를 따로 해놓는다. 언제 지었는지가 어떤 건물인지를 결정하기도 하니 꼭 전쟁 전후의 구분이 아니더라도 어느 연대에 지었는지를 꼭 구분해 놓는다. 이 빌딩들이 많이 남아 있는 동네도 따로 있어서 각 지역의 특징을 만들고, 가치를 높이기도 하는

데 어퍼 웨스트나 웨스트빌리지 등이 그것이다. 브루클린에서는 코블 힐, 보럼 힐, 캐롤 가든에 많다.

그런데 맨해튼의 전쟁 전 빌딩들 대부분은 코압이다. 요구하는 다운페이가 다른 콘도보다 높고 코압 보드의 인터뷰를 거쳐야 한다는 말이다. 이 맨해튼의 코압들은 인터뷰 절차를 이용해 그들만의 배타적 세계를 만들어가기도 한다. 인터뷰 절차는 그들의 공간을 그들이 원하는 상태로 유지하는 좋은 수단인 셈이다. 맨해튼의 어떤 빌딩들은 돈이 많다고 들어갈 수 있는 것도 아니다. 어떤 코압은 의사가 많고 어떤 코압은 변호사가 많다. 물론 그것이 문서화되어 있지는 않지만, 그들끼리만 통하는 암호처럼 존재한다. 실제로 맨해튼의 아름답고 유명한 코압빌딩에서 할리우드의 연예인을 퇴짜 놓거나 한국의 졸부들을 퇴짜 놓는 사례들이 간간이 들려오기도 한다. 표면적 이유는 다 그럴 듯하다. 연예인이 들어오면 주변이 시끄러워지니 입주자

웨스트빌리지의 오래된 프리워 빌딩 빙앤빙 건물과 낡은 회전문.

가 불편하다든지 뭐 그런 것들인데 그들이 싫다고 생각하면 뭐라도 구실을 찾아낼 수 있다.

부동산 회사에서는 프리워 빌딩을 선호하는데 코압 보드의 조건에 잘 맞지 않는 사람이 있다면 웨스트빌리지 12가에 위치한 콘도를 추천한다고 한다. 일렬로 죽 늘어선 이 콘도 빌딩들은 1920년대에 빙앤빙**Bing & Bing**이라는 부동산 투자·개발회사에서 지은 건물이다.

오래된 건물에 특별한 애착이 있는 사람들은 프리 프리워, 프리 프리 프리워 등으로 불리는 더 이전의 집들을 찾기도 한다. 이런 집들은 아파트의 개념이 아직 생소할 때 지은 것이라 내부구조가 마치 당시 단독주택을 옮겨놓은 듯이 복잡하고 널찍하다. 방이 수십 개에 달하기도 하는 등 이전의 큰 집에 있는 요소들을 다 집어넣으려한 큰 아파트인 것이다. 천장이 약 3.5미터로 높기도 하고 고풍스러운 유럽풍 벽난로가 있으며 벽과 천장의 장식들은 더 정교하고 우아하다. 마치 프랑스 로코코 양식을 상기시키듯이. 이런 큰 아파트들은 매매나 렌트가 쉽지 않으니 오랜 세월을 거치면서 여러 개의 작은 아파트들로 개조되기도 했는데, 아이러니하게도 이 조각조각으로 분해된 아파트를 하나씩 사들이면서 원래의 형태를 복원하는 사람들도 있다. 이들은 대단한 열정과 경제력이 있는 사람들일 수밖에 없다. 오래된 아파트의 겹겹이 쌓인 페인트를 긁어내고 파손된 부분을 고치고 원형의 나무 바닥을 복원하고 오래된 파이프라인과 전기 라인들을 교체하는 비용이 천문학적으로 들기 때문이다. 이런 것들이 다 번거롭고 귀찮은 사람들, 현대 도시인답게 시크하게 살고 싶은 뉴요커들은 유리로 둘러싸인 새 집에 자신의 세간살이 몇 개만 챙겨

들어간다. 벽을 부수고 고치고 수백 년 쌓인 먼지를 들이마실 필요 없이 말다. 물론 그것 또한 주머니가 두둑해야 하지만.

가장 현실적인 선택은 전쟁 후 빌딩에 있다. 1970년대부터 1990년대 사이에 지은 높은 빌딩의 아파트들은 프리워 빌딩처럼 고풍스러운 맛은 없지만, 도어맨이나 헬스장 같은 편의시설을 갖추고 있다. 날렵하게 빠진 잘나가는 트렌드의 인테리어를 굳이 고수하지 않는다면 보다 저렴하면서도 도시의 느낌을 즐길 수 있는 중간치의 혜택을 누릴 수 있다.

이런 큰 복합빌딩이 아니라면 나머지 선택은 타운하우스에 있는 작은 아파트들이다. 타운하우스는 원래 18세기 유럽, 전원에 대저택과 땅을 소유한 귀족이 도시에 머무르는 동안 사용하던 집이었다. 그들은 무도회 등의 큰 행사가 열리면 도시로 오는데 대부분은 전원의 대저택을 이용하고 일 년에 기껏해야 두어 달 정도를 이 타운하우스에 머물며 사람들과 교류하였다. 미국에서는 이러한 유럽형 타운하우스들이 도시에 지어졌는데 단독주택에 비해 사용되는 땅의 넓이는 적지만 3~5층까지 복층으로 지어 건물 전용면적은 넓게 나올 수 있다. 건물 안은 서로 다른 역할을 하는 구역으로 나뉘어 있다. 보통 1층에는 천장이 높은 거실과 부엌, 식당이 있고 식당 뒤편으로는 주로 지하나 반지하에 하인들의 처소가 연결되어 있다. 2층에는 안방과 작은 거실, 그리고 한 층을 더 올라가면 자식들이 생활하는 작은 방들이 있다. 단독주택이 현실적으로 쉽지 않은 대도시에 이런 타운하우스를 소유하는 것은 그 옛날 부의 상징이었고, 마치 자신의 부를 과시하듯 중후한 건축 자재와 정교하고 우아한 장식 등으로 사치스럽게 지어진 집이었다. 세월을 거치면서 타운하우스는 부자들의 도시 주택이라는 개념을 벗어나 땅을 효율적으로 사용하는 주거지 형태로 정착하게 되고 미국 전역에 지어지게 되었다. 원형 그대로의 아름다운 타운하우스는 초기 형성된 미국의 대도시, 뉴욕, 보스턴, 시카고, 필라델피아, 워싱턴 D.C. 등지에 많이 있다.

이 타운하우스들은 시간을 거치며 작은 아파트들로 개조되었다. 한 가정이 사용했던 건물은 이제 3~6개의 작은 스튜디오나 원베드룸 아파트 등으로 나뉘어 저마다 다른 가족들이 살게 되었다. 도시가 커지고 인구가 많아지면서 전용면적은 점점 작아지게 되었던 것이다.

그중에는 물론 한 가족이 전체 타운하우스를 원래의 형태대로 사용하는 경우도 있다. 뉴욕의 갑부이자 전 시장이었던 마이클 블룸버그의 어퍼 이스트에 위치한 타운하우스가 그 대표적 예다. 그리고 각 나라의 대사관저들도 이런 타운하우스를 통째로 이용하기도 한다.

작게 개조된 타운하우스의 아파트들은 작아도 너무 작은 경우가 많다. 전체 크기가 같아도 방이 많으면 일단 렌트비를 올려 받을 수 있으니 스튜디오에 적당히 벽을 세워 원베드룸으로 만들기도 하기 때문이다. 우스갯소리로 모 TV 프로에서 방문을 열어보고는 '벽장'인 줄 알았다고 했는데, 이것이 뉴욕의 살인적인 집값과 협소한 공간을 표현하는 대명사처럼 쓰이게 되었다. 이런 타운하우스의 작은 아파트는 가격이 상대적으로 낮고 뉴욕의 역사 속에서 살아볼 수 있으니 그런 면에서는 일석이조다.

뉴요커의 집

뉴욕의 유명한 부동산 중계회사인 프루덴셜 더글라스 엘리맨의 디렉터인 수케닉은 〈뉴욕타임스〉와의 인터뷰에서 이렇게 말했다.

"맨해튼의 뉴요커들은 자신을 대변해주는 집을 삽니다. 아파트 자체와 그것을 둘러싼 세 블록에 무엇이 있고 어떤 사람이 사는지가 중요해요. 편안한 옷을 걸친 듯 자신에게 잘 맞는 집을 골라요."

뉴욕이나 서울이나 사람 사는 이치는 같은 듯하다. 새것을 좋아하는 사람들이 있는가 하면, 오래된 것에 배어 있는 귀한 매력에 매혹되는 사람들이 있다. 어떤 동네에 사는지가 중요하기도 하고, 어떤 집에 사는지가 중요하기도 하다. 누구나 자신의 잣대로 그 순간에서 만큼은 최선의 선택을 해가면서 인생을 만들어간다. 꼭 뉴욕이 아니더라도 집은 자신을 대변해주는 것이다. 하지만 뉴욕이 유난히 그 선택의 폭이 큰 것은 길지 않은 역사 속에서도, 크지 않은 맨해튼 안에서도 구역구역 나름의 개성을 만들고 간직해왔기 때문인 듯하다. 그만큼의 다양성이 뉴욕이 가지고 있는 무한 매력이고, 천의 얼굴이다.

오, 누들!

　요즘은 꼭 뉴욕이 아니라 시골에 가도 젓가락으로 국수를 그럴듯하게 먹는 미국인을 많이 본다. 일본의 스시가 전해지며 미국에 젓가락 문화도 소개가 되었지만 그것이 더 대중적으로 널리 퍼진 데는 태국, 베트남 등 동남아시아의 누들 문화가 전반적으로 널리 유행하게 된 영향이 크다. 미국인에게 널리 알려지고 인기가 많은 국수들은 우동, 라면, 팟타이, 베트남 국수 등이다. 한국의 국수 음식 가운데는 냉면이 유명한 듯하다. 이 국수들을 응용한 퓨전 국수도 개발되고, 각국의 국수만 모아 파는 국수 전문점도 종종 눈에 띈다. 국수는 일품요리로 간단히 먹을 수 있는 데다 가격도 저렴하고 종류도 다양하다. 삶은 국수 위에 소스를 얹은 것, 프라이팬에 달달 볶은 것, 진하게 우린 국물에 팔팔 끓여낸 것…… 국수를 만드는 재료에 따라 쌀국수, 달걀국수, 밀국수, 타피오카 국수…… 면발의 굵기에 따라서도 여러 가지 종류가 있으니 그 종류를 합하면 수백 가지가 넘을 듯하다. 어떤 국수는 너무 얇아서 더운물에 살짝 담그기만 해도 된다.

　구불구불 굽이치는 면발을 보는 재미에, 호르륵호르륵 먹는 재미까지 있으니 맛을 떠나서 국수를 마주하는 아이들은 마냥 즐겁다. 자연스럽게 접하는 다국적 누들을 통해서 아이들은 외국에 대해 첫눈을 뜨고 호기심을 가지기도 한다.

이제 초등학교를 다니는 딸아이에게 "뭐 먹을까?" 하고 물으면 두 번 생각 않고 열에 아홉 번은 '누들'이다. 그중에서도 단연 태국의 플랫 누들을 가장 좋아한다. 그러고는 베트남 국수를 찾는다. 그밖에도 냉면, 라면, 짜장면, 우동 등 다양한 국수를 섭렵하고 있는 우리 집 대표 '누들 매니아'다. 그 덕에 나도 맨날 누들이다. 밀가루가 소화도 안 되고 여러모로 안 좋다고 밀가루 안 먹는 다이어트도 많이 하는데 나에겐 불가능하다. 국수가 정 안 당기는 날은 하늘이한테 뭐 먹고 싶은지 절대 물어보면 안 된다. 그냥 다른 음식을 슬쩍 주어야 한다. 안 그러면 피곤해진다. 아니면 먹기 싫은 누들을 꾸역꾸역 먹어야 하든지.

도대체 그 태국 플랫 누들의 무엇이 이 아이를 식탁에 묶어두는지, 무엇이 들어가는지 정말 궁금해서 인터넷을 뒤져 레시피를 찾아보았다. 타이 플랫 누들Thai Flat Noodles, 퍼시우라고 불리는데 일반적인 누들이라기보다는 넓은 종이를 연상시키는 납작하고 넓적한 국수이다. 모양은 누들이라지만 넓적해서 포크로 찍어 먹기도 쉽다. 열심히 먹어야 겨우 들어가는 다른 면발에 비해 이것은 콕 찍어서 입에 넣으면 주변 것이 다 딸려 들어간다. 젓가락질을 잘 못하고 입이 짧아 먹는데 굳이 큰 노력을 하고 싶어 하지 않는 딸아이에게는 딱이다. 굴소스와 간장소스, 호이신 소스hoisin sauce가 주재료고 피시소스fish sauce라고 불리는 생선액젓을 넣기도 한다. 호이신 소스는 간장처럼 콩으로 만들지만 간장보다 더 진득하고 윤기가 난다. 고구마나 쌀을 넣었기 때문이다. 설탕과 고추를 넣어서 짜면서도 달달하고 고추에서 나는 향긋한 매운내를 살짝 느낄 수도 있다. 중국요리와 베트남 등 동남아시아 전역에서 널리 사용되는 소스다. 웍wok이라고 불리는 지구본처럼 아랫면이 둥글게 생긴 프라이팬을 사용해서 만드는 다른 동남아시아의 볶음요리처럼 맛있는 퍼시우의 비결은 센불이다. 센불에서 볶다가 중간불로 바꾸어 요리하는 것으로 알고 있었던 볶음요리들의 비결이 알고 보니 처음부터 끝까지 센불에서 짧은 시간에 요리해내는 것이었다. 업소용 가스레인지는 집에서 일반적으로 사용하는 가스레인지보다 화력이 더 세서 훨씬 더 높은 온도로 요리할 수 있다. 음식점 볶음음식의 비결은 이 높은 온도에서 빠른 시간에 타기 직전까지 요리함으로써 국수가 꼬들꼬들 맛있고 스모키한 향이 배어 있게 된다. 기름의 온도가 높아져 발화하거나 음식물이 타게 되면 발암물질이 나와 건강에 안 좋다고 하지만 입은 거짓말을 못하니 어쩌랴. 입에 맛있는 게 몸에는 안 좋다는 속설이 다시금 확인되는 순간이다.

미국인에게 가장 인기가 많은 태국의 대표 누들은 실은 팟타이Pad Thai다. 하지만 그 태국 누들의 대명사인 팟타이의 역사는 짧다. 근대화와 서구화로 몸살을 앓던 1930년대 태국은 경제적으로 특히 더 어려웠다고 한다. 그래서 국민의 영양을 고려한 정부가 태국인들에게 소개하고 적극 권장한 음식이 팟타이라고 한다. 팟타이는 팟시오보다 면발이 가는 쌀국수와 타마린 소스를 사용하고 숙주, 달걀, 땅콩과 다른 야채를 넣어 만든 볶음국수다. 쌀국수는 태국에서는 저렴한 식재료이면서도 포만감을 주고 영양이 많은 곡물이니 거기에 다른 비싸지 않은 달걀 단백질과 야채를 고루 넣어 만든 팟타이는 영양적으로도 균형 있는 한끼 식사로 손색이 없었다. 당시 수상이었던 필번정부는 팟타이의 레시피를 널리 퍼트렸을 뿐만 아니라 길거리 벤더들에게도 이것을 만들이 팔 것을 적극 권장함으로써 태국판 원조 패스트푸드로 자리를 잡았고 이제는 태국의 국민음식에서 전 세계인의 누들음식으로 영역을 넓히고 있다. 2007년 통계에 의하면 전 세계 1만 1,600개의 태국 음식점에서 팟타이를 만들고 있고 구글 검색창에 팟타이를 검색하면 2만 개의 검색 결과가 나온다고 한다.

포의 맛

미국에서 얼마간 산 사람이라면 단골 베트남 국수집 하나는 있을 것이다. 그만큼 미국에서 베트남 쌀국수는 대중적이다. 뉴욕 차이나타운의 '타이손'은 우리 가족이 근 15년을 애용한 베트남 음식점이다. 미국 온 지가 15년이 좀 넘으니 유학생 시절부터 나의 이민사와 함께한 집인 셈이다.

미국으로 건너오기 전 친한 친구 하나가 LA에서 월남국수랑 월남쌈을 먹었는데 정말 맛있었다고 한 적이 있었다. 유학 온 지 얼마 안 되어 워싱턴 D.C.에 머무를 때, 삼삼오오 모여 잡담을 하던 유학생 무리는 밤이 늦도록 싸고 맛있다는 '월남국수집' 얘길 했다. 결국 다음 날 모두 함께 지하철을 타고 버스로 갈아타서는 그 유명한 월남국수집을 찾아 갔는데…… 난 결국 한 그릇을 끝내지 못했다. 먹을수록 깊어지는 이상한 향이 거북했다. 그리고 1년 후 뉴욕을 방문했을 때 대학교 동창인 지영이가 남쪽으로 한참 내려가야 하는 차이나타운으로 날 데려간 건 중국 한의사를 소개해주기 위해서였다. 그리고 자연스럽게 그녀는 나를 '타이손'으로 데리고 갔다. "남편 친구랑 함께 왔었는데 너무 맛있어서 일주일 내내 온 거 있지!" 그 후 뉴욕에

안성민, 〈Pho〉, 2010

올 때마다 타이슨을 갔다. 중국 한의사에게 침을 맞으러 갈 때마다 들렀고 소호에서 전시를 둘러보다가 지친 발을 질질 끌고 애써 게까지 걸어갔다. 지금의 남편인 케빈의 저녁수업이 끝나길 기다렸다 함께 야식을 하러 가기도 했다. 어떨 땐 정말 그녀처럼 일주일 내내 간 적도 있다. 먹어도 먹어도 또 먹고 싶었다.

이곳의 수많은 음식 가운데 나의 단골 메뉴는 단연 베트남국수인 '포pho'다. '포'의 역사는 의외로 겨우 100년 남짓이라고 하는데, 그 이전에 베트남 사람들에게 '포'의 주재료인 소는 논을 가는 가축이었을 뿐 먹지 않았다고 한다. 농경사회에서의 그 중요성을 따지면 소를 잡아먹는다는 것은 금기였음이 당연하다. 그러다 소를 음식으로 먹기 시작한 것은 프랑스 식민지를 겪으면서부터다. 소고기를 즐겨 먹는 프랑스인들은 베트남의 소를 잡아먹었고 그들이 선호하지 않는 부위들은 자연스럽게 베트남 사람들의 손에 들어오게 된 것이다. '포'는 프랑스의 '팟오휘'라는 소고기 스튜의 영향을 받아 생긴 음식으로도 알려져 있다. '팟오휘pot au feu'는 영어로 '팟온화이어pot on the fire'라는 뜻으로 불에 오래 끓인다는 말이다. '휘Feu' 즉 불의 베트남식 발음이 '포'라고 전해지는데 각종 소고기 부위를 오래 끓여 육수를 내는 것이 같을 뿐 아니라 국물을 낼 때 함께 넣는 양파와 생강을 생불에 구워 넣어 스모키한 향을 더하는 것도 같다. 이렇게 끓여낸 육수에 베트남에 풍부한 쌀국수를 넣어 첫 베트남국수가 탄생하였다.

프랑스 식민정부가 있었던 하노이, 즉 북베트남에서 먼저 이 국수를 먹기 시작했다는데 그 변천사도 참 흥미롭다. '포 박'이라고 불리는 원조 베트남국수는 맑은 소고기국물에 국수와 고기를 얹어 먹었다. 남북으로 분단되며 공산정권을 피해 남쪽으로 피난 온 사람들에 의해 '포'가 남쪽 사람들에게 소개되면서 '포 남' 스타일이 생겨났다. 포 남 스타일은 걸쭉한 사골 국물에 갖가지 허브들을 화려하게 곁들여 먹는다. 북베트남, 즉 공산정부에 의해 통일이 되면서 해외로 도피하는 '보트피플'과 함께 이제 '포'는 전 세계로 흩어졌다. 그러면서 새로 정착한 지역에서 구할 수 있는 식재료로 각 나라의 입맛에 맞게 변형된 '다국적 포'들이 생겨난 것이다. 어찌 보면 이 서글픈 역사가 국물 맛에 진하게 배어 있는 듯하기도 하다. 꿈도 많고 좌절도 많았던 유학생 시절 '포'는 단돈 5달러로 만족스러운 식사를 즐길 수 있는 푸근한 음식이었다. 미리 남겨둔 민트 한 잎을 입에 넣고 오물오물 씹으면서 우리의 역사만큼이나 우여곡절이 많은 베트남국수의 역사와 망망대해에서의 보트피플의 형언할 수 없는 복잡한 심정을 오래도록 곱씹어보기도 한다.

타이손은 베트남에서 이민 온 가족들이 운영하는 가게다. 이민사회의 특징은 가족이 운영하는 비즈니스다. 음식점을 예로 들면 엄마는 주방장, 아빠는 가게와 식자재 운영, 영어를 조금하는 딸은 마케팅, 아들은 웨이터와 주방보조를 뽑고 관리하는 일을 한다. 이렇게 함으로써 경비를 줄이고 효과적으로 운영을 하게 되는 것이다. 그러다가 이제는 미국인으로 자라버린 손주들이 미국인을 대상으로 크게 레스토랑 비즈니스를 하기도 한다. 물론 음식 맛의 비결은 할머니의 레시피다. 타이손도 별반 다르지 않다. 가족들이 늘 머리를 맞대고 일을 한다.

베트남국수나 태국국수나 대중석으로 널리 퍼지는 데는 이유가 있다. 미국의 이런 동남아시아 음식점들은 싸고 맛있다. 이런 곳의 대부분은 이민자에 의해 운영되는데, 한국의 이국 음식점처럼 현지에서 비싼 돈을 주고 주방장을 데려오지 않아도 된다는 얘기다. 애초에 이 음식점들은 그들 자신들을 위한 것이었다. 한인타운 한가운데 허름하게 연 한국음식점이 한국 이민사회 안에서 한국인의 편리를 위한 것이었던 것처럼, 그들도 그들 커뮤니티 안에서 자연스럽게 생겨난 동네 분식집 같은 개념의 음식점이었던 것이다. 값비싸고 화려한 인테리어도 근사한 그릇들도 필요가 없다. 저렴하고 현실적이고 경제적인 것이 중요하다. 그러다 보니 자연스럽게 타 민족에게는 이국적인 오리지널 음식이 된다. 그것이 인종 간의 문화교류가 더 활발해지면서 오늘날처럼 '글로벌'한 다양성으로 발전되었는데, '싼 먹거리'라는 인식의 변화는 없으면서 세련되게 발전해왔다. 현지에서 오는 소스나 국수 등 기본재료가 싼 것도 낮은 단가를 유지하는 요인이다. 뉴욕의 태국 친구들도 이 음식점들이 자기네 고향의 맛과 많이 다르지 않다고 말한다. 단지 좀 덜 맵고, 더 달다는 것만 다를 뿐이다. 그것은 자연스럽게 미국인의 입맛에 맞게 현지화된 것인데 뉴욕의 한국음식이 덜 맵고, 더 달아졌을 뿐 고유의 맛은 다르지 않음과 같다. 일본인이나 중국인이 어설프게 흉내 낸 한국 음식과는 근본적으로 다르다.

리퍼블릭, 누들을 생각하다

유니언 스퀘어에 위치한 리퍼블릭republic은 10년 넘게 자리를 지켜온 누들전문점이다. 영세하게 운영되는 이민 1세대의 음식점이 아니고 누들음식 개발과, 투자와 전문 마케팅으로 성공한 누들전문점이다. 이 음식점의 로고는 씽크 누들**think noodle**. 누들에 대해 많이 생각하고 연구한 흔적이 음식에서도 느껴진다. 베트남, 태국, 인도네시아, 말레이시아, 일본, 중국 등의 음식을 세련되게 혼합해놓은 퓨전 누들집이다. 현대적이고 심플하게 디자인한 바를 지나 안으로 깊숙이 들어가면 250명이 앉을 수 있는 탁 트인 공간이 시원하다. 단순한 테이블과 등받이 없는 벤치 개념의 의자가 캐주얼한 느낌을 준다. 벽에 걸린 사진들이 인상적이다. 온갖 누들을 머리와 몸에 두른 모델들의 때로는 밝게 웃고 때로는 그럴듯하게 폼 잡은 사진들이 우스꽝스러우면서도 진지하다. 하늘이가 이 사진들을 보며 어이없게 웃었던 게 기억에 남는다. 어린아이의 단순 반응과는 별개로 일상의 소재를 예술로 승화시킨 사진들이다.

내가 제일 좋아하는 것은 스파이시 비프**spicy beef**. 살짝 매콤한 국물에 꼬불꼬불한 통밀국수와 숙주, 레몬그라스, 고추, 양파 등이 혼합되어 나온다. 뜨거운 국물에 넣어주는 신선한 날고기가 부드럽게 익혀져 입에서 살살 녹는 것이 일품이다. 국물 맛을 내기 위해 고기 외에도 새우 같은 해산물도 첨가한 것 같다. 걸죽하고 크리미한 것이 땡기면 스파이시 코코넛 치킨을 먹는다. 하늘이를 위해서는 닭고기 꼬치구이를 추가로 시켜준다. 납작하게 편으로 뜬 닭고기를 꼬치에 끼워 구워서 잡고 먹는 재미로 좋아한다. 그 외에 팟타이나 커리누들 등 다양한 국수요리를 구비해놓고 있는 우리 가족 단골 누들집 가운데 하나다.

독특한 인테리어의 리퍼블릭 내부 모습과 내가 제일 좋아하는 스파이시비프 누들.

한국에 머무르는 동안 타이 음식이나 베트남국수를 먹으려고 하면 뭔가 밋밋하고 허전한 게 2프로쯤 부족하다. 그들이 많이 사용하는 허브들이 빠졌기 때문이다. 민트와 바질, 실란트로, 코리엔더 등 스치기만 해도 머리가 쫘하게 맑아지는 허브들, 미국 생활 15년 만에 정말 사랑하게 되었는데 한국 사람들은 거북하게 여기는 이들이 많은지라 기본적으로 빼고 요리하는 경우가 많은 듯하다. 그리고 신선한 허브들은 구하기가 쉽지도 않다. 하지만 그것은 참기름 빠진 비빔국수, 달걀 노른자 없는 비빔밥과 같다. 그리고 이 음식들은 비싸다. 현지에서 '모셔온' 요리사, 혹은 한국인 요리사를 현지에 보내 훈련시킨 비용, 화려하게 치장한 인테리어, 값비싼 자릿세 그리고 프리미엄…… 이 모든 것들이 비용을 올리는 원인이 된다. 이래저래 실망하기도 하지만 우연히 발견한 작은 음식점에서 보석같이 빛나는 음식을 발견한 적도 있다. 이태원 어느 구석의 작은 태국음식점이었는데 알고 보니 음식까지 직접 담당하는 젊은 부부가 운영하는 곳으로, 태국에서 오랫동안 살면서 배우고 터득한 음식 맛의 비결이 있다고 한다. 저예산으로 마련한 가게이다 보니 인테리어도 소박하고 가격도 저렴하다. 정성이 가득 들어간 음식은 정말 맛있었다. 그리고 그 비결은 사람이다.

뉴욕을 정말 글로벌하게 만드는 것은 사람인 듯하다. 그리고 이민자들은 그 핵심에 있다. 세계를 연결짓는 사람들, 꼭 거창한 아티스트가 되어야만 하는 것은 아니다. 주방의 찜통 같은 열기 속에서 한 그릇 한 그릇 자신의 문화를 전하는 사람들, 그 사람 또한 글로벌시대의 진정한 리더다.